散落星河的記憶

第二部 竊夢 下

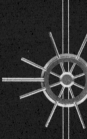

桐華 著

目錄

Chapter 10

困局

蒼穹之上，流光飛舞。

是關係著他們生死的戰爭，卻和他們無關，不由他們決定結果。

駱尋覺得頭像是灌了鉛一樣重，昏昏沉沉只想一直睡下去，可有人一下又一下不停地戳她的腿，硬是把她戳醒了。

迷迷糊糊睜開眼睛，發現自己戴著染血的氧氣面罩，前面的座位是空的。

「南昭！」

駱尋嚇得整個人立即清醒，急忙四處看，才發現殷南昭昏躺在她腳旁。嘴裡、鼻子裡都是血，之前葉玠踢打的傷口也全部爆裂開。鮮血流到行軍包上，飢餓的尋昭藤十分激動，一直想鑽出來，不停地戳行軍包，恰好戳到她腿上。

駱尋急忙解開安全帶，趴下去仔細檢查。

殷南昭以C級體能強行駕駛A級戰機，又超出戰機負荷，做了很多3A級戰機才能做的飛行，導致身體的各個器官都遭受重創。

就現在的醫療技術而言，這其實不算是重傷，只要有特效藥和高級醫療艙，以3A級體能的體質，躺上兩三天就能好。

可是，現在到哪裡去找特效藥和高級醫療艙？

駱尋心急如焚，在機艙裡東翻西找，發現了一個戰機上自備的醫療急救箱。

她把殷南昭的外衣褪去，幫他止血、處理傷口。

外傷很快就消毒包紮好，內傷卻無能為力。

沒有儀器幫助，駱尋沒辦法判斷他的內臟器官到底受了多嚴重的傷。

她幫殷南昭注射了一針免疫力強化劑和一針呼吸道舒緩劑。

她把醫療箱裡不多的幾件醫用物資，左拆右卸、東拼西湊，做出了一個輸液裝置，用古地球時代的原始輸液法幫殷南昭補充身體所需的營養和水分。

駱尋手指搭在他的手腕上測算他的脈搏，脈搏在正常範圍內，呼吸也漸漸平穩下來，她微微鬆了口氣。

體能抑制劑的藥效應該再過幾個小時就會消退，在缺醫少藥的情況下，只能指望3A級體能的自我癒合能力了。

駱尋剛才找東西時，已經發現戰機的能源全部耗盡，智腦的功能全部關閉，不過倒是在降落時已自動探測過星球外部的環境，判定對人類安全。

她手動打開機艙門，把機艙裡暫時不用的東西全扔了出去，騰出空間讓殷南昭躺得舒服一點。

她打開薄薄的保暖毯，幫他蓋上。確保一切都沒有問題後，她站在機艙門口，手搭在額前，探出半個身子向外張望。

天空湛藍，白雲朵朵，綠色的大草原一望無際。不遠處有一個美麗的湖泊，一群叫不出名字的動物正在吃草喝水。

看上去應該是個原始生態保護星，有充足的水源和食物，不用像在之前的能源星上那樣擔心餓肚子和沒水喝，但四周荒無人煙，既不可能有醫院，也不可能找到飛船離開。

駱尋拿著從葉玠那裡搶來的槍跳到地上，小心謹慎地繞著戰機走了一大圈，四處查看一遍，確定周圍的環境安全後，把槍收了起來。

她打量著眼前的戰機，從頭到尾傷痕累累，兩個機翼都裂開了，竟然還能安全降落，也真是個奇蹟。

雖然它看上去已經脆弱不堪，但目前還不清楚這個星球上食物鏈頂端的生物是什麼、攻擊力有多強，在殷南昭昏迷期間，只能先把它做為棲身之處，好歹能擋風遮雨。

駱尋把行軍包拎出來，打開後放到草地上，對尋昭藤說：「你先曬曬太陽，呼吸一下新鮮空氣，等我忙完了，再想辦法填飽咱倆的肚子。」

她拿起幫殷南昭脫下的作戰服，朝著湖邊走去。

用急救箱裡準備的萬能工具棒測了一下水質，確定對人體沒有毒害。

她用一個容器裝了點水，並在裡面放一片殺菌藥片，放置一會兒後就能做為飲用水喝。然後，她把作戰服浸到水裡搓洗；因為材料不吸水，上面沾著的血汙很快就消失不見。

駱尋又簡單擦洗一下身體，把自己收拾乾淨。

她一手提著水，一手拿著作戰服，回到了戰機。

殷南昭依舊沉沉地睡著。

駱尋摸了摸他的額頭，覺得有點燙，立即在醫療手套做的簡陋輸液袋裡補充了五毫升退燒劑。

她自言自語地說：「殷南昭，你可得努力，把體溫降下來。」

她打了個哈欠，覺得又累又睏，但現在還不是睡覺的時候。

她剛才從湖邊走過來時，發現銀色的戰機在這個一望無際的綠色大草原上實在是太顯眼了，必須稍微遮掩一下。

她把殷南昭的武器匣找出來，握著他的手啟動了武器，「借用一下你的鐮刀。」

駱尋拿著鐮刀跳下戰機，開始彎身割草。

鐮刀雖然十分鋒利，但駱尋從沒做過這種事，割起來還挺費勁，累得腰痠背痛才割了幾堆。

她把野草一束束紮好，再把一束束紮好的野草連接在一起，鋪開披覆在戰機上。

戰機被野草全部蓋住，像是披了件綠草做的外衣，混在綠色的草原上不再那麼顯眼。

駱尋捶著痠痛的腰，苦中作樂地想：在沒有能源的情況下還能有一點保溫作用，白天遮陰、晚上禦寒。

她收好鐮刀，去看殷南昭，他依舊沉沉地睡著。

摸了摸他的額頭，體溫已經降下來，駱尋開心地獎勵了他一個吻。

肚子餓得咕咕叫，可是天色將黑，湖邊的獸群已經不見蹤影，她也不敢夜裡在這個陌生的星球上遊蕩。

她想了想，決定忍過今天晚上，等明天天亮後再去打獵。

忽然，她抽了抽鼻子，聞到了淡淡的血腥氣。

她心中一驚，立即拿起槍衝到機艙門口，戒備地看向四周。

十分平靜，沒有任何異常。

駱尋驚疑不定地收回視線時，看到草叢裡的行軍包上趴著一隻已經昏迷的類似兔子的長耳朵生物，尋昭藤正在愉快地吸食。

駱尋眼睛一亮，吞了口口水，眉開眼笑地跳下戰機。

「親愛的，不要吃獨食啊！」駱尋蹲在尋昭藤面前，笑瞇瞇地說。

刺溜、刺溜……尋昭藤纏來繞去吸食得非常開心。

駱尋用力拽，尋昭藤不高興地越纏越緊，駱尋沒辦法只能一狠心拿出止血劑對它噴了幾下。

尋昭藤委屈地縮回了藤蔓，不滿地拍打著行軍包，幾滴鮮血從針葉上滴下，簡直是血的控訴。

駱尋忍著愧疚拿過長耳兔，討好地說：「我一天到晚待在實驗室，只會看數據，不善捕獵，你可是大自然進化的勝利者，全宇宙最厲害的捕獵能手。再去抓一隻吧！以後我會賠你很多隻的！」

尋昭藤揮舞著藤蔓，用力拍行軍包，似乎不接受駱尋拙劣的馬屁。

「親愛的，有傷心的時間不如趕緊行動吧！」駱尋把行軍包往遠處放了放，眼不見心不愧疚。

「小尋。」

殷南昭帶著笑意的微弱聲音傳來。

駱尋驚喜地飛撲回機艙，「這麼快就醒了？我還想最快也要明天呢！」

殷南昭笑著說：「戰機裡應該有營養劑，不用和一株藤蔓搶吃的。」

「我知道。」

殷南昭看到懸掛在機艙壁上自製的輸液裝置，又發現連駕駛座位都沒有了，明白駱尋已經把戰機裡面翻了個底朝天，配備的營養劑肯定也早找到了。只不過是想留給他用，才淪落到去和一株藤蔓搶吃的。

駱尋一邊幫他換新的輸液袋，一邊問：「有沒有哪裡特別不舒服？」

「不用擔心，我沒事。」

「看上去比我估計的恢復得快，3A級體能還真是逆天到非人類啊！」

殷南昭沉默了一會兒，說：「妳的估計沒有錯，是我的體能比3A級體能要再好一點。」

駱尋愣住了。

再好一點？3A級體能之上只有……只有……

可是，那只是一個傳說啊！是人類基於理論研究做的極限推斷，迄今為止全星際人類中從沒有人真能達到。

駱尋呆滯地看著殷南昭。

殷南昭苦澀地說：「我還有很多祕密，希望妳能承受。」

駱尋回過神來，甜甜一笑，彎身吻了下殷南昭的額頭，「你的一切我都能接受。好好休息，盡快好起來，我去烤兔子吃了。」

駱尋一邊烤著「兔子」，一邊想——

難怪葉玠認定殷南昭即使搶到了戰機也無法逃脫，可是殷南昭最終逃脫了。不是僥倖碰到了隕石海，而是殷南昭的體能比葉玠估計的好了一點，否則即使衝進隕石海，也是死路一條。

駱尋嘆氣，和傳說級的人物談戀愛真的是太糟心了，感覺走到哪裡都自帶風暴場。當年她趴在千旭背上說「種花養草、存錢買二手飛船」的小日子，簡直像是說胡話，難怪千旭只是聽，一直沒有回應。

不過，想想自己的破事，她也很讓殷南昭糟心。

王八對綠豆，兩個人誰都別嫌棄誰！

駱尋吃完「兔子」，像是喝醉酒一樣，暈暈乎乎地爬回機艙，「我……得睡一會兒。」

殷南昭笑起來，「兔子肉裡有尋昭藤分泌的麻醉物質？」

「我忘了。」

她強撐著把機艙門合攏，頭暈目眩地軟倒在殷南昭身旁。

機艙狹小，兩個人只能緊緊地挨躺在一起。

駱尋含含糊糊地問：「沒有壓到……你的傷口吧？」

「沒有。」

「有……事……叫……我……」

殷南昭凝視著駱尋，眼中柔情湧動，耳畔卻響起葉玠說過的話：「你和她……絕不會有結果！」

他知道，在很早以前就知道，所以用最決絕的方式、毫不猶豫地放手了。

但是，他的放棄權已經用完了。

從今往後，兩人之間只有駱尋有放棄權，他會給駱尋退縮離開的機會，卻絕不會再主動放手。

＊　＊　＊

駱尋醒來時，覺得這一覺睡得好滿足，幾天沒有好好休息的疲憊一掃而空。

她睜開眼睛，看到殷南昭就覺得更滿足了。

太陽應該已經升得很高，陽光從一束束綠草縫隙裡落下，在他臉上灑下星星點點的光斑。

駱尋忍不住伸出一根手指，從他的額頭一點點撫弄到嘴唇，又從下巴玩到了鎖骨，幾根手指像是彈鋼琴一樣輕輕地彈著他的肌膚。

殷南昭的喉結動了一下，不得不睜開眼睛，聲音沙啞地問：「玩夠了嗎？」

駱尋笑嘻嘻地依舊在他的脖頸上彈著琴，「我睡了多久？」

「至少十個小時。」

駱尋的手僵住。天哪！有她這樣的醫生嗎？丟下病人自己呼呼大睡！

她急忙跪坐起來，「你身體怎麼樣？有沒有好一點？覺得哪裡不舒服嗎？」

她說著話，已經開始檢查他的身體。

從上往下，手掌輕輕地按壓，心臟、肺部、胃部、肝臟、腎臟、腹部……

「別……動！」

因為受傷，殷南昭的動作慢了一拍，只抓住駱尋的一隻手，她的另一隻手已經掀開了薄薄的保暖毯。

殷南昭的衣服昨天就被駱尋親手剝掉了，現在幾乎全身赤裸，只穿了一條內褲，某個地方高高支起，撐著小帳篷，而駱尋正俯下身想檢查他的小腹。

定格了三秒鐘後，駱尋做了一個非常專業的決定；她像什麼都沒看見一樣，用手按壓著他的腹部，非常職業音地說：「覺得疼就出聲。」

「這裡疼嗎？這裡呢……」

很好，哪裡都不疼，證明沒有發生她擔心的內部損傷。

「恢復得不錯，繼續休養。」

駱尋像是巡查病房的醫生一樣，叮囑完病人，頭也不回地迅速離開了機艙。

她維持著嚴肅的醫生臉，疾步走在草地上。

夾雜著青草氣息的涼風吹過臉頰，駱尋突然忍不住笑了出來。

真是夠了！兩個成年男女居然被一個人體正常的生理反應搞得這麼尷尬。自己的男友對自己有欲望天經地義，有什麼好尷尬的？

只不過，殷南昭很少主動和她親熱，偶爾的牽手擁抱，也都是點到即止，有情感、沒情欲，從來沒有什麼熱情如火的表示，駱尋就一直沒有往那方面想。

要不然等他傷好了……

駱尋雙手捂住滾燙的臉頰、心如鹿撞。

她走到湖邊，一邊撩水洗臉，一邊胡思亂想——

身為優秀的醫學院畢業生，她對男女器官的結構功能一清二楚，可這麼多年一直背負著祕密生存，她壓根兒沒有精力考慮別的事，連一部愛情動作片都沒有看過，完全零經驗。不知道殷南昭有沒有經驗？如果兩個人都沒有經驗的話，第一次好像不會太愉快。聽說女性為了避免疼痛，都會用一點費洛蒙，現在肯定找不到費洛蒙，要不要吃點止痛藥呢？

忽然間，駱尋想到一個問題：她是第一次嗎？或者該問，這具身體真的沒有經驗嗎？

殷南昭是她的初戀，可龍心呢？

在龍心的記憶裡，會不會像她愛殷南昭一樣愛著某個人？

駱尋想起他們逃跑時，葉玠明明有機會射殺她，卻始終沒有開槍。

她利用他的信任設計了他，還開槍打傷他，救走了殷南昭。他應該很痛恨她，但最後一瞬間，他眼裡全是悲傷不捨的淚光……

駱尋抬起濕淋淋的臉，怔怔地看著湖水裡的人影，緋紅的臉頰漸漸變得蒼白。

「小尋，不要動。」

殷南昭的聲音突然傳來，語氣非常柔和，像是怕驚動什麼。

駱尋聽話地維持著身子一動不動，眼珠子卻在慢慢轉動。

借著眼角的餘光和湖水裡的倒影，駱尋看到湖邊的草叢裡竟然有十幾隻像獅子一樣的大型猛獸。牠們的身形比獅子更大，嘴裡有兩根向上彎曲的鋒利獠牙，看上去更加凶猛。估計一隻猛獸相當於一個A級體能者，個別的壯年雄性甚至有可能是超A級。

駱尋下意識地去摸武器，卻沒有摸到，才想起剛才慌慌張張從機艙裡逃出，根本沒帶武器。她心裡又急又怕。如果剛才沒有走神，能早點發現，也許還有機會逃跑，現在卻深陷牠們的包圍圈，殷南昭又受了重傷，別說一群，就算一隻恐怕都打不過。

駱尋控制著心慌害怕，低聲說：「你先回機艙，我跳湖逃生。」

殷南昭沒有後退，繼續匍匐著慢慢向前，顯然不接受駱尋的提議。

一隻體形略小、跟在隊伍最後面的獠牙獅大概太急於表現，竟然跳進湖水裡游向駱尋，想要從她的正前方發動攻擊。

牠的冒失行動打破了獠牙獅群的謹慎，領頭的獠牙獅一聲長嘯，率領獠牙獅群進攻，朝駱尋直撲而來。

駱尋不能再坐以待斃。她迅速轉身，朝殷南昭的方向疾掠。

既然他絕不可能丟下她獨自逃生，那就爭取時間盡快會合，並肩禦敵吧！

殷南昭顯然也是同樣的心思，驟然躍起、全力加速，朝駱尋飛掠而來。

可是，這種野獸的速度比駱尋想像的還要快，兩人還隔著一大段距離，她就被兩隻獠牙獅截斷了去路。

獠牙獅兵分兩路，一群把駱尋包圍在中間，一群咆哮著向殷南昭衝過去。

駱尋心急如焚，卻不敢分心去看殷南昭。

她雙手握拳，全身緊繃，眼睛一眨不眨地盯著身周的獠牙獅。她知道自己活下去的機率連百分之一都沒有。

就算單隻獠牙獅的體能和她差不多，但獠牙獅每天都在殘酷的大自然中搏鬥求生，獵殺技能和經驗都完勝她。但無論如何她都不能放棄，她努力活著的時間越長，殷南昭活下去的機會才越大。

駱尋全身蓄力，緊張地準備和獠牙獅搏鬥，獠牙獅群卻一直沒有撲上來。

駱尋不明白，獠牙獅群占據絕對優勢，應該一擁而上，把她撕成碎塊。可是，牠們似乎感受到了什麼其他危機，竟然遲遲沒有發動攻擊。

駱尋不敢把視線從牠們身上移開，也不知道究竟發生了什麼事，只能試探地叫：「南昭！」

沒有人回應。

她急不可耐，額頭直冒冷汗。

突然，獠牙獅群轉過身子，放棄了獵殺她。牠們慢慢一起靠攏，警戒地盯著另一個方向。

駱尋轉頭，順著牠們凝視的方向，看到了另一隻恐怖的野獸。

牠身形巨大，全身覆蓋著黑色鱗片，後腿強壯有力，前肢長著鋒利的爪子，肋上還生出一對黑色的肉翼，有點像是古地球時代的恐龍，又有點像奇幻故事中的魔法惡龍。

駱尋一邊驚恐地後退，一邊四處張望。

她想趁獠牙獅與惡龍對峙時，和殷南昭偷偷溜走，可是目光所及，竟沒有看到殷南昭的身影。

「南昭！殷南昭……」

她再也顧不上會不會引起那些野獸的注意，一邊四處奔跑，一邊放聲大叫，但沒有人回應她。

惡龍發出一聲長嘯，獠牙獅也齊齊昂首怒吼。

駱尋在一片草叢中發現，殷南昭的鐮刀掉在一隻獠牙獅的屍體旁，作戰服碎裂成一片片，散落在血泊中。

她全身的血直衝腦門，一下子瘋了，眼睛發紅地撿起鐮刀。

絕望悲痛中，她握著鐮刀，猛地轉過身，憤怒地瞪著前面的惡龍和獠牙獅。她要殺了牠們，把牠們都剁成肉醬！

黑龍張開雙翼，又是一聲帶著威壓的長嘯，獠牙獅群嗷嗚幾聲，竟然四散開來，撒腿就跑。

駱尋揮著鐮刀邊追邊喊：「站住！站住……」

野獸當然不會聽她的，不一會兒全跑得無影無蹤。

黑龍卻沒有離開，收攏雙翼，靜靜地站在原地。

駱尋回身，一把擦去臉上的淚，握著鐮刀就向黑龍衝過去。不管是不是牠吃了殷南昭，反正她現在悲憤交加，理智全無，只想和牠同歸於盡。

黑龍搧了一下雙翼，讓到一邊，駱尋撲了個空。

她回身又砍，黑龍再次讓到一邊。

駱尋豁出性命，連續不斷地砍了幾十刀，黑龍卻只是閃避，始終不回擊。如果說牠是害怕駱尋，牠又一直沒有逃跑。

駱尋終於覺得有點不對勁了，精疲力竭地停下來，氣喘吁吁地看著黑龍。

黑龍竟然慢慢趴下，探著脖子，把頭貼到地上。

在野獸的世界中，這是大忌，因為完全放棄自保，把脖頸要害暴露在對方的攻擊中，簡直等同於尋死。

駱尋半張著嘴，眼睛不敢置信地大瞪著，腦子裡突然湧起一個念頭。

殷南昭是異種！會異變的異種！

她從沒真正見過殷南昭完全異變後的樣子，也就是說，他有可能變成任何一種野獸。

黑龍的臉凶惡猙獰，可看她的眼神十分溫柔。駱尋和牠呆呆對視半晌，輕輕叫：「南昭？」

黑龍慢慢抬起頭，向下重重點了一下。

駱尋像是做夢一般，緊張期盼地問：「南昭，是你嗎？」

黑龍又點了下頭。

駱尋激動地扔掉鐮刀，飛撲過去，一把摟住牠的脖子，又哭又打，「嚇死我了，你嚇死我了……」

黑龍動也不敢動，任由駱尋發洩。

駱尋又哭又笑，發洩完了，才恢復理智，真正意識到殷南昭變成了一隻黑龍。

她擦擦眼淚，往後退了幾步，仔細地打量黑龍。

黑龍把頭往後縮，下意識地抬起前爪遮擋，似乎不想讓駱尋盯著牠看。

駱尋噗哧一聲笑了出來，「我覺得長得挺威風的啊，你幹嘛要躲？」

黑龍越發窘迫，用爪子擋著臉，扭過了頭。

駱尋跳起來去拽牠的前爪，黑龍怕自己鋒利的爪子傷到她，急忙拿開，腦袋卻高高昂起，依舊不肯正面面對駱尋。

「殷南昭，我要生氣了，真的要生氣了！」駱尋一手叉腰，一手平伸，勾勾手指，示意黑龍自己把頭挪過來。

黑龍慢慢低下頭，駱尋指指自己臉前面，黑龍把頭放到她的正前方。

她靜靜看了一會兒，抱歉地說：「對不起，我剛才沒有認出你來。」

她踮著腳，吧唧一聲，在黑龍的嘴巴上親了一下，「我看清楚，也記清楚了你的這張臉。以後絕不會再犯這種沒認出你的錯。」

黑龍下意識地往後縮了一下，駱尋柔聲說：「我沒有被你嚇著，依舊很愛你。甚至還多了一點點，這麼一點點。」

駱尋用大拇指和食指比了一個小圓圈。

「是不是嫌少？」她促狹地笑，兩隻手合攏比了一個桃心，「我的心總共才這麼大。」

黑龍盯著駱尋看了一會兒，小心翼翼地把臉挨貼到駱尋的臉頰旁。

駱尋緊緊地抱住牠的頭，低聲說：「我又不是今天才知道你攜帶著異種基因，不管你變成什麼樣子，都不可能讓我不愛你。」

她心裡有很多疑問，比如：

為什麼殷南昭會突然異變卻沒有失去神志？

他是第一次完全異變嗎？

異變的誘因是什麼……

但是，殷南昭現在不能說話，交流這麼複雜的問題顯然不現實。

她想了想，只問了一個最關鍵的問題：「你能變回人嗎？」

駱尋覺得牠點頭、搖頭實在費力，指指牠的爪子，「左手表示否，右手表示是。」

殷南昭抬起左爪，表示不能。

駱尋沒有問「是現在不能，還是將來也不能」，反正遲早會知道的，沒必要現在追根究柢。

她甜甜地笑了笑，拍拍黑龍的胸膛，「你的身體有沒有哪裡不舒服？」

殷南昭剛才是靠著虛張聲勢嚇走那群獠牙獅的，肯定不是他不想出手，而是傷勢不允許。

殷南昭抬起左爪，表示沒有不舒服。

駱尋凶巴巴地說：「不許騙我，不要以為我不是獸醫就可以糊弄。」

殷南昭喉嚨發出咕嚕咕嚕的聲音，好像在笑。牠用頭拱了拱駱尋，抬起爪子指向遠方。

「你是說我們應該離開？」

殷南昭站了起來，表示現在就出發。

駱尋明白他的意思。不管是衝著殷南昭，還是衝著龍心，葉玠都不可能輕易放棄，肯定生要見人，死要見屍。之前殷南昭傷勢太重不能動，只能原地休息，現在能動了，當然要盡快離開。

駱尋問：「你的身體真的可以嗎？」

右爪抬起。

「好吧！」駱尋決定聽從他的安排。

她把戰機裡還用得上的東西都收拾好，背起行軍包，和殷南昭朝太陽升起的方向走去。

一人一龍，穿行過茫茫草原。

一路走來，沒有碰到任何猛獸，也沒有碰到可食用的小動物，估計牠們一聞到殷南昭的氣息，老遠就嚇跑了。

駱尋掏了兩個鳥窩填飽肚子，把營養劑餵給殷南昭吃了。保險起見，還幫他注射了五倍分量的營養針。

✱ ✱ ✱

天黑後，他們隨便找了個地方休息。

殷南昭趴在草地上，駱尋依偎在他胸前，被他的兩隻前爪圈在懷裡，外面還有一雙肉翼擋著冷風，很暖和，也很安全。

頭頂的蒼穹遼闊浩瀚，成千上萬顆星星點綴其間，比最美麗的寶石還閃亮。

一瞬間，駱尋真希望所有人都不要再找到他們了。

她願意和殷南昭就這樣朝夕相伴。日升月落、斗轉星移，直到生命盡頭。

突然，一道道流星劃過天際。

駱尋驚喜地叫：「南昭，快看！」

她雙掌合十，剛想許願，卻看到一朵又一朵絢爛的煙花在漆黑的蒼穹上怒放。

殷南昭張開雙翼，站起來，昂頭看向天空。

駱尋呆呆看了一會兒，後知後覺地意識到，那些看上去像流星的光芒，實際上是高速飛向目標的能量炮，那一朵又一朵絢爛綻放的煙花是戰機被擊毀後的光芒。

在這顆星球的外太空，他們看不見的地方，肯定有兩艘戰艦相遇了，正在激戰。

「是葉玠，他找到我們了。」

可是，另一個和葉玠作戰的人是誰？

有能力對抗龍血兵團，又恰巧在這附近出現，駱尋靈光一閃，「辰砂？」

殷南昭抬起右爪。

駱尋激動地說：「太好了，我們有救了！」

＊　＊　＊

流星飛掠。

高空的戰爭依舊持續。

殷南昭突然用左翼拍了駱尋一下，駱尋被推翻在地，殷南昭整個身體都覆蓋到她的身體上，將她壓在了自己身子下面。

伸手不見五指的漆黑中，駱尋感覺到一個龐然大物緊貼著自己，似乎一個不小心就會被壓成肉餅，可她沒有一絲害怕，一動不動地躺著。

兩艘偵察機盤旋著飛過。

直到再也看不見它們了，殷南昭才緩緩站起來。

駱尋躺在草地上，目光如水，靜靜地看著他。

殷南昭趴在她身邊，低垂著頭顱，也靜靜地看著她。
蒼穹之上，流光飛舞。
是關係著他們生死的戰爭，卻和他們無關，不由他們決定結果。

良久後。
高空中恢復了寧靜。滿天繁星，依舊安靜地璀璨著。
駱尋問：「現在怎麼辦？」
不知道誰贏誰輸，也不知道究竟應該想辦法發出求救訊號，還是應該趕緊再藏深一點。
又一架偵察機飛來，駱尋立即往殷南昭肚皮下面鑽。
殷南昭喉嚨裡發出沙啞的咕嚕咕嚕聲，沒有抬起身子讓她鑽進去。
駱尋困惑地看他，他竟然一下子把頭扭到另一邊。
呃……這是不好意思了？
明明是緊張急迫的時刻，駱尋竟然想笑。她趴在草地上，探頭探腦地盯著殷南昭的肚皮看，難道剛才使勁往裡鑽的部位不對嗎？
「啪」一聲，殷南昭用肉翼拍了她一下，不想竟然正好拍到駱尋撅起的屁股上，駱尋臉紅了。
她捂著屁股直起身子，裝作若無其事地問：「剛才的偵察機是奧丁聯邦的？」
右爪抬起。
駱尋迅速站起來，衝著偵察機飛走的方向，又蹦又跳，拚命揮手。

偵察機飛回來，在駱尋的頭頂上徘徊一圈後離開了。

駱尋突然想起什麼，著急地問：「能源星上那艘飛船是你的隊員請求辰砂派來救你的，裡面卻安裝了炸彈，辰砂會不會是內奸？」

左爪抬起。

駱尋撇嘴，「你倒是信任他，人可都是死在信任的人手裡。不過，我也覺得不可能是辰砂。」

明明證據確鑿，指向辰砂，可駱尋就是沒理由地相信辰砂絕不會做這種事。

大概因為在一個屋簷下生活了十多年，她很清楚辰砂是軍人，不是政客。他性格敏銳犀利，為人光明正大，行事愛憎分明，絕對不是用這種陰毒手段害人的人。

但如果不是辰砂，又是誰有能力從軍部獲知機密訊息，想要置殷南昭於死地？

駱尋正在胡思亂想，一架戰機出現在天空，直飛過來，降落在草地上。

機艙門打開，穿著作戰服的辰砂跳下來。

駱尋揚起笑臉朝他走去，剛想打招呼，辰砂已經衝到她身邊，一把抱住了她。

駱尋覺得完全出乎意料，愣一愣，用力拍拍他的肩膀，感激地說：「謝謝救命大恩。」

辰砂放開她，看向四周，「妳怎麼會在這裡？就妳一個人嗎？」

「……執政官把我帶到了敢死隊的飛船上，後來我就一直和敢死隊的隊長在一起。」

「隊長呢？」

「不知道。」駱尋不清楚殷南昭現在究竟是什麼狀況，也不知道辰砂身邊的人是否可靠，不敢說實話，只能半真半假地說：「龍血兵團一直在追我們，逃跑時我昏了過去。醒來後，就我一個人。後來遇到一群想吃我的野獸，是牠幫我把牠們嚇跑的。」

駱尋指向安靜地趴在一旁的殷南昭。

黑龍一直一動也不動，用行動表明自己無害，但辰砂的眼神依舊很犀利警覺。

駱尋為打消辰砂的疑慮，信口開河地說：「不用擔心，牠是吃素的。」

「看上去不太像。」

辰砂見黑龍一直沒有異動，終於移開了目光。

他牽起駱尋的手，想帶她上戰機，「我們只是暫時占上風，葉玠還會反擊，必須盡快離開。」

駱尋立刻說：「我要帶走黑龍，還有牠。」她抽出手，拿起地上的行軍包，打開給辰砂看。

辰砂看看黑龍，再看看藤蔓。

駱尋解釋說：「他們的基因很特別，非常值得研究。」

辰砂向來尊重專業人士，沒什麼異議，盯著黑龍說：「我派一隊士兵制伏牠，帶牠上飛船。」

「不用，不用。」

駱尋一溜煙地跑到殷南昭身旁，嚇得辰砂立即衝過來，一把抓住她的胳膊，想把她拽開。

駱尋朝他討好地笑笑，示意他不用緊張，然後伸出另一隻手摸摸黑龍，「牠很溫馴，沒必要動用武力。」

辰砂看黑龍的確很溫馴，放開了駱尋，「畢竟是野獸，小心點。」

駱尋笑著答應了：「我會的。」

辰砂聯繫戰艦，調遣飛船來接他們。

「要稍等一會兒，飛船才能到。」

駱尋感激地說：「謝謝你。」

辰砂面無表情地說：「短短一會兒，妳已經第二次說謝謝了。」

駱尋有點摸不著頭腦；禮多人不怪，何況他還真的幫了她，不說謝謝，那應該說什麼？

辰砂察覺自己又讓她緊張了，立即放緩語氣：「我想和妳談一下。」

「現在？」駱尋很吃驚，想不通什麼事這麼著急。

「十一天前，妳答應等我，可第二天一大早我去找妳時，安達卻說妳跟著執政官離開了。」

駱尋想起她被安達弄暈那天，辰砂離開時，的確一再叮囑她不要亂跑，等他來找她。她忙抱歉地說：「對不起，當時情況特殊，我沒有辦法通知你。」

辰砂沉默了一會兒，說：「妳平安就好。」

「要謝謝你啊！指揮官閣下，感謝你及時出現，拯救我於葉玠的屠刀下。」駱尋笑靨如花，裝模作樣地行了一個屈膝禮。

辰砂定定地看著她。

駱尋以為自己臉上有髒東西，不好意思地笑著，一邊用手擦臉，一邊問：「你想談什麼？」

「我喜歡妳。」

什麼？駱尋的笑僵在臉上，覺得自己肯定幻聽了，辰砂說的一定是「不必客氣」。

辰砂像是完全猜到她在想什麼，字正腔圓地又說了一遍：「妳沒聽錯，我說『我喜歡妳』。」

駱尋傻了。

第一反應是辰砂在逗她玩吧！這怎麼可能？第二反應是心虛地扭頭看向殷南昭，只見黑龍閉著眼睛，頭趴在草地上一動也不動。

辰砂誠懇地說：「我以前對妳不好……」

「不……不……你對我挺好的，真的挺好。」駱尋連連擺手。

「好到我說喜歡妳，妳都完全不相信？」

「不是……」駱尋突然仰頭，指著天空，「啊！你看星星多漂亮……」想強行轉移話題。

「駱尋，這些話已經在我心裡憋了十一天，請讓我說完。」

駱尋看他神情嚴肅認真，知道他很清楚自己在做什麼，只能沉默地閉上嘴巴，靜下心聆聽。

「小時候，我親眼看到父親咬死了母親。當我像父親一樣成為3A級體能者時，我毫不猶豫地決定了一輩子單身。後來，當我抽中和妳結婚時，我想著反正這輩子也不可能娶任何人，為了聯邦利益，我願意和阿爾帝國的公主維持法律層面的政治婚姻。

「十多年的虛假婚姻，我稀裡糊塗以為自己只是在做一份工作，為聯邦盡責。千旭在大雙子星出事後，看到妳痛不欲生，我心裡很不舒服，甚至很生氣，剛開始我以為是看不慣妳自暴自棄，後來才驚覺是因為羨慕嫉妒妳對千旭的感情。

「我不願和妳離婚放妳自由，可又沒有勇氣真和妳在一起。我害怕父母的慘劇重演，甚至暗暗希望妳能創造奇蹟，成為3A級體能者，這樣我才能放心地和妳在一起。」

駱尋低垂著頭，喃喃說：「我不可能成為3A級體能者。」對純種基因的人類來說，2A級體能已經是極限。

「我知道，那只是我為自己的怯懦，找了一個冠冕堂皇的藉口。我沒有勇氣跨過懸崖往前走，卻要求對方飛躍過懸崖出現在我身邊。可是，即使我這麼怯懦，仍舊被妳吸引得忍不住往前走，想要妳像對千旭那樣信任我、喜歡我。」

辰砂伸手，輕觸駱尋的臉頰。

駱尋向後躲了一下，卻沒能躲開。

他抬起駱尋的下巴，強迫駱尋正面看著他，「我不知道究竟什麼時候開始喜歡妳，但我很確定我喜歡妳，想要娶妳、和妳做夫妻的那種喜歡。」

「辰砂……你根本不知道我是誰！」

駱尋眼中滿是悲傷，一步步往後退，卻被趴在草地上的黑龍擋住，一腳踩到黑龍的肉翼上，差點摔跤。

辰砂急忙攬住她的腰，將她帶到自己懷裡，「妳是駱尋。我知道，這十多年來我沒有想過去主動瞭解妳，也沒有給過妳機會讓妳來瞭解我，但我會改。」

駱尋雙手抵在他胸膛上，想要推開他，「不用改，這根本不是你的問題！」她是龍心，連她自己都不瞭解自己。

辰砂說：「雖然我們的假婚姻，不但真變成了無效婚姻，還成為整個星際的大笑話，不過妳不是真公主也滿好的，不用受制於那些複雜的政治關係。」

「對……」

辰砂豎起一根手指，擋在駱尋嘴唇前，阻止了她說「對不起」。

「妳假公主的身分暴露後，是最需要幫助的時候，我卻置之不理，是我應該說對不起。那幾天我心裡很亂，想冷靜一下，不希望自己的私人情感干擾到聯邦調查，沒想到棕離會那樣對妳。我希望，有一天我對妳好，妳會認為是理所當然，不要說謝謝，也不要再說對不起。」

駱尋握住辰砂的手，緩慢卻堅決地推開他，「對不起，我不喜歡你，也沒有喜歡你的意願。」她已經心有所屬，直白的拒絕是她唯一能做的事。

「我知道。」辰砂似乎對駱尋的答案早有準備，平靜地說：「我只是想告訴妳，從現在開始，我會努力讓妳喜歡上我，直到妳肯嫁給我。」

「辰砂，感情不是打仗，不是規定一個作戰任務，然後制定策略、努力完成。你不能……」

駱尋還沒說完，辰砂突然做了個噤聲的手勢。他抬起手腕，對通訊器發出指令：「降落！」

一艘載物太空飛船從高空降落，船艙一側的門打開，一隊全副武裝的士兵列隊跑了出來。

辰砂對駱尋說：「可以上飛船了。」

駱尋卻一時間不敢面對殷南昭，站著沒有動。

不是羞澀，而是害怕。

身為被放棄過一次的人，一點風吹草動就讓她緊張。她害怕殷南昭因為辰砂，又會退讓放棄。

直到殷南昭用肉翼輕拍了一下她，她才心慌意亂、手足無措地看向他。

殷南昭緩緩站起，雙翼向上展開，無形的威壓四散開來，所有士兵立即緊張地舉槍對準黑龍。

辰砂拍了一下駱尋的肩膀，示意她讓開。

駱尋抬頭看著半空中——黑龍的雙翼向上高高揚起，翼尖相碰，是一顆心的形狀，就像她曾經用手比給他的心。

駱尋莞爾，忐忑不安的心穩穩地落回到胸腔中。

辰砂正想下令士兵驅趕黑龍登上飛船，駱尋說：「我引導牠上飛船。」

她裝模作樣地抬起手，一邊揮手，一邊朝飛船走過去，大聲說：「過來。」

殷南昭配合地跟著她走，辰砂站在一旁，警戒地看著。

駱尋引導著黑龍順利登上飛船，根據辰砂的指令，把牠關進一個還算寬敞的生態房裡。

她仔細看了看，確定設計很合理，也很安全，沒有虐待動物的嫌疑，心裡鬆了口氣。

接著，她小心翼翼地把尋昭藤移種到一個遠比行軍包舒適的培養箱裡，尋昭藤似乎對自己的新家很滿意，藤蔓舒適地伸展開來。

辰砂看出駱尋對黑龍和藤蔓都非常緊張在乎，寬慰她說：「這艘飛船是專門為珍稀生物體星際遷徙設計的，機器人會照顧好他們，有什麼情況都會立刻通知我們。」

駱尋怕他看出異樣，不敢久留，走到生態房前，伸手拍了拍透明的玻璃牆，「我走了，你好好休息，把身體養好。」

殷南昭伸出右爪，隔著透明的玻璃牆和她的手碰在一起。

Chapter 11

無畏前行

我們可以，以光明和溫暖為燈，舉燈前行。
即使陰影一直如影隨形，但永遠都只能跟在我們身後。

飛船飛到太空後，進入太空母艦，停泊在母艦中間的一層。

駱尋跟著辰砂走下飛船，看到四周景象，十分震撼。

一望無際的恢宏空間中，停泊著各式各樣的飛船。道路寬敞筆直、縱橫交錯。長長短短的機械臂、大大小小的運輸車、各種各樣的機器人，都在有條不紊地忙碌著。乍看像是在某個星球的祕密軍事基地，完全想像不到是在太空中。

辰砂帶駱尋坐上一輛運輸車，問：「要參觀一下北晨號嗎？」

駱尋這才明白葉玠吃了敗仗的原因。

宿二幫她上課時，曾經提過奧丁聯邦有兩艘在整個星際都赫赫有名的星際太空母艦，一艘是北晨號，一艘是南昭號。北晨號現在由指揮官辰砂統率管轄，南昭號由執政官殷南昭統率管轄。

葉玠的龍血號太空母艦已經傲視星際，可碰上這兩個巨無霸，也只能暫避鋒芒。整個星際只有阿爾帝國的英仙號可以和這兩艘巨無霸抗衡。

「有些累，我想休息。」駱尋微笑著拒絕了。

北晨號是奧丁聯邦的軍事要塞，她腦子裡還有一個龍心，能不知道就不知道，否則，萬一龍心甦醒過來，利用她知道的一切做出什麼，她就要成為聯邦的大罪人了。

「好，先休息吧！」辰砂把自動駕駛改成手動駕駛，開著車向前疾馳。

駱尋閉上了眼睛，不看、不記。

辰砂把運輸車開到一座升降機前停下，智腦自動識別完辰砂的身分後啟動了升降機。升降機停在太空母艦頂層。

辰砂帶駱尋走出升降梯，沿著走廊走了幾分鐘，來到一個房間。

他打開門，「房間有點小，但隔壁就是我的房間，比較方便。」

「謝謝！」

辰砂把一個小巧的通訊器遞給她，「母艦上所有訊號都被遮蔽，需要的話，用這個通訊，裡面有我的號碼，還有我的警衛長宿一的號碼。如果聯繫不到我，就找他。」

「謝謝！」

「希望有一天我對妳好是天經地義，我對妳不好，妳才要生氣。」

駱尋無奈地說：「辰砂，我已經有喜歡的人了。」

「千旭死了，妳可以在心裡為他留一塊地方，但不能永遠活在過去。我想要的是妳的未來。」

駱尋頭痛不已，實在不知道該怎麼解釋，心裡暗罵殷南昭，全是他惹出來的事。但如果沒有他惹出來的事，只怕龍心早已經醒來……

辰砂見她神情恍惚，以為她累了，體貼地說：「我去工作了，妳好好休息。」

他走到門口，突然想到什麼，停住了腳步，「妳有沒有覺得……特別行動隊隊長的聲音有點像千旭？」

駱尋愣住。辰砂還真是天生的軍人，他只見過千旭一次，也只聽千旭說過一次話，卻隔了這麼久，依舊能想起他的聲音。

她含糊地說：「嗯……有嗎？」

「有點像。不過，千旭的聲音很溫暖，隊長的聲音聽上去很冷硬。」

辰砂看駱尋表情僵硬，以為她不喜歡這樣去談論千旭，「抱歉，妳好好休息，我走了。」

駱尋看門關上後，愣愣站了一會兒，長嘆一口氣，直挺挺地向後癱倒在床上。

＊　＊　＊

三十多個小時後，北晨號停在小雙子星的外太空。

小雙子星整顆星球就是一個軍事基地，既是太空中奧丁聯邦保衛阿麗卡塔的最後一個軍事堡壘，也是奧丁聯邦對外派兵時的第一個軍事據點。

辰砂帶駱尋登上裝載著殷南昭和尋昭藤的飛船。

經過走廊上的觀察窗時，駱尋竟然看到兩隊士兵押送約瑟將軍和洛蘭公主也上了這艘飛船。

駱尋詫異地問：「不把洛蘭公主和約瑟將軍帶回阿麗卡塔，交給紫宴審問嗎？」

「先把他們送到小雙子星，等執政官回來再處理。」辰砂的表情有點怪異，解釋說：「不是我想特別照顧洛蘭公主，而是我現在沒有辦法完全相信紫宴。」

「哦！」駱尋表示明白。

明明是救人的飛船，卻安裝了炸彈，這事的確很像紫宴的行事風格。他的人無處不在，又十分擅長做這些隱祕狠毒的事。

辰砂說：「雖然洛蘭公主在母艦上關了幾天，但我沒有去見她。」

駱尋這才反應過來，辰砂是怕她誤會，在向她解釋。她連忙說：「我明白，真的明白，你肯定不會徇私。」

辰砂說：「不管真假公主最後怎麼解決，都和我無關。就算兩國依舊想維繫關係，讓洛蘭公主嫁過來，奧丁聯邦還有五個未婚的男公爵，讓他們抽籤。我已經心有所屬，絕不再參與抽籤。」

駱尋一個頭兩個大，急忙轉移話題：「一直聯繫不到執政官，你不擔心嗎？」

辰砂難得地露出了無可奈何的表情，「早習慣了。執政官一直神出鬼沒，時不時就會跑到連訊號都沒有的地方。不過，他一般失聯的日子不會超過十天，現在才六天，應該再過兩三天就會有他的消息。」

駱尋暗自算了一下日子，看來殷南昭在離開敢死隊的飛船前給辰砂發送過訊息，應該交代過辰砂什麼，難怪辰砂一直沒有問她執政官的去向。

辰砂說：「雖然百里藍他們老嚷著說執政官做事不可靠，可其實我們都知道沒有人比執政官更可靠了。以前我們經驗不足時，執政官凡事親力親為，這十幾年來，他常常鬧失蹤，我覺得他是在故意鍛鍊我們，希望我們能盡早獨當一面。」

駱尋想到殷南昭匿名去阿麗卡塔生命研究院做實驗體，心裡隱隱不安。殷南昭連一百歲都不到，正值盛年，也才執政五十年，距離一百四十年的法定執政期還有很多年，為什麼急著要放權？

辰砂見她沉默不語，「在想什麼？」

駱尋掩飾地笑了笑：「擅長殺戮，卻不好殺；手握重權，卻不愛權。」

辰砂眼裡掠過黯然，「妳也聽過這句話？是我媽媽說的。」

駱尋看他沒有迴避，也就沒有迴避，坦率地說：「我聽很多人提過你媽媽，感覺她不但聰慧溫柔，還很風趣幽默。」

辰砂沉默了一會兒，說：「她去世的時候，我才六歲，除了她死的那一幕，其他的記憶其實都很模糊了。」

駱尋想起那個塵封幾十年的相框，「在大雙子星時，我住在你媽媽住過的屋子，裡面有一個相框，你可以找來看看。」

「相框？」

「嗯，裡面有很多照片，也許能幫你想起什麼。」

生命中，有些傷害是終其一生都沒辦法真正遺忘或釋然的。所謂努力走出傷害的陰影，根本不存在。因為陰影已經隨著傷害嵌入生命，成了生命的一部分。人怎麼可能努力走出自己的生命？

但是，我們可以，以光明和溫暖為燈，舉燈前行。即使陰影一直如影隨形，但永遠都只能跟在我們身後。

＊　＊　＊

太空飛船朝小雙子星的太空港飛去。

辰砂解釋說：「安教授的生命研究院在小雙子星上，直接歸執政官管轄，把黑龍和紅藤兩個未知生物交給安教授，妳將來想參與研究，只要執政官和我批准就可以了。」

事已至此，駱尋也沒辦法，只能走一步算一步。幸好那個安教授看上去不像是個冷血變態的科學家，應該不會虐待動物。

駱尋敲敲透明的玻璃牆，擔憂地看著殷南昭：喂，你要被送進實驗室了。

殷南昭目光溫柔地看著她，似乎在叫她不要擔憂。

辰砂盯著黑龍打量，「總感覺這傢伙不對勁。」

駱尋噗哧一聲笑出來，衝殷南昭做了個鬼臉，轉過身背靠著玻璃牆，好奇地問辰砂：「你的異種基因是什麼？」

「妳想知道？」辰砂對黑龍不再感興趣，往前走了兩步，站在駱尋面前。靠著身高優勢，他把她完全籠罩在自己的氣場內。

駱尋貼著玻璃牆，往旁邊挪，「不方便說就不用說了。」

「我會把我的基因檢測報告發給妳。」辰砂伸手搭在玻璃牆上，身子微微側傾，擋住了駱尋，「在奧丁聯邦，只有想要生育後代的男女才會詢問對方這個問題，因為要估算一下他們的後代大概會攜帶的異種基因，看看彼此能不能接受。」

飛船突然著陸，劇烈地顛簸。

駱尋猝不及防，身子往前衝去。幸好有辰砂擋著才沒有整個人飛出去，可看上去卻像是她主動投懷送抱，撲進了辰砂懷裡。

辰砂低下頭，在駱尋耳畔說：「只要妳不嫌棄我的基因，我很願意。」

未等駱尋反應，他已經放開了她，抬起手腕，對飛船上的人員說：「全體都有，登陸！」

駱尋很鬱悶。正副駕駛都沒有廣播通知大家回到安全座椅、繫好安全帶，就著陸了。不知道是體能好就任性，還是太空作戰部隊都不把這種著陸當回事。

＊　＊　＊

飛船一側的艙門打開。

安教授跟著一個穿著軍服的高姚女子不情不願地走進來，手裡還拿著一個培養皿，顯然是被人從實驗室裡硬拖出來的。

他不滿地抱怨：「你們這些傻大兵能找到什麼珍稀基因的物種？純粹浪費我做實驗的時間！」

辰砂走過去，禮貌地說：「安教授，您先看看這兩個生物體。」

安教授翻著白眼，把視線從自己手裡的培養皿上移開，一眼就看到了玻璃牆後，趴在地上的龐然大物。

剎那間，他整個人石化了，眼眶泛紅，臉色發白，身體都在輕顫。

黑龍抬起頭，緩緩站起來。

安教授激動地叫：「還活著？」

他急不可耐地把手裡的培養皿一把塞給辰砂，飛奔到玻璃牆前，激動地看著黑龍。

駱尋滿腦子困惑。安教授的反應很奇怪，不像是第一次見到「黑龍」的樣子，可又似乎什麼都不知道。

只見安教授一邊目不轉睛地盯著黑龍，一邊衝著後面直招手，「小辰砂，你過來。快告訴爺爺這究竟是怎麼回事。」

辰砂無奈地說：「不是我發現的，是駱尋發現的。在W6星域的一顆原始星上。駱尋從昏迷中醒來後遇到了這隻黑龍，不但沒有傷害她，還幫她嚇走一群想要吃她的野獸。」

「沒有攻擊性？竟然沒有攻擊性……」安教授像是完全無法相信，嘴裡念念有詞。突然，他反應過來什麼，著急地問：「咦？你剛才說什麼？駱尋什麼？」

「是我發現黑龍的。」

安教授終於從黑龍身上移開了目光，看向站在玻璃牆邊的駱尋，表情很複雜，「又是妳！」

駱尋不知道他的「又」是什麼意思，決定保持沉默。

辰砂擋在駱尋身前，把手裡的培養皿還給安教授，「我還有事要處理，黑龍就交給教授了。」

安教授的注意力又全部放到了黑龍身上，目不轉睛地盯著。

駱尋遲疑地看看殷南昭，黑龍抬起右爪，示意她放心。

辰砂對駱尋說：「走吧！」

駱尋看安教授的樣子，已經完全沒心情理會尋昭藤了。她想了想，不放心地抱起培養箱，決定自己照顧它。

「我來吧！」辰砂接了過去。

駱尋跟在辰砂身後，一邊走一邊回頭。

殷南昭似有所覺，扭頭看向她，右邊的肉翼抬起，揮了揮，像是在說再見，寬慰她別擔心。

因為小雙子星整個星球都是軍事基地，所有房屋都是軍事建築，所有運輸工具都是軍用裝備，乘坐飛車從高空俯瞰下去時，整個星球的風格莊重簡潔、整齊劃一。

辰砂已經察覺駱尋在主動迴避敏感資訊，也就沒有主動介紹。

他把一個臨時個人終端機遞給她，要她戴好，既是通訊器，也是身分證明。

飛車停在一棟獨棟建築物前，辰砂說：「這是我在小雙子星的宿舍，這幾天妳就先住這裡。」

駱尋沒有別的選擇，只能接受。

她身分特殊，這裡又是軍事禁地，不跟著辰砂，似乎也沒有別的地方能去。

＊　＊　＊

辰砂走進房子，燈自動打開的同時，大廳裡的大螢幕也打開了，正在播放時事新聞。

駱尋被突然冒出的聲音嚇了一跳，詫異地看向辰砂。

房間的功能設置由智腦控制，智腦和個人終端機相連，要麼是提前設定好的，要麼就是根據主人的偏好習慣自動調整的。可是，辰砂好像沒有一回家就打開星網看新聞的習慣。

辰砂淡然地說：「妳離開後，我覺得我們的屋子很冷清，每次回家後都會打開新聞，製造一點聲音，讓屋子顯得熱鬧些。」

駱尋愣住了。

「不要有心理負擔。我告訴妳，只是決定了要對妳坦誠，讓妳瞭解我。」

駱尋無奈。辰砂的行事風格真是太軍人了，一旦確定目標，就雷厲風行地採取行動，方方面面、絲毫不漏。

辰砂抱著尋昭藤的培養箱，穿過大廳，走到窗戶旁，找一個可以曬到太陽的位置。

「放這裡可以嗎？」

駱尋剛要說話，卻被螢幕上的新聞畫面吸引了——

靜謐的山谷中，長著一叢叢生機盎然的尋昭藤。

幾個穿著龍血兵團作戰服的人出現在畫面裡，有人不小心踩到藤蔓，藤蔓活了過來，像一條條長蛇，纏繞住他們。

錄影機應該正好在其中一人身上，只見鏡頭被褐紅色的藤蔓覆蓋，變得一片漆黑。可是，淒厲的慘叫聲還在不斷地傳來。

……

辰砂低頭看了看手裡的培養箱，對駱尋說：「基因的確很特別。」

……

螢幕上。

畫面一轉，又是靜謐的山谷，一叢叢生機盎然的尋昭藤安靜地生長著。

突然，一顆燃燒彈飛進來，落在一叢尋昭藤上。

就像是放煙花，一顆又一顆燃燒彈接連不斷地飛來，落在四面八方的尋昭藤上。

熊熊大火燃燒起來，尋昭藤在烈火中掙扎。

它們沒有嘴，發不出聲音，畫面異常安靜。

可是，它們帶著火星，扭來甩去的藤蔓卻分外淒厲，就像是一個個全身著火的啞巴，痛苦得滿地翻滾，想要尋找一線生機。

但是，不管它們的藤蔓探向哪裡，山谷中都是火海一片。它們找不到任何出路，只能在絕望中被慢慢燒死，化作灰燼。

……

駱尋捂著嘴，眼裡都是淚。

一個物種就這樣滅絕了！

它們在大自然殘酷的物競天擇中，歷經上萬年進化活了下來；在能源開採殆盡、環境日益惡化的星球上，歷經千年掙扎，活了下來。

最終，卻在旦夕之間，死於人類的一把烈火！

主持人還在慷慨激昂地說：「龍血兵團果然恩怨分明，不但絕不放過他們的敵人，連傷害了他們的植物也絕不放過……」

辰砂下令：「關閉。」

智腦把新聞關了，屋子裡驟然陷入安靜。

辰砂擔心地走到駱尋身旁，「駱尋？」

駱尋含著淚說：「是我害死了它們，讓它們滅絕了。」她利用尋昭藤劫持了葉玠，葉玠殺不了她和殷南昭，就把所有憤怒發洩到尋昭藤上。

「沒有滅絕。」辰砂舉起培養箱給她看。

駱尋勉強地笑了笑，突然打開培養箱的蓋子，把自己的手伸了進去。

辰砂驚了一下，卻沒有阻止。

尋昭藤興奮地捲住駱尋的手，愉快地吸食起來。

駱尋愛憐地看著尋昭藤，喃喃說：「你一定要好好活著，不僅僅是為了你的兄弟姊妹，還是為了異種和人類。」

空氣裡漸漸彌漫起血腥味，尋昭藤的紅色變得嬌艷欲滴。駱尋的臉色卻漸漸蒼白，整個人看上去搖搖欲墜。

辰砂說：「我來吧！」

他剛要把手伸進去，尋昭藤卻把藤蔓舒展開來。它之前在原始星上已經自力更生飽餐過，現在還不餓。雖然機會難得食物送到嘴邊，可撐得實在吃不下，只能放棄。

駱尋身子軟綿綿地向後倒去。

辰砂大驚失色，急忙探手攬住她，「駱尋！」

「沒有毒……麻……麻……」駱尋還沒說完，就昏了過去。

辰砂知道只是麻醉效果，放下心來。

他回頭看了眼本來給紅藤選擇的地方，決定放棄，然後一手抱著培養箱，一手扛起駱尋，朝樓上走去。

＊ ＊ ＊

主臥的門打開，辰砂走進去，把人放在了床上，培養箱放在了窗邊。

辰砂幫駱尋處理完手上的傷口，看著培養箱裡的紅藤，發了條訊息給紫宴：英仙葉玠太閒了。

十來分鐘後，紫宴回覆：去看新聞。

辰砂走進主臥隔壁的臥室，打開新聞。

「……原訂的能源專家的採訪新聞推後，現在插播一個驚天大新聞，絕對是繼真假公主事件後最令人震驚的新聞。

「星際間最神祕的人是誰？每個人的關注點不同，答案肯定也不同。我們統計了最近三十年來星網上的關注、搜索、討論數據，總結出最神祕的前十位。」

畫面上從低到高，依次打出醒目的排序，「10、9、8……」

每個排序都會配上一個智腦合成的人物圖像，介紹人物概況。

「……第三名，神之右手。傳說中操縱基因的基因編輯大師，讓無數人痛恨懼怕，讓無數人痴迷瘋狂。雖然近幾十年，關於他的消息很少，可他依舊占據排行榜第三名。」

一個沒有臉的人，身上披著白色的裹屍布，坐在一頭猙獰醜陋的怪物頭頂。他的右手抬起，手指操縱著細細的絲線，控制著無數懸絲傀儡，一片空白的臉冷漠地俯瞰著眾生。

「第二名，冥途引路。傳說中神出鬼沒的烏鴉海盜團團長。雖然直到現在，仍然沒有確鑿的證據，可星際中很多神祕的案件都有烏鴉海盜團的身影。」

浩瀚星空下，一望無際的莽莽荒原，一個模糊的黑色身影正朝天之盡頭走去，肩上扛著一把血紅色的碩大鐮刀。

「第一名，龍頭，縱橫星際的龍血兵團團長。」

一個人頭戴龍盔，身穿金色龍鱗盔甲，手握黑色遊龍鞭，屹立在茫茫太空中。整個人威風凜凜、氣勢不凡，像是一顆冉冉升起的太陽般耀眼奪目。

「……在無數熱愛自由的星際傭兵心中，在無數熱愛探險的星際冒險家心中，龍血兵團的龍頭是當之無愧的偶像，一舉一動都受到關注。迄今為止，從來沒有人知道他是誰。今天我們就獨家揭祕龍頭的真實身分。」

龍盔慢慢裂開，露出了臉。

龍鱗盔甲一片片脫落，露出了身體。

漸漸地，眉毛、眼睛、鼻子、嘴巴、脖子……整個身體都清晰出現。

面如冠玉、劍眉星目，唇角掛著隨和的笑，是個容貌英俊的男人。

可是，和臉都沒有露，卻威風凜凜、氣勢不凡的龍頭相比，顯得平庸乏味。

「是不是覺得這個男人很陌生？是不是在想資料肯定錯了？」主持人故作神祕地笑了笑，斬釘截鐵地說：「沒有錯！他就是龍血兵團的龍頭，另一個身分也很不普通，阿爾帝國的十七王子英仙葉玠……」

辰砂關閉了新聞。

葉玠送他們一份禮歡迎他們回到奧丁聯邦，他們也送葉玠一份禮歡迎他回到阿爾帝國。

＊　＊　＊

半夜。

辰砂的個人終端機振動了一下，辰砂立即抬起手查看，紫宴的消息：看新聞。

辰砂一邊坐起，一邊打開了新聞。

畫面中人山人海，天上是全副武裝的警車，地上是荷槍實彈的警察，像是一個正在抓捕星際重罪犯的現場。

人群中，很多人臉上畫著龍血兵團的徽印，揮舞著拳頭，激動地大聲喊：「龍頭！龍頭……」

警察拿著盾牌將人群隔開，人群卻依舊激動地想要往前擁。

一隊警察押送著手戴鐐銬的葉玠走向警車。

周圍的警察一直在幫葉玠迴避鏡頭，但他在要鑽進警車前，突然停住腳步，回過頭直盯鏡頭。

人群中爆發出歡呼和尖叫聲，不停地有人想要往前衝，被警察牢牢擋住。

葉玠衝著全星際笑了笑，眉目堅毅，滿臉睥睨自信，那個放蕩懦弱的王子消失得一乾二淨。

他微笑著回身，坐進了警車。

主持人震驚地說：「英仙葉玠被檢察院以三十一項罪名起訴，阿爾帝國皇帝親自簽署的拘捕令。看來葉玠王子即使不被處死，也很有可能面臨終身監禁。這是阿爾帝國英仙皇室繼皇儲英仙邵靖被逮捕後，第二位進監獄的皇室成員，不知道還會不會有下一位。」

直播畫面中分出一塊畫面，回放英仙邵靖被拘捕的影片片段，兩個王子都是從皇室貴胄突然變成了階下囚。

主持人也不勝唏噓，掉書袋地感慨：「眼看他起朱樓，眼看他宴賓客，眼看他樓塌了……」

＊　＊　＊

駱尋醒來時，看到手上包著止血帶，傷口已經癒合得差不多。窗臺上放著培養箱，紅色的尋昭藤正懶洋洋地曬太陽，無憂無慮地舒展著藤蔓。

又是新的一天！

駱尋靜靜躺了一會兒，微笑著坐起來。

她洗漱完，換上乾淨的衣服，去找辰砂。

一拉開門，就聽到樓下傳來說話聲，都是熟悉的聲音，聞音就能識人。

封林、楚墨、紫宴、棕離、百里藍，再加上辰砂，聯邦的七位公爵，竟然有六位在這裡。

駱尋覺得自己不適合下去，停住腳步，倚門靜聽。

楚墨和封林是應安教授的邀請來做學術交流，已經在小雙子星待了三天。紫宴、棕離、百里藍都是剛從阿麗卡塔趕來不久。

幾個人因緣際會，在辰砂的會客廳裡湊在一塊兒。

紫宴和棕離已經得到消息，知道約瑟將軍和洛蘭公主被「邀請」來小雙子星做客，希望能和他們「好好聊聊」。

百里藍認為，既然有了真公主，假公主就沒用了，反正是個死囚，不如拿去做實驗母體，用她來培育健康的孩子。

封林激烈反對，百里藍卻越說越不堪，兩個人破口大罵，幾乎要大打出手。

駱尋心裡沒有絲毫波瀾。

不管百里藍說什麼，她都沒有感覺，百里藍的提議不過是她曾經預料過的最壞結局之一。封林的態度才是她在意的。

她很開心，雖然她讓封林失望了，但是封林沒有讓她失望。

封林聰慧勤奮，熱愛研究，卻不會為研究成果走上歧路。她始終沒有忘記做基因研究的初衷是給人類幸福，讓這個世界變得更美好，而不是為了結果不擇手段，以大義為名，捨棄人性。

也許，龍心的科研成就遠遠高於封林，但是駱尋覺得封林才是最傑出的學者。

幾億年前，當人類的始祖，原始智人抬頭望向浩瀚璀璨的星空，從懵懂愚昧中靈智初現，第一次問出「為什麼」時，他們對自己、對世界的疑惑，不僅出自靈，也出自情。

從那一刻起，人類的科研就不僅僅是探索真相和真實，也是追求公義和公正。雖然，在艱難崎嶇的路途上，面對誘惑，很多人都會降低底線、放棄堅守，但是還有封林這樣的科學家堅守住了。

他們也許不是科研道路上最高的豐碑，卻一定是最亮的燈塔，告訴後來者正確的道路。

駱尋覺得自己很幸運，在剛踏上基因研究這條路時碰到了封林做導師。封林以身作則，讓她理解了一位學者的堅持——有所為，有所不為，知其可為而為之，知其不可為而不為。

突然，所有爭吵聲消失。

寂靜中，封林驚慌地叫：「辰砂！」

駱尋立即擔心地走到樓梯口，看到辰砂的光劍刺在百里藍的下體。百里藍姿勢古怪地站著，兩腿之間鮮血直往外流。

辰砂冷冷地看著百里藍，百里藍一動也不敢動。

棕離咬著牙，眉頭緊皺，像是牙很疼。

紫宴忍俊不禁，用拳頭擋著嘴，笑得肩膀直顫。

楚墨滿臉無奈，頭痛地撫額。

反倒是本來和百里藍吵得不可開交的封林表情關切，著急地說：「辰砂，你不要衝動。百里藍還沒有生育後代，不要毀了他的生殖器。」

她求助地看向楚墨，示意他勸勸辰砂。

楚墨站了起來，溫和地說：「辰砂，百里只是一個提議，也是為了解決聯邦目前的困境。」

辰砂盯著百里藍說：「我正在追駱尋，以後你再侮辱她一個字，就是侮辱我。」

所有人都難以置信地看著辰砂。

封林一臉被雷劈了的表情，「你追……駱尋？這十多年你幹嘛去了？現在開什麼玩笑？」

辰砂挑了挑劍尖，「用百里藍的蛋開玩笑？」

紫宴「噗哧」一聲笑得樂不可支，其他人卻都蛋疼，實在笑不出來。

楚墨勸道：「百里已經明白了，以後不會再說這樣的話。」他給百里藍打眼色，示意他說幾句軟話。

百里藍怒瞪著辰砂，咬牙切齒地說：「在你死之前，我不會動她。你若死了，我想做什麼你管不著！」

辰砂面無表情地盯了百里藍一會兒，手中的光劍消失。

百里藍也是硬氣，竟然一聲不吭地轉身，步履蹣跚地朝門外走去。

封林和楚墨對視一眼，認命地嘆了口氣，追上去，一起送百里藍去醫院。

＊　＊　＊

駱尋看風波已經平息，正想悄悄離開，棕離和紫宴一起轉頭看向駱尋。顯然，他們早就察覺她在這裡了。

棕離滿面譏嘲，可看了辰砂一眼，覺得蛋疼，什麼都沒說。

紫宴揮揮手，滿面春風地說：「嗨，氣色不錯。」

駱尋擠了個笑出來。

既然已經撞見，駱尋也不再迴避。她走下樓，對辰砂說：「如果可以的話，我想去安教授那裡，有些問題向他請教。」

辰砂看了眼時間，「正是吃午飯的時間，先吃點東西，我們再過去。」

「好。」

辰砂看著紫宴和棕離，示意他們可以滾了。

棕離一言不發、端坐不動，擺明了辰砂不給他真公主，他就絕不離開。

紫宴視而不見，把臉扭向駱尋，腆著臉說：「正好我也餓了，不介意我蹭頓飯吧？如果不麻煩的話，最好是妳親手做的，好久沒吃了，有點想念。」

駱尋能說什麼？她笑了笑，「你們聊，我去做飯。」

駱尋走進廚房，清點了一下食材，發現做不了什麼像樣的菜，決定把所有食材拼湊到一起做個燉鍋，再做點手擀麵，吃什錦湯麵吧！

駱尋在廚房裡忙碌，外面三個男人依舊在吵架。

其實也不算是吵架，因為辰砂幾乎不吭聲，主要是紫宴和棕離在說話。一個甜言蜜語、連哄帶騙，一個冷嘲熱諷、威脅警告，都是想要約瑟將軍和洛蘭公主。

辰砂突然問：「這次的行動是軍事機密，你們怎麼知道的？」

棕離冷冷地說：「你無權過問我的工作！」

紫宴笑嘻嘻地回答：「我擅長的不就是盜取機密的事嗎？如果眼皮子底下發生了這麼大的事都一無所知，對得起聯邦付給我的薪水嗎？」

辰砂冷聲說：「我派去救人的飛船裡面安裝了炸彈。」

紫宴立即說：「不是我做的。」

棕離冷哼：「你懷疑我是內奸？軍隊裡出事，難道不是你嫌疑最大嗎？不會是賊喊捉賊吧？」

辰砂沉默。

紫宴和棕離也不說話了。

三個人冷眼看著彼此，氣氛十分沉重。

「吃飯了！」駱尋在飯廳裡叫。

三個男人走過來，坐到餐桌旁，一人面前一個大海碗。

駱尋覺得待客實在有點寒酸，抱歉地說：「沒有提前預備食材，隨便亂做的什錦湯麵，你們將就一下吧。」

棕離看到自己面前還多擺一個小碟子，放著紅彤彤的辣椒。他口味重，連吃營養餐都會選辣味的，本來對這頓飯沒有任何期待，現在卻意外地有了胃口。

他把辣椒全部倒進大海碗，嘗了嘗，確定沒添加其他東西，狐疑地盯著駱尋，「妳不恨我？」

駱尋含含糊糊地說：「其實不想做給你吃的，誰叫你賴著不走！」

紫宴笑起來，半真半假地說：「就衝著妳這做飯的手藝，我本來打算，如果辰砂不要妳了，我就勉為其難地把妳弄回家天天做飯給我吃。」

棕離吃了幾口麵，似乎覺得不太妥當，陰沉沉地說：「我還會繼續調查妳的身分。整件事疑點太多，我仍然非常懷疑妳是間諜。」

駱尋無奈地說：「明白，我也沒打算賄賂你。就一碗隨便亂做的麵，放心吃吧！」

紫宴笑嘻嘻地說：「感受到我們治安部部長日子過得多淒涼了吧？一碗合口的家常麵就讓他懷疑自己要被賄賂了。」

棕離陰沉著臉譏諷：「你整天美女環繞又怎樣？你敢在誰身邊放心睡覺？」

紫宴打了個哈哈，笑著說：「吃麵、吃麵，不談私事。」

駱尋看看紫宴，又看看棕離，心裡沉甸甸的。

每個人看上去都是全心全意為了聯邦，完全不像內奸，可在他們七個中，一定有一個是內奸。

駱尋突發奇想，龍心肯定知道，如果她能想起來……

「很好吃。」

「嗯？」駱尋沒聽清楚，疑惑地看著辰砂。

「我說很好吃。」

辰砂竟然已經吃完了一碗麵，駱尋禁不住笑起來，「還要嗎？」

「要。」

駱尋站起來，往廚房裡走去，身後傳來紫宴愉快的聲音：「我也要。」

「我也要。」棕離陰沉沉的聲音。

駱尋笑著說：「好的。」

✵ ✵ ✵

吃完中飯，辰砂帶駱尋去找安教授。

紫宴和棕離厚著臉皮，跟在他們身後，依舊不死心地磨著辰砂要見約瑟將軍和洛蘭公主。

紫宴義正詞嚴地說：「因為真假公主事件，阿爾帝國的皇儲英仙邵靖被關進了監獄。就算最後能躲過牢獄之災，皇儲的位置也肯定拿不回來了。聽說阿爾帝國的皇帝已經在考慮立邵茵公主為皇儲，可是現在皇位的第一順位繼承人是英仙葉玠，英仙葉玠能答應嗎？」

棕離冷冷地說：「英仙葉玠不是被關進監獄了嗎？他不答應又能怎麼樣？」

「葉玠被關進監獄了？」駱尋失聲驚問。

她只是睡了一覺，外面卻好像又發生了很多驚天動地的大事。

紫宴瞟了駱尋一眼，笑眯眯地說：「英仙葉玠可不是英仙邵靖。龍血兵團的龍頭，怎麼可能被關進監獄就老實了？現在起訴的那三十一項罪名都是皇帝硬湊出來的，阿爾帝國的年輕人很崇拜這位身分逆轉的王子，正在遊行示威要求無罪釋放英仙葉玠。」

棕離難得讚賞地說：「英仙葉玠倒是好氣魄，龍頭身分爆出後，竟然束手就擒、沒有逃跑。」

紫宴嗤笑，「其實皇帝巴不得他逃跑。如果他逃跑了，就等於放棄了王子身分，只把自己看作龍血兵團的團長。皇帝明明給英仙葉玠留下充足的逃跑時間，英仙葉玠卻寧願賭上性命也要皇位，逼得皇帝只能和他撕破臉。如今皇帝進退兩難，如果我們能拿出英仙葉玠的確鑿罪證，就能為邵靖王子伸張正義，幫阿爾帝國的皇帝把葉玠送上死刑臺。」

辰砂一針見血地問：「你是想為邵茄公主伸張正義，幫她成為女皇吧？」

棕離陰冷地嘲諷：「紫部長還真是會謀畫。」邵茄公主來阿麗卡塔星拜訪時，紫宴整天陪她遊山玩水，兩人出雙入對、黏黏糊糊，傳了不少緋聞。

紫宴瞅著棕離，「棕部長，我覺得你肯定不是內奸，因為你的智商沒有辦法勝任這事。」

棕離抬手就是一支光鏢射去，紫宴翻身躲過，落在辰砂身側，拿辰砂做人肉盾牌。

「你有種說，就有種別躲。」棕離追著紫宴，想要幹掉他。

紫宴也不還手，像穿花蝴蝶一樣繞著辰砂轉圈子，「我就是知道自己躲得過，才有種說啊！」

辰砂好像什麼事都沒發生一樣，依舊大步往前走。

駱尋卻實在受不了了，「那個……棕離，紫宴的意思應該是覺得邵茄公主是個草包，讓她做皇儲，當女皇，對聯邦有利。」

棕離冷哼：「誰知道他心裡究竟怎麼想？說不定想著娶了女皇做皇夫。」

「邵茄公主看不上紫宴。」駱尋毫不客氣地說。

棕離愣了愣，反應過來，突然放棄了射殺紫宴，冷著臉，沉默地走著。

紫宴笑看向駱尋。

駱尋淡淡地說：「在邵茄公主眼裡，紫宴可以褻玩，卻絕不可能談婚論嫁。」

紫宴的話永遠虛虛實實，辨不清楚真假，棕離懷疑的事指不準是真的，想到那艘安了炸彈的飛船，駱尋忍不住敲打一下他。

辰砂立即放慢腳步，防備紫宴動手。

紫宴倒是沒有動怒，笑吟吟地問：「在真公主眼裡，異種只能褻玩，在假公主眼裡呢？」

駱尋想到殷南昭，紅著臉撇過頭不說話。

＊　＊　＊

安教授看到他們四個，指指駱尋，「我正好有事要問她。她留下，你們都離開。」

辰砂不放心，想留下來陪駱尋。

安教授鄙夷地翻了個白眼，不耐煩地說：「我們說話，你聽得懂嗎？什麼都聽不懂，留在這裡站崗嗎？」

辰砂只能叮囑駱尋：「走的時候通知我，我來接妳。」

「好。」駱尋聽話地答應了。

她現在身分未明，還在接受調查，的確不適合單獨行動。

紫宴和棕離本來感興趣的就不是駱尋，而是洛蘭公主和約瑟將軍。辰砂離開，他們也跟著離開，擺明不見到洛蘭公主和約瑟將軍絕不罷休。

＊　＊　＊

「跟我來。」

安教授領著駱尋走進升降梯。

升降梯一直往下，感覺好一會兒才停下，也不知究竟到了地下多深處。

乘坐運輸艙，經過一道又一道密碼門，進入了森嚴的實驗區。

駱尋跟隨安教授進入一個觀察室，隔著透明的玻璃牆，居高臨下地看出去，是一個完全封閉的模擬生態圈。

裡面正狂風怒嘯、電閃雷鳴。

黑雲密布的天空中，一道道閃電像是金色的巨蟒一樣扭動著身軀轟然擊下，打在一隻趴臥在地上的黑龍身上，像是要把牠打成碎末。

駱尋見狀暴怒，一把抓住安教授的衣服領子，「關掉，立即關掉！」

安教授吼：「我也想關掉，但那個瘋子說什麼也不准。從昨天到現在，他為了變回人，各種辦法都用上了，遲早會把自己折騰死。」

駱尋愣住。

安教授越說越氣，對駱尋大吐苦水：「先是叫我幫他注射一堆藥劑，什麼刺激用什麼。結果沒用！就搞什麼情景再現，叫我弄一群猛獸來攻擊他，還是沒有用！就又逼我調出各種毀滅性的自然災難來刺激他。我快要被他逼瘋了！」

駱尋冷靜下來，放開了安教授，「您知道他是……誰？」

安教授沉默地點了點頭。

轟隆隆的雷聲中，又是幾道閃電劃過天空，擊打在黑龍身上。

駱尋著急地說：「先把雷電關掉，我和他說。」

安教授一直在等這句話，立即對智腦下達指令，把製造雷電的程式關了。

霎時間，模擬生態圈裡風和日麗，天空蔚藍如洗，只有地上一片狼藉證明著剛才發生過什麼。

黑龍昂起頭，目光森冷地盯向觀察室。

安教授立即往後大退一步，把駱尋推到前面，清清楚楚地表明：不是我，是她！

駱尋趴在玻璃牆上，看到殷南昭遍體鱗傷的樣子，眼淚直在眼眶裡打轉。

黑龍搖搖晃晃地站起來，頭貼在玻璃牆上，撲搧了幾下雙翼，像是在安撫她。可他的頭上已經沒有一塊完整的肌膚，甚至有一道貫穿下顎的傷口。肉翼撕裂了，身上無數道大大小小的口子，有的地方已經能看到森森白骨。

駱尋心中又怒又傷，衝著他的頭，重重地捶了一下玻璃牆，「你想變回人的心情我能理解，我們可以一起想辦法，為什麼要這麼著急地拿自己的命做實驗？如果是擔心奧丁聯邦，有辰砂、楚墨他們，即使你不在，天也不會塌下來。如果是怕我嫌棄你，我才不會呢！就算你永遠變不回人也沒有關係。在那顆原始星上，我甚至想過永遠不回來，咱倆就那樣待在一起也挺好……」

黑龍安靜地看著她，眼神溫柔纏綿，猶如月夜下的水波一般輕輕蕩漾。

駱尋的惱怒漸漸消失，隔著玻璃牆摸摸他的臉，「別著急，一定會找到辦法的。」

黑龍眨了眨眼睛，看向站在一旁的安教授。

安教授裝模作樣地咳嗽了一聲，對駱尋說：「這不是執政官第一次異變，之前已發生三次。」

駱尋滿臉驚訝，「三次？」

安教授點點頭，「第一次是幾十年前。他在敢死隊執行任務時，突然異變，完全失去了意識。恢復神志後自然而然就變回了人，但是在場其他人全部死亡，執政官完全不記得發生了什麼事。」

駱尋喃喃說：「典型的突發性異變，強攻擊性。」

「是的，聯邦歷史上第二例。在那之前，執政官就在配合我做異變研究，但我一直沒有取得大的進展，反倒差點把執政官的身體折騰垮了。」

一個4A級體能的人能被實驗折騰得差點垮了，這得多不把自己當個人？駱尋臉色難看地問：「南昭穿長袍、戴面具，是不是和這些研究有關？」

安教授承認了，「因為實驗藥劑的毒副作用，身體常常出現各種各樣的症狀，沒辦法見人。如果讓外界知道執政官在做實驗體，肯定會出大亂子，所以我們只能對外宣稱得了活死人病，把全身都遮蓋起來。」

駱尋冷冷地問：「後來呢？」

「沒有辦法的情況下，我們想看看其他人會不會有所突破，於是選擇了年輕優秀的封林。但執政官的情況必須保密，只能改容換貌、隱匿身分進入封林的研究院。為了方便遮掩，還把我最優秀的助手安娜調去阿麗卡塔生命研究院。可惜，將近二十年過去，封林也沒有研究出任何結果。不過，機緣巧合發生了第二次異變。執政官有了第一次異變的經驗，憑借強大的意志力，控制著異變沒有完全發生，十五分鐘內恢復了神志。」

駱尋問：「第二次異變是在阿麗卡塔，和我一起出去吃飯那次？」

「是的。第二次異變後，我們做了一些研究，證明不完全異變時，基因處於人類基因和異種基因的變化狀態，是一種不穩定狀態。如果意志力強大，只要保持清醒，就能在十五分鐘內變回人。如果不能保持清醒，就會達到異種基因的穩定狀態，永遠變成野獸。」

駱尋詫異地說：「十五分鐘黃金搶救期理論不是早就有了嗎？」

安教授苦澀地說：「在執政官異變前，聯邦歷史上只有一例完全異變後變回人的病例。」

駱尋點點頭，「首任執政官游北晨。」

「當時我的老師根據游北晨的異變狀況，提出了十五分鐘的推測，但根本沒有足夠的研究數據證實推測。」

駱尋心情複雜地說：「世上沒有第二個殷南昭。」

一個理論從提出到驗證需要大量的數據支持，游北晨是一國元首，再願意配合研究，也不可能冒著生命危險去做實驗，只有殷南昭這個瘋子才會完全不把自己的命當回事，用自己的身體去做實驗，讓研究人員採集數據。

安教授眼內閃過愧疚，繼續解釋說：「在游北晨的堅持下，研究院未經驗證，就對外公布了十五分鐘黃金搶救期理論。」

當年異種雖然成功建國，但根基未穩就出現了異變這種令人絕望的病。游北晨為穩定人心，命令研究院把推測當作結果公布，給大家一個希望。

駱尋對這種做法不置可否，問：「第三次異變呢？」

安教授看了一眼黑龍，抓抓蓬亂的頭髮，嘟囔著說：「第三次異變在大雙子星岩林，又是和妳在一起。」

駱尋詫異地說：「我以為，那次異變是假的，是為千旭的死製造的假象。」

安教授咳嗽了一聲，訕訕地說：「那隻死掉的野獸的確不是異變獸，是一隻真的野獸，不過執政官異變也是真的。本來執政官計畫做一次假的異變，可也許因為他當時精神太不穩定，竟然真的發生了不完全異變。幸好，他失去神志的時間明顯比第一次和第二次都短，大概只有兩三分鐘。神志一恢復，半獸化特徵就消失了。」

駱尋想到當時挖心裂肺的痛苦，譏諷地問黑龍：「為了擺脫我，竟然要用一隻野獸冒充自己，逼我殺了你。你這麼狠，到底是想斬斷我的非分之想，還是要斬斷你自己的非分之想？」

黑龍定定地看著駱尋，忽閃了幾下大眼睛，突然雙翼向上張開，翼尖合攏，對駱尋比了個心。

駱尋瞪了黑龍一眼，板著臉撇過頭，甜言蜜語絕對沒有用！

她對安教授說：「我總結一下，之前一共有三次異變。第一次是典型的突發性異變，第二次和第三次都是不完全異變。所以，這是南昭第一次完全性異變，卻又保持著清醒？」

「對。不僅是執政官第一次，也是三四百年來異種第一次沒有喪失神志的完全性異變。」

「沒有先例，你們也不知道怎麼變回人，就開始亂來了？」

安教授辯解說：「不是亂來。我分析過了，執政官是在重傷後遇到危險刺激的情況下發生的異變，現在因為達到了基因穩定狀態，無法再變回人。那麼，很有可能再受到刺激，就會打破這種穩定平衡，發生逆轉異變。」

駱尋冷嗤：「毫無證據的推測，還不叫亂來？」

安教授漲紅了臉，氣鼓鼓地瞪著駱尋。

突然，警笛尖銳地響了三聲，紅色的警報燈亮起。

安教授立即問智腦：「發生什麼事？」

「左翼的醫院發出警報，封鎖了三樓，要求工作人員全部撤離。」

安教授的保密權限應該很高，智腦在回答問題時，已經打開虛擬螢幕，把監視器錄到的畫面播放給安教授看。

在一個看上去像是雜物儲藏室的窄小房間內，約瑟將軍一手勒著洛蘭公主的脖子，一手用槍指著洛蘭公主的頭，面朝門外，大聲吼：「再說一遍！只要有人進來，我就殺了她，再自殺。」

荷槍實彈的士兵把守在門外。

紫宴一邊看著監視器畫面，一邊循循善誘地說：「不管將軍有什麼要求，我們都會盡全力滿足，就算你們想離開奧丁聯邦也沒有問題。因為你們不是罪犯，聯邦沒有權力拘禁你們，我們這次請兩位來，只是為了問清楚真假公主的事。」

「我要見那個假公主。」約瑟將軍勒著洛蘭公主的脖子，讓她的臉朝向攝影機，「否則我就擊斃她，再自殺。」

「沒有問題，給我們點時間去找假公主。將軍，你為什麼想見假公主……」紫宴溫柔耐心得像是哄情人。

棕離目光陰沉、一臉殺氣，和穿著醫院病服、坐在輪椅上的百里藍一起研究地圖，想要找到方法進入房間，但他們仔細看完地圖後發現都不可能。約瑟將軍經驗豐富，選擇的房間、站立的位置都非常毒辣，沒有給他們一絲機會。

楚墨和封林穿著白色的工作服，面色沉重、眉頭緊蹙地站在一旁。

……

駱尋正納悶發生了這樣的重大事件，辰砂去了哪裡，觀察室的門突然打開，辰砂大步走進來，「幫我個忙。」

「好！」駱尋毫不猶豫地跟著辰砂走。

黑龍發出急促的叫聲：「嗷嗚——」

駱尋回身，微笑著說：「放心，不會有事。」

辰砂盯了一眼黑龍，徘徊在心頭的詭異感越發明顯，卻沒有時間細想，拉著駱尋匆匆跑出了觀察室。

＊＊＊

約瑟將軍劫持洛蘭公主的醫院隸屬於安教授的研究院。整棟大樓是一個類似於「凹」字形的建築物，醫院位於左翼，駱尋所在的觀察室位於右翼地下。

辰砂帶駱尋坐地下交通車過去，一路上把前因後果簡單告訴了她。

午飯後，洛蘭公主和約瑟將軍出現食物中毒症狀。保險起見，兩人被送來醫院診治。

所有人提高警覺、萬分戒備，生怕他們逃跑，沒想到約瑟將軍竟挾持了同是病人的洛蘭公主。

出事後，最早趕到的是也在醫院的楚墨、封林和百里藍，緊接著辰砂和紫宴、棕離一起趕到。

約瑟將軍現在什麼都不肯談，只要求見假公主，揚言如果十五分鐘內再見不到假公主，他就擊斃真公主，然後自殺。

駱尋問：「我的任務是盡量安撫約瑟將軍的情緒，讓你們有機會控制他，救出洛蘭公主？」

「對。」辰砂覺得很抱歉，竟莫名其妙把駱尋捲進來，「我會一直盯著，保護妳的安全。」

駱尋對辰砂笑了笑，示意他不用這麼緊張，「約瑟將軍想見我肯定不是為了殺我，我只要聽話配合就行了。」

幾分鐘後，辰砂帶駱尋趕到出事地點。

紫宴看到駱尋，迅速脫下自己的防彈背心，給駱尋套上，壓低聲音問：「知道有危險時該保護哪裡嗎？」

駱尋指指自己的頭。

紫宴重重揉了一下她的頭，叮嚀：「不要勉強自己，覺得不對勁時，隨時可以撤退。」

駱尋點頭，「我明白。」

紫宴對辰砂說：「這不是臨時起意的行動。食物中毒還能說是意外，後面的行動卻顯然經過周密計畫。約瑟將軍肯定看過醫院的地圖、研究過醫院的排班，時機和地點的選擇很精準。待會小心。」

辰砂點點頭，表示明白了。

紫宴看著監控螢幕，高聲對屋子裡說：「約瑟將軍，你想見的人來了。」

約瑟將軍說：「你們讓開，讓她進來，動作要慢。你們也不希望導致誤會吧。」他用槍敲了洛蘭公主腦袋一下，表明誤會的惡果。

棕離低聲咒罵：「ㄨ！」

辰砂揮揮手，示意所有士兵退開，他和棕離各自靠在門的一邊，貼牆站好。
駱尋走到門前，溫柔地說：「約瑟將軍，聽說你要見我，我能打開門嗎？」
「站在門的正中間，慢慢打開。」
駱尋緩緩把門推開，屋子裡的人和屋子外的人終於可以面對面看見對方。
約瑟將軍靠牆站在角落裡，身子躲在洛蘭公主身後，門前又站著駱尋，形成了射擊死角。
一直盯著監控螢幕的紫宴悄悄打了個手勢，示意辰砂和棕離沒有動手的機會，先按兵不動。
駱尋看著約瑟將軍，問：「你找我什麼事？」
「妳過來！」
辰砂朝駱尋搖頭，示意她不要過去。駱尋想了想，直接走進去。
「現在能說了嗎？」
「再過來一點！」
駱尋毫不猶豫地往前走，站到了約瑟將軍面前。洛蘭公主滿臉是淚，眼神悲傷絕望，整個身子都在顫抖。
「現在能說了嗎？」駱尋雙手自然下垂，悄悄朝後面打了個手勢，示意辰砂，她會找機會突然出手救下洛蘭公主，請辰砂和棕離配合。
約瑟將軍用力勒著洛蘭公主的脖子，突然把手裡的槍指向駱尋。
所有人悚然而驚，紫宴急忙說：「約瑟將軍，不管什麼要求，我們都可以答應。」
駱尋心裡一驚，又立即鎮定下來，對約瑟將軍笑了笑，「控制兩個人質可不容易，不如用我來替換公主？」

約瑟將軍盯著駱尋仔細打量，就好像要看清楚她。忽然間，他露出非常詭異的笑，「很好！」

駱尋毛骨悚然，「很好什麼？」

「妳……很好。」

碰一聲槍響，駱尋滿頭猩紅，鮮血汩汩往下流。

猝不及防間，誰都沒有想到，約瑟將軍大費周章地挾持人質、叫來駱尋，可竟然連談都沒談就開了槍。

辰砂肝膽俱裂，立即衝進去，一手抱住駱尋，一手持槍指向約瑟將軍，卻看到洛蘭公主的脖子被子彈擊穿，一個血肉模糊的大洞。

碰一聲，又是一聲槍響，血霧噴濺中，約瑟將軍和洛蘭公主一起倒在地上。

「不是我的血，是洛蘭公主的血。」駱尋眼睛發直，失魂落魄。

辰砂摸著她鮮血淋淋的臉，驚悸後怕地說：「不是，不是！」

紫宴急急忙忙跑進來，親眼確認駱尋沒有中彈後，隨手抓起一塊醫用毛巾想要幫她擦去頭上噴濺的鮮血。

辰砂體能高強，感官敏銳，立即抬眼看來，以為是遞給他的，接過了毛巾，「謝謝。」

紫宴沉默地縮回手，看著辰砂小心翼翼地幫駱尋擦拭臉上的血跡。一會兒後，他移開了目光，看向地上的兩具屍體。

棕離蹲在地上，檢查完洛蘭公主和約瑟將軍的屍體，臉色鐵青地說：「洛蘭公主被一槍擊中頸部而死，約瑟將軍一槍爆頭自盡。」

所有人怔怔看著地上的兩具屍體，一時間都沒有辦法接受現實。

「×！」棕離怒火衝頭，氣急敗壞地站起來，像個瘋子一樣狠狠地踢打周圍的東西。

百里藍一臉茫然地看向楚墨，「約瑟將軍瘋了嗎？竟然殺死自己國家的公主，我還以為只有咱們才整天鬧內訌。」

紫宴神情嚴肅地說：「辰砂，必須立刻封鎖所有消息。」

辰砂剛要開口，一個看上去像是技術員的士兵突然指著面前的螢幕失控地大叫：「指揮官！」

辰砂放開駱尋，疾步走過去，看到螢幕上的東西，臉色越發難看。

他點擊了一下螢幕，將內容放大投映到所有人面前。

是星網上剛剛上傳的一段影片，標題非常聳動：「將軍末路，公主慘死」，已經有幾十萬人在觀看。影片很短，不到一分鐘，可幾個關鍵點都有了：約瑟將軍劫持洛蘭公主、槍殺公主，最後自殺身亡。

畫質粗糙，連聲音都沒有，可是正因為沒有聲音，反倒凸顯出將軍末路、公主慘死的絕望血腥，非常火爆震撼。

死一般地寂靜。

辰砂的目光從紫宴、棕離、百里藍、楚墨、封林臉上一一掃過，冷聲說：「現在全星際都看到，奧丁聯邦的異種不但偷偷劫持洛蘭公主和約瑟將軍，還將他們活活逼死了。」

封林蒼白著臉，囁嚅地問：「會發生什麼事？」

所有人表情沉重、一言不發。

紫宴靠著牆，像是喘不過氣來，解開了襯衫最上面的一顆扣子，唇畔浮現出譏嘲的笑。

棕離憤怒地抓住紫宴的衣襟，「約瑟將軍怎麼會有醫院的地圖？是不是你幹的？是不是？」

紫宴被搖來晃去，卻只是譏笑。

棕離又指著百里藍質問：「你今天是不是為了來醫院才故意激怒辰砂？」

百里藍氣得指著自己兩腿中間吼：「我瘋了才會拿自己的蛋開玩笑。」

棕離指著楚墨和封林，「肯定是你們。你們已經在這裡待了三天，是不是早有預謀？你們利用醫生的身分究竟做了什麼？」

楚墨修養極好，沉默不語。

封林蒼白著臉譏諷：「左丘沒來，你肯定也覺得他是早就安排好，才故意避嫌不出現。可是，棕部長，你自己呢？」

在棕離憤怒的咆哮聲中，已經被鎖定的滑動門突然打開。

一個身材頎長的人走了進來。

他披著一件寬鬆的黑色長袍，兜帽遮頭，臉上戴著面具，可是，身上依舊有不少地方沒有遮擋住，露出了潰爛的肌膚，上面遍布著大大小小的傷口。

他就像是剛從墳墓裡爬出來的一個黑色幽靈，悄無聲息地走過。所過之處，卻讓所有人都安靜下來。士兵立正敬禮，紫宴、楚墨他們都肅容站直，連失控的棕離也立即冷靜下來，陰沉著臉站得筆挺。

辰砂雙腿併攏，敬軍禮，「執政官，因為我的失職導致約瑟將軍和洛蘭公主死亡，我願意接受軍法處置。」

執政官淡淡地說：「會追究你的失職，現在做你該做的事。」

「是！」

辰砂抬起手腕，輸入一串指令，整個小雙子星，從地面到天空，從宿舍到戰艦，都響起了尖銳悠長的警報聲。

星球上的所有人，不管是在睡覺，還是在工作，不管是在玩樂，還是在吵架，都突然中斷了。他們神情凝重，認真地傾聽聯邦指揮官的命令。

「我是奧丁聯邦總指揮官辰砂，從現在開始，小雙子星進入戰時戒備。所有離隊人員，不管身在何處，必須在二十四小時內歸隊，違者軍法處置。」

一直呆呆看著洛蘭公主和約瑟將軍屍體的駱尋聽到警報聲，茫然地回頭看向殷南昭；僅僅和平了幾百年的人類又要開始星際大戰了嗎？

Chapter 12

我陪你

你送給我的話，我也送給你。
這段路，我陪你走。我不會丟下你，你也不要推開我。

隔著人群，殷南昭和駱尋視線交會。

一人眼神關切，流露著無聲的詢問；一人目光溫柔，表示自己沒事，要他不用掛慮，先處理正事。

不過剎那，兩人未發一言，一個眼神已經心意交會。

殷南昭移開目光，對紫宴說：「立即召開記者會，對全星際陳述洛蘭公主和約瑟將軍的事。」

「有用嗎？」紫宴不抱任何希望。

普通基因的人類本來就對異種有偏見，洛蘭公主和約瑟將軍的死肯定會像一個導火線，把人類對異種的負面情緒全部點燃。

殷南昭說：「不管有沒有用，在全星際人類的眼皮底下，一個公主、一個將軍死在了奧丁聯邦，我們必須給全星際人類一個交代。客觀陳述事實，不要刻意開脫。」

「是！」

「內奸……」棕離著急地說。

「徹查。我已經命安冉成立了獨立調查小組，你們所有人都必須接受調查。」

「同意。」辰砂言簡意賅。

棕離冷冷掃了其他人一眼，「我沒有意見。」

「我也沒有意見。」楚墨說。

其他人紛紛附和，都表明願意積極配合調查的態度。

＊　＊　＊

不過幾分鐘，洛蘭公主被劫持的病房就改成了臨時直播室。

一片乾淨聖潔的醫療白中，紫宴站在鏡頭前，代表奧丁聯邦對全星際人類發表訃告聲明。

他穿著肅穆的黑色正裝，衣襟上別了一朵小小的白花，表情沉重哀傷。

「……身為『真假公主』事件的受害者，奧丁聯邦一直在積極調查此事，得知約瑟將軍和洛蘭公主有可能在龍血兵團，我們立刻派人去救出了約瑟將軍和洛蘭公主。本意是想和阿爾帝國合作，查清楚事情的來龍去脈，沒想到還來不及聯繫阿爾帝國，約瑟將軍就劫持了洛蘭公主，不顧我們的反覆請求，一意孤行槍殺了公主後，自盡身亡。我們非常震驚、悲痛，會全力配合阿爾帝國……」

臨時直播室外。

辰砂說：「英仙葉玠是龍血兵團的團長，洛蘭公主和約瑟將軍在龍血兵團合情合理。阿爾帝國的皇帝應該會相信我們，他肯定已經明白英仙葉玠才是真假公主事件的幕後黑手，肯定不會心甘情願地被英仙葉玠牽著鼻子走，對我們宣戰。」

楚墨嘆道：「現在民意對我們很不利，希望阿爾帝國的皇帝有能力左右大局。」

封林喃喃感慨：「英仙葉玠好狠！情報上說他和洛蘭公主一起長大，沒想到竟然說殺就殺。」

棕離冷哼：「沒有我們的內奸狠。」

百里藍不滿地說：「你們這都什麼表情？最壞的結果不就是阿爾帝國對我們宣戰嗎？打就打唄！有什麼好怕的？假公主的事剛爆出來時，我就說該出兵攻打阿爾帝國，你們磨磨嘰嘰非要調查，現在越調查越亂，把自己弄成了被動挨打的局面，簡直是自找麻煩。」

「你認為，我是怕打仗？」殷南昭沒有溫度的視線掃向百里藍。

百里藍梗著脖子和殷南昭對視了幾秒鐘，最終垂下目光，「我沒這個意思，閣下。」

殷南昭掃一眼幾個公爵，肅然說：「奧丁聯邦能有今天的和平安定來之不易，能不打仗就不打仗。否則，激起全人類對我們的仇視，很有可能會引發人類對我們的剿滅戰。站在金字塔尖的我們不怕，但，阿麗卡塔星上的普通異種怕！其他星球上，無數仍然生活在人類之中的異種怕！我希望你們牢牢記住，人類和異種全面開戰既是人類的悲劇，更是所有異種的悲劇！」

有人理解支持，有人不以為然，可殷南昭的威嚴讓他們不敢反駁，表面上達成了共識：盡力理性溝通，不動用武力。

殷南昭說完話，身子突然晃了晃。

辰砂、棕離他們都比駱尋的體能好，卻因為殷南昭積威太盛，完全沒想到強悍的執政官也會像普通人一樣暈倒，而且都知道他的忌諱，壓根兒不敢隨意靠近。只有駱尋一直把他視為普通男人，想都沒想就衝了過去。

殷南昭身子搖搖欲墜，已經站都站不穩，可依舊憑藉強大的意志力，維持最後一點清明，眼神犀利戒備，隨時能發出奪命一擊。他看到靠近他的人是駱尋，才放心地閉上眼睛，任由自己摔在她懷裡。

眾人這才反應過來，殷南昭昏倒了，一邊失聲驚呼「執政官」，一邊亂哄哄地擁上來。

駱尋一邊毫不遲疑地抱起殷南昭，把他護在懷裡，一邊對辰砂說：「通知安教授。」

辰砂立即聯絡安教授。

駱尋問封林：「急救室在哪裡？」

「這邊。」封林在前面引路。

駱尋抱著殷南昭，跟在封林身後跑。其他人想要跟過去，辰砂一邊和安教授說話，一邊抬了下手，站立在兩側的士兵立即衝過來，組成人牆，無聲地擋住了其他人。

＊　＊　＊

一口氣衝進急救室。

駱尋把殷南昭放到醫療床上，想要幫他檢查，卻不能。

因為躺在面前的人不再只是她的戀人，還是奧丁聯邦的執政官。他的身體狀況屬於聯邦最高級別的機密資訊，她沒有資格查看他的身體、瞭解他的病情。

駱尋心急如焚，卻只能什麼都不做地等待。

封林著急地問辰砂：「安教授還要多久到？」

正焦躁不安、度秒如年，安教授趕到了。

他掃了眼昏迷的殷南昭，呵斥：「都出去！」

幾個人聽話地往外走。

駱尋剛走出病房，小腿突然抽筋，痛得站都站不住，只能靠著牆滑坐到地上。

辰砂蹲下，關切地問：「怎麼了？」

駱尋揉著小腿，抽著冷氣說：「沒事，突然有點抽筋。」

封林冷眼瞅著，「剛才太緊張，肌肉自發痙攣。反應倒快，我都沒意識到執政官會昏倒。」

辰砂想要幫她揉捏抽筋的地方，駱尋猛地縮躲了一下，整條腿更痛了。她齜牙咧嘴地說：「我自己可以。」

辰砂目光沉沉，靜看著駱尋。

封林倚著牆壁，雙手環抱在胸前，譏嘲地說：「就衝妳這連色誘都不會的樣子，我倒是真相信妳不是間諜。要真是間諜，我們聯邦的指揮官都送上門了，妳會不要？」

駱尋揉著腿不吭聲。

曾經她也無比確信自己絕對不會辜負封林的信任，可是她竟然是龍心，一個連自己都騙了的間諜。如果不是殷南昭，也許她早已恢復記憶，犯下彌天大錯。

沉默的安靜中，一個機器人轉動著輪子，滑到封林身旁，把一條乾淨的衣裙遞給封林，「請查收，您要的衣服。」

封林拿起裙子，扔到駱尋身上，「隔壁就是淋浴間。」

駱尋傻呼呼地接住衣服，不明白地看著封林。

封林沒好氣地說：「去換衣服，把自己收拾乾淨。我們可沒有虐待妳，妳滿身血腥給誰看？」

駱尋這才反應過來，封林是叫她去換衣服，把洛蘭公主死時噴濺到她身上的血汙清洗乾淨。

身為人質挾持且撕票事件的當事人，雖然身上的衣服染了鮮血，她也不敢隨意跑開去擦洗，一直乖乖待在一旁等候吩咐。沒想到封林心細如髮，竟然注意到了，還叫機器人拿乾淨衣服來。

駱尋心中百般滋味，抱著衣服站起來，往淋浴間走去。

幾分鐘後，她沖洗乾淨，穿上封林給的衣裙，走了出來。

她對封林說：「謝謝。」

封林輕嗤：「我很缺謝謝嗎？」

駱尋搖了搖頭。封林當然不缺謝謝，她壓根兒沒必要這麼做，卻一邊生她的氣，一邊照顧她，證明封林心裡依舊把她當朋友。

封林撇撇嘴，對像根柱子一樣站在一旁的辰砂說：「我說你，追女朋友就好歹有點追女朋友的樣子！剛才大好的獻殷勤機會都抓不住，送衣服、送珠寶，這可都是最基本的。」

辰砂想了想，說：「謝謝熱心指點。不過，妳從小就想睡楚墨，卻直到現在都沒有睡到他，妳的指點真的能聽嗎？」

封林怒瞪辰砂，辰砂卻沒有一絲譏諷，而是認真地想要探討請教。

封林無力地揮揮手，表示你們愛怎樣就怎樣，和她無關。

✳ ✳ ✳

將近一個小時後，病房的門打開，安教授的聲音傳來：「進來吧！」

駱尋跟在辰砂和封林身後走進病房，看到殷南昭躺在醫療艙裡沉沉昏睡。

安教授說：「沒有大礙，身體極度虛弱引發的突然暈倒。」

封林驚詫，直爽地問：「執政官幹什麼了？竟然會極度虛弱？」

安教授字斟句酌地說：「執政官在星際航行中受過傷，一直沒有得到妥善的治療。之後又進行了某種極限運動，體能消耗過度。從現在開始需要好好休養。」

辰砂若有所思地看向駱尋。

駱尋卻一直關切地看著醫療艙裡的殷南昭，完全沒察覺到辰砂的目光。

「謝謝教授。」封林說。

「謝謝我工作失職嗎？我是負責執政官身體健康的醫生，現在卻讓執政官當眾暈倒。」安教授一臉怒氣、語氣不善。

封林不敢吭聲了。

安教授憂心忡忡地長吁口氣，瞥了眼辰砂和駱尋，對封林說：「小林子，跟我走吧，還有事要做。」

封林跟著安教授離開了病房。

辰砂輕拍了一下駱尋的肩，「執政官有專人照顧，我們回家。」

「回家？」駱尋扭過頭，茫然地看著他。

「說習慣了。」辰砂眼神真摯，表情坦蕩，「不過，我的家就是妳的家。」

駱尋苦澀地說：「辰砂，你都不知道我是誰！」

「妳是駱尋。」

駱尋欲言又止：「我……想留在這裡，等執政官醒來。」

辰砂沉默了一會兒，問：「妳和執政官究竟是怎麼回事？」

執政官在昏倒前，明明看到了駱尋，卻毫不抗拒地倒在她懷裡。駱尋的反應更怪異，一般人看到執政官潰爛的身體都會下意識地躲避，她卻急切地衝過去，毫不遲疑地抱住了執政官。

辰砂沒有辦法再告訴自己，駱尋的怪異行為是因為她討厭執政官。她眼睛裡自始至終是擔憂關切，不是憎惡討厭。

「我……我……」駱尋看著辰砂，結結巴巴不知道該怎麼解釋。

「這個問題我來回答。」殷南昭的聲音突然響起。

駱尋和辰砂同時扭頭看向醫療艙。

殷南昭說：「小尋，妳先出去。」

駱尋看看面無表情的辰砂，再看看完全看不到表情的殷南昭，遲疑了一會兒，最終還是走出了病房。

她靠牆站著，腦子裡一片空白。不知道殷南昭會怎麼回答辰砂的問題，更不知道辰砂會是什麼反應。

半晌後，病房門打開，辰砂走了出來。

他盯著駱尋，神情看不出異樣，一如往常地平靜冷漠，只是眼神格外黑沉，像是暴風雨前陰雲密布的天空。

駱尋怯生生地看著他，不知道他究竟知道了多少。

「恭喜！」辰砂竟然擠出一絲僵硬的笑，「千旭還活著。」

駱尋抿了抿唇，「謝……謝。」

辰砂一言不發，提步就走，駱尋忍不住叫：「辰砂！」

辰砂停住了腳步，卻沒有回頭。

駱尋覺得似乎有千言萬語在心頭翻湧，可匯聚到嘴邊，能說的只有：「謝謝！」

辰砂沉默不言，繼續往前走。

長長的走廊裡，沒有一個人。他的背影筆挺，軍靴一下下叩擊著光潔的地面，發出微小清脆的聲音。

駱尋一直目送著他的背影漸漸遠去。

往事一幕幕浮現在眼前，就好像看著自己過去十幾年的生命漸漸走向一個終結。

見面第一天，她暈倒在他腳下。他冷漠地跨過她，揚長而去。

見面第二天，他不情願地娶了她。當她沒有及時上車時，他警告地說：「請公主記住，我不會等妳」。

……

認識第十一年。

她因為讓尋昭藤吸食鮮血暈倒，他急忙抱住了她。

為了告訴她「我喜歡妳」，他等了她十一天。

……

今日，他頭也不回地走出她的生命，給兩人的關係徹底畫上句號。

駱尋曾經覺得那段日子是流沙上的海市蜃樓，滿是欺騙和謊言，現在才明白那是她生命中唯一單純真摯的時光。

在此之前，她是狡詐冷酷的龍心；在此之後，她隨時有可能變成龍心。

只有那段時光，她雖然用著假名字、假身分，卻像一張白紙一樣單純真摯地活著。

辰砂的背影消失在走廊盡頭，長長的走廊變得空曠寂靜。

駱尋紅著眼眶告訴自己這已經是最好的結局。關係終結時，收到的不是怨恨，而是祝福，可是，卻覺得胸悶氣短，一點都高興不起來。

「小尋。」殷南昭的聲音傳來。

駱尋走進病房，沉默地趴在醫療艙上。

「我告訴了辰砂我是千旭。」

「嗯。」

「我向他道歉，他沒有接受。他說我對不起的不是他，是妳。」

駱尋的鼻子發酸。

「辰砂是個好男人。」

「嗯。」

「希望妳將來不要後悔。」

駱尋側枕在手臂上，沉思地看著殷南昭。為什麼他總覺得她會後悔？為什麼他會這麼沒自信？

隔著透明的艙壁，呼吸面罩下，潰爛恐怖的面容清晰可見。

殷南昭想起她第一次揭開他面具時的驚嚇表情，下意識想要迴避，最終卻是迎著她的視線，任由她仔細看清楚。

殷南昭平靜地問：「很難看吧？」

「嗯。」駱尋點了一下頭。

「小尋，有的時候可以說假話。」

駱尋微笑，「我以為殷南昭不需要假話的安慰。」

「這會兒需要。」

「哦……現在說『不難看』是不是已經來不及了？」

「來不及了。」

「那就只能繼續說實話了。」駱尋溫柔地凝視著他，手指隔著艙壁，慢慢描摹著他的面容，「即使你醜陋難看，我為什麼還捨不得把目光從你臉上移開呢？覺得只有看著你，心裡才安穩喜悅。」

殷南昭愣了愣，眼睛內風雲變幻，最終都化作了似水深情。

駱尋柔柔地問：「你還有什麼祕密？」

殷南昭沉默。

他想坦白的時候自然會坦白。她沒有再繼續追問，轉移了話題：「怎麼突然變回了人？」

「聽到槍響，看到妳頭上流血時，驚嚇恐懼中以為妳中槍了，一瞬間身體就開始變化。」

駱尋愣住了。沒想到安教授的理論竟然是對的，情景再現，利用危機打破基因穩定，逆轉異變。她敲了敲艙壁，故作得意地說：「沒想到我對你而言，比藥劑、猛獸、雷電暴擊還威力強大。」

殷南昭嘆道：「一直不想讓妳看到我殘破的身體，就算看到，也該找個氣氛好一點的時候。花前月下、燈光朦朧，稍微遮掩修飾一下，讓妳慢慢接受，沒想到竟然這麼狼狽地讓妳看到全貌。」

駱尋微笑，「是啊，好狼狽！正好暈倒在我懷裡，是我把你抱到急救室的。原來我辛苦多年把體能鍛鍊到A級，就是為了能抱著你到處跑。」

兩人凝視著彼此，眼睛裡都含著淡淡的笑意。

駱尋湊過去，隔著艙壁，吻了一下殷南昭的額頭，「我不後悔，你也不許後悔。」

辰砂太好了，應該有一個更好的女人。她和殷南昭都身含劇毒，正好彼此相伴，以命糾纏。

＊　＊　＊

駱尋一直陪著殷南昭。

等他睡著後，她爬到醫療床上，隨意扯了條白床單蓋上，迷迷糊糊也睡著了。

……

四周漆黑一片，沒有一點燈光。

駱尋心驚膽戰，走過漆黑的樓梯，走進一個冰冷的房間裡。

好不容易摸索到手動開關，打開了燈，竟然是一個停屍間，觸目所及都是一具具屍體。駱尋嚇了一跳，急忙回身想要離開，卻發現門已經緊緊鎖住，她出不去了。

突然，一個屍體掀開身上蓋著的白色裹屍布，坐了起來，居然是洛蘭公主，脖子上依舊有一個洞，鮮血滴滴答答地流著。

駱尋嚇得失聲尖叫。

洛蘭公主睜開了眼睛，陰氣森森地盯著駱尋，「龍心，這可是妳擬定的計畫。我們心甘情願用命做鋪路石，讓妳能成功地走到目的地，現在妳卻忘記了該怎麼走這條路嗎？」

駱尋又急又怕，連拉帶拽，拚命想打開門，卻怎麼都打不開。

洛蘭公主跳下停屍床，步履蹣跚地向駱尋走來。

「龍心，妳怎麼對得起慘死的我們？」

駱尋大叫：「我不是龍心！我是駱尋！」

「不要自欺欺人了，駱尋只是龍心做的一個夢。」洛蘭公主伸出染血的手，掐住了駱尋的脖子，「龍心，不要再做夢了，快點醒來。」

駱尋掙扎著說：「我不是龍心，我是駱尋！」

洛蘭公主淒厲地叫：「龍心，醒來！龍心，醒來……」

駱尋拚盡全力想要推開洛蘭公主，卻發現她的手就好像是鐵鑄的，怎麼推都推不開。

駱尋喘不過氣來，痛苦得全身痙攣，眼前漸漸發黑，一切都消失不見，只有洛蘭公主淒厲的叫聲一直糾纏著她的靈魂。

「龍心，醒來！龍心，醒來……」

……

「啊——」

一聲驚叫，駱尋捂著脖子，猛地從醫療床上坐起，劇烈地喘息著。

殷南昭趴在床邊，關切地問：「做噩夢了嗎？」

駱尋側頭看向殷南昭。漆黑的眼睛像是琉璃珠般美麗清澈，可是，美則美矣，沒有一絲情感。

殷南昭悚然而驚，定定地看著駱尋。

「你是誰？」駱尋冷冷地問。

殷南昭全身發寒，身體僵硬，像是變成了一座雕像。

駱尋伸出食指，點著他的額頭，把他推開，「你是哪個實驗室的實驗體？下次再亂跑我就把你做成肥料去種菜。」

她跳下醫療床，看看自己身上的衣裙，嫌棄地皺眉，打開櫃子一通亂翻，找到了一套藍色的手術服。

她旁若無人地脫下裙子，準備換衣服，就好像殷南昭完全不是個人。殷南昭猝不及防，愣了一會兒才反應過來，急忙撇過頭。

駱尋穿好裡面的藍色手術服，一邊套外面的白大褂，一邊轉過了身，冷冷地命令：「把面具摘下來。」

殷南昭沉默地摘下面具。

駱尋流露出噁心厭惡的表情，「好醜，你還是把面具戴上吧！」

她手勢嫻熟地把頭髮綰起，盤成整齊的髮髻，隨手拿起一把細長的手術激光刀，當作簪子把髮髻固定在腦後。

駱尋朝急救室門口走去，殷南昭擋在了門口。

駱尋不悅地呵斥：「讓開！」

殷南昭不說話，也不動。

駱尋不耐煩地命令：「醜八怪，讓開！」

殷南昭依舊像一根木樁一樣擋在門口。

「是龍頭的命令嗎？」

駱尋一巴掌狠狠搧了過去，殷南昭沒有躲，任由駱尋搧打在他臉上。

駱尋微笑著說：「你違抗龍頭的命令，是死；違抗我的命令，是慘死。醜八怪，你覺得該選哪個呢？」

殷南昭依舊不說話，也不動。

駱尋拔下髮髻上的手術激光刀，「看來，我只好先做一次活體解剖了。」

她按下開關，啟動了手術刀。

她眼神淡漠、手勢俐落，自上而下，從殷南昭的胸膛上切過。

猩紅的鮮血流出……

駱尋猛地睜開眼睛，發現自己平躺在柔軟的床上。

她恍惚了一會兒，扭過頭，看到殷南昭坐在窗戶旁的單人沙發上，手中捧著一本古色古香的紙質筆記本。她醒來前，他應該正在翻看筆記本，發現她醒了，他輕輕合攏筆記本，不動聲色地靜看著她。

「南昭？」

駱尋坐了起來，不明白他的目光為什麼那麼怪異。

剎那間，殷南昭出現在她面前，把她緊緊地抱進懷裡。

「小尋！」

一聲呼喚，卻滿是劫後餘生的纏綿悱惻，就好像他們這個擁抱是隔了千山萬水的失而復得。

駱尋奇怪地問：「怎麼了？」

殷南昭輕聲說：「沒事。」

駱尋縮在他懷裡怔怔發了會兒呆，心有餘悸地說：「我做了個噩夢。夢到我變回龍心，把你給忘了，對你說了一些很可怕的話，還想對你做很可怕的事。」

殷南昭輕撫她的背，「沒事了，已經沒事了。」

駱尋突然覺得不對勁，她明明陪著殷南昭在病房裡養傷，可現在這個房間不是病房，殷南昭也不是在醫療艙裡。

「這是哪裡？」

「我在小雙子星上的住宅。」

「你的傷……」駱尋取下了殷南昭的面具，看到他臉上的肌膚光潔完好。顯然，他的外傷已經好了。她納悶地問：「我究竟睡了多久？」

「算上妳夢遊的時間，四十九個小時。」

「夢遊？」

駱尋臉色發白，原來那並不是噩夢。她真的辱罵、搧打了殷南昭，還想把他開膛破肚。

她猛地推開殷南昭，躲到了床角。

「小尋！」殷南昭想要抱她，被駱尋用力打開。

駱尋把臉埋在膝蓋裡，縮成了一團。

「把我交給棕離和紫宴他們吧，告訴他們我是龍心。」

殷南昭不顧她的掙扎，硬把她抱在懷裡，「我說過，這段路我會陪妳走。小尋，我不會丟下妳，妳也不要推開我。」

駱尋的眼淚潸然而落，一滴滴浸入他的衣襟，「答應我，如果下次我真的變回龍心，不能像這次一樣醒來，你就殺了我吧！」

「我不能答應妳。」

駱尋難以置信地抬起頭，滿臉淚痕地看著殷南昭。

她知道，要求殷南昭殺了她對殷南昭很殘忍，可如果龍心利用殷南昭對她的情感殺害了殷南昭，卻是對她很殘忍。她以為殷南昭肯定明白，寧願自己去承受痛苦。

殷南昭捧著她的臉，鄭重地說：「我愛妳，絕不會殺妳。」

「即使我會殺了你？」

「駱尋，我要妳牢牢記住，即使妳會殺了我，我也絕不會殺了妳。所以，不管任何時候，妳都必須活著，不要讓妳來殺我。」

駱尋淚如雨落，號啕大哭起來，一邊捶打殷南昭，一邊痛苦地喊：「你賴皮！你賴皮……」

殷南昭緊緊抱住她，「不要怕。那個龍心只是一場夢，不是真的龍心。妳是因為親眼目睹了洛蘭公主慘死，心理受到刺激，所以夢見了妳出現之前的龍心。」

駱尋突然止住哭聲，仔細想了會兒，說：「如果是現在的龍心，她會擁有我的記憶，不可能不認識你。」

「對！」殷南昭溫柔地幫駱尋擦去臉上的淚，「不要怕，只是一個夢。」

駱尋用力吸吸鼻子，沉默地抱住了殷南昭。

現在只是夢，將來呢？

雖然，即使龍心甦醒了，她和殷南昭的記憶依舊存在，可是，她呢？她還存在嗎？

殷南昭柔聲說：「不管發生什麼事，我都會陪著妳。」

駱尋眼眶發酸，又想落淚。

浩瀚星際間，茫茫人海中，她何其有幸，才能碰到殷南昭。

她以前暗罵他是變態，可其實自己才是變態。一個隨時有可能拿起刀扎到他心窩裡的瘋子，一個隨時有可能顛覆奧丁聯邦的間諜，一個隨時有可能屠殺異種的魔頭，殷南昭卻敢用自己的命做賭注來愛她、護她、信她。

嘀、嘀——

通訊器的蜂鳴聲突然響起。

殷南昭看了眼來電顯示，下令：「接聽。」

紫宴的聲音傳來：「閣下，阿爾帝國的皇帝想和您通話。」

「我馬上下來。」

殷南昭抱歉地對駱尋說：「因為洛蘭公主和約瑟將軍的死，阿爾帝國的民眾強烈要求討伐奧丁聯邦，但阿爾的皇帝不願開戰，約我視訊見個面，想和我商量一下怎麼避免戰爭。」

駱尋忙說：「我沒事，你去工作吧！」

「我就在樓下，有事的話隨時叫我。」殷南昭似乎仍然不放心。

駱尋笑著推他，「幾天沒洗澡，身上都要有怪味了，我去好好泡個澡，你安心去開你的會。」

殷南昭湊到她頭頂嗅了一下，「嗯，是有味道了。」

駱尋要捶他，他閃身躲過，拿起面具戴上，都走到門口了，又回過身說：「我就在樓下。」

駱尋無奈地問：「你還要說多少遍？」

殷南昭風度翩翩地彎了下腰，行禮告別，表示到此為止。

駱尋搖著頭，啞然失笑。這樣一個花樣百出的男人，她當年眼睛到底是有多瞎，才會覺得他像萬里荒漠一樣孤寂荒涼呢？

殷南昭關門離去後，駱尋臉上的笑意漸漸消失。

她下了床，赤腳走進浴室，對智腦吩咐放熱水泡澡。

氤氳的熱氣中，她坐在浴缸旁，心事重重地胡思亂想著。

圓滾滾的小機器人滾到她身邊，纖細的機械臂舉著兩排顏色各異的浴鹽，請她挑選。

駱尋隨手拿起一罐玫瑰色的浴鹽，舀了一勺倒進浴缸。

紅色的浴鹽溶解成絲絲縷縷的紅霧，漸漸消失在一缸清水中。

駱尋心裡一動，一勺又一勺，不停地往浴缸裡放浴鹽，直到把一整罐浴鹽都放完，浴缸裡的水變成了鮮艷的玫紅色。

她怔怔看了一會兒，忽然如釋重負地笑了。

她和殷南昭的相遇相戀是命運的意外，可她堅信，他們最終一定會改變命運本來的顏色。

這盤棋，龍心設計了開始，結局卻不由她決定。

駱尋脫下衣服，鑽進浴缸。

智腦一板一眼，盡責地問：「請問聽音樂還是看影片？」

「影片。」

「請問喜歡什麼類型的影片？推薦或自選？」

「推薦。」

螢幕上顯示最近比較流行的影片：戰爭、恐怖、探險、愛情……

駱尋一直沒看到感興趣的影片，不停地說著「下一頁」。

突然，她眼睛瞪大，目不轉睛地看著。

螢幕上是一對對赤身裸體的男女。

駱尋嘟囔：「竟然還有這種片子！」

智腦的機械聲立即響起，像是在為自己的推薦辯解：「您的年齡應該已經遠遠大於合法觀看年齡，這是最近半年來小雙子星上點播率最高的影片。」

駱尋覺得智腦太智能也不是好事，「不用你提醒我年齡。」

她遲遲沒有說「下一頁」，智腦判斷她感興趣，體貼地建議：「要播放一部分試看嗎？」

「……好……」

駱尋的聲音很含糊，但執政官大人的智腦配置絕對一流，順利捕捉到聲音，執行了指令。

飛船裡，一男一女一邊熱吻一邊脫衣服，動作越來越激烈，女人突然大聲叫起來，駱尋嚇得立即喊：「關閉，關閉！」

「需要試看別的片子嗎？」

「不用了！」

「您是羞澀嗎？擔心別人聽到聲音？」

「閉嘴！」

「我沒有嘴。」

「你懂我的意思。」

智腦安靜了。

駱尋想起夢遊時的自己，準確地說是龍心。

即使龍心覺得殷南昭是個實驗體，沒有人權，但那畢竟是一個活生生的男人，龍心卻能一絲遲疑都沒有地當著一個陌生男人的面脫衣服、換衣服。駱尋沒有辦法想像龍心在葉玠面前會怎麼樣，以他們的親密關係，應該什麼事都做過了吧！

駱尋苦笑。無論如何，這具身體都不應該為這種事羞澀。

她剛才的反應，是不是有些太矯情了？就像是明明經驗老到，卻還要裝冰清玉潔。

她雙手合攏，掬起一捧玫紅色的水，看著它們從指間淅淅瀝瀝滴落。

星際時代，三百多歲的人均壽命。漫漫光陰中，誰沒有幾段戀情，個把前男友、前女友？就算這具身體以前和葉玠是戀人，也已經是過去的事了。

更何況她現在壓根兒就不是龍心，過去了就是過去了！

＊　＊　＊

駱尋洗完澡、穿好衣裙，正在想殷南昭忙完了沒有，通訊器的蜂鳴聲響起。

她看了眼來電顯示，笑著說：「接聽。」

殷南昭的聲音傳來：「我的工作處理完了，妳洗完澡了嗎？」

「洗完了。工作順利嗎？」

「和皇帝陛下的溝通還算順利。妳下來嗎？有個人在等著見妳。」

「誰？」

「妳一直想見的人。」

「我一直想見的人？」駱尋想了想，完全沒有頭緒，「到底是誰？」

殷南昭神祕地說：「妳下來就知道了。」

駱尋一邊納悶，一邊沿著盤旋樓梯緩緩走下樓。

殷南昭背對著他，站在大廳中央靜靜等候。

駱尋看了眼四周，沒有發現其他人，不解地問：「你不是說有個我一直想見的人在等著見我嗎？人呢？」

殷南昭轉過了身，笑看著駱尋。

駱尋這才留意到，他沒有戴面具，眼睛也不是藍色，而是黑色，穿著白色的亞麻襯衫、煙灰色的休閒褲，完全是千旭的日常打扮。

駱尋愣住了。

「小尋，好久不見。」殷南昭微笑著問候，就像是一去經年的遊子終於歷經波折回到故里。他眉眼溫潤，笑如朗月入懷，聲如清風拂面，正是駱尋心底最溫暖美好的記憶。駱尋淚光晶瑩，情難自禁，猛地飛撲過去抱住了他，「千旭！」

「嗯。」

駱尋像是做夢一樣，仰頭看著殷南昭，不敢相信地輕聲問：「為什麼會……變成千旭？」

「妳不是一直想見他嗎？」

駱尋咬著唇，不敢說話，摸不準他這句話到底是殷南昭說的，還是千旭說的。承認了怕殷南昭生氣，不承認又怕千旭難過。

殷南昭低頭凝視著她，溫柔地問：「妳想我嗎？」

駱尋完全沒辦法抗拒千旭，乖乖地點了點頭。

「我也很想妳。」

殷南昭眉如春山暖，眼似秋水柔，完完全全就是她相思無解時，夜夜夢到的樣子，她眼眶一下子全紅了。

殷南昭急忙摟緊了她，輕聲說：「對不起。」

駱尋悄悄拭去眼角的淚意，捶了殷南昭一拳，「你不是不喜歡我喜歡千旭嗎？幹嘛還要來招惹我？」

「妳只喜歡他時，我當然不願意妳把我當作他。現在沒這個必要了，反正都是我。」

駱尋呆了一會兒，噗哧一聲笑起來，這個精分（精神分裂）終於不再吃自己的醋了。

殷南昭攬著她的腰說：「有一個小禮物送給妳。」

駱尋忽閃著眼睛，期待地看著他。

殷南昭打了個響指，大廳的一面牆壁漸漸變透明。

隔著透明的玻璃牆，駱尋看到花園裡種滿了迷思花，正開得如火如荼。清幽淡雅的藍、明艷濃烈的紅，兩種色彩交雜在一起，像是一半海水、一半火焰在一起奔湧燃燒，美得驚心動魄。

駱尋像個傻子一樣怔怔走過去，幸虧玻璃牆自動翻轉打開，她才沒有一頭撞到牆壁上。

她走到花園裡，一邊驚喜地四處看，一邊探手撫過每一朵花。

殷南昭靠坐在沙發的扶手上，長腿斜撐著地，雙手插在褲袋裡，含笑看著眼前曾經只可能出現在夢裡的場景——人影和花影兩相映。

駱尋轉身，對殷南昭說：「這些花種下不只一年，應該已經種好多年了。」

殷南昭沒有否認，「千旭死後，我怕萬一被妳看見，煞費苦心的計畫會露餡，曾經想過把它們都拔掉，但總下不了手，一拖再拖就拖到了今天。」

駱尋走到他面前，伸出一根指頭，點了點他半遮半掩的鎖骨，「你拔了它們，沒有用！你變換了容貌，沒有用！我記住的是你藏在血肉下的骨頭。」

殷南昭眉眼含情，靜看著駱尋。

駱尋的心不受控制地越跳越快。

殷南昭莞爾，脣角輕揚。

駱尋臉紅了，知道他那變態的聽力已經聽到了她為他情動、意動、心動。

殷南昭依舊含著笑，不動聲色地靜看著駱尋。

駱尋羞惱地咬咬牙，猛地往前一撲抱住他。沒想到殷南昭竟然向後翻去，直接被駱尋撲倒在沙發上。

駱尋趴在他身上，像隻小松鼠一樣瞪著圓溜溜的眼睛，「你這麼身嬌體弱、容易被撲倒嗎？」

「半推半就……不對，不是半就，是全就。」殷南昭一本正經地說著最不正經的話，「心甘情願、完全配合。」

「那我就不客氣了。」駱尋歪著腦袋咬了咬他的下巴，覺得味道不錯，又伸出舌頭舔了舔。她像是一隻品嘗美食的小動物，溫柔地舔舐，耐心地細細嚙咬，從下巴慢慢吻到了殷南昭凸起的喉結處，舌尖繞著喉結輕輕打了個圈。

殷南昭發出了一聲模糊的呻吟，突然雙手握住駱尋的肩膀，把她往外推。

駱尋臉頰緋紅，雙眼迷濛，「殷南昭，我想吃了你，現在！」

她毛手毛腳地去解殷南昭的襯衫，殷南昭卻握住了她的手。

駱尋不明白，「你不願意？為什麼？因為我和葉玠……」

殷南昭捂住她的嘴，「我很願意被妳吃掉，只不過在妳享用前，身為負責任的食物，我必須講解一下食用我的毒副作用。」

他雖然像是在開玩笑，可明顯肌肉緊繃，十分緊張。

讓殷南昭都緊張的事?!

駱尋心中暗凜，面上卻故作輕鬆，「好吧！食用你的毒副作用有哪些？」

「我的基因肯定不能有後代。」

駱尋如釋重負地鬆了口氣，「不能有孩子，那麼你這一生最親密的人只有我，最愛的人也只有我，沒有人和我搶你，我完全能接受。」

殷南昭依舊紋絲不動，也不說話，漆黑的眼眸中隱有哀傷流動。

駱尋嘆了口氣，開始脫衣服，用實際行動表明她真的不在意。她剛把上衣解開，殷南昭又抓住了她的手，把滑到她肩膀下的衣服拽了上去。

駱尋掙了幾下沒有掙脫，俯下身低頭去吻殷南昭。

殷南昭頭一偏，駱尋的吻落空，嘴脣磕在他的腦袋上。

駱尋長吁口氣，挫敗地做挺屍狀，趴在殷南昭身上一動也不想動了。男朋友武功太高強，欲求不滿想來硬的都不可能。

殷南昭微微側頭，在駱尋耳畔，緩慢卻清晰地說：「我是複製人。」

一瞬間，駱尋覺得自己的心跳都完全停止了。

因為基因研究，她也曾有意無意地瀏覽過一些複製人的法律條文。經過漫長的發展，人類已經從基因複製中吃過大虧，早已達成共識：為了保護人類種族的繁衍，為了保護人類社會的倫理體系，為了保護基因母體的唯一性，法律嚴禁製造複製人。複製人不能擁有自然人擁有的任何權利，他們的地位連機器人都不如。機器人至少是人類合法的財產和工具，可以光明正大地存在，複製人卻是非法存在，永遠見不得光，一旦被發現，任何人都可以立刻處死複製人。

駱尋身體僵硬、通體寒涼，趴在殷南昭身上一動也不動。殷南昭的身體更是僵硬如冰塊，甚至像冰塊一樣透著死寂的冷意。

兩個人的身體明明依舊緊貼在一起，可不過彈指剎那，就已經隔了千山萬水不可跨越的距離。人間至濃至烈是情愛，至脆至弱也是情愛，剛才還情交意合的男女，不過才一兩分鐘，卻像是過了幾百幾千年，青絲化雪，濃情轉薄，心寒了、血冷了。

殷南昭微微一動，已經從駱尋身下脫身而出，遠遠地坐到了沙發的另一頭。

他低垂著眼，平靜地說：「我會幫妳重新安排一個身分，送妳離開。如果妳有想去的星球，告訴我，如果沒有，我會幫妳選一個安全的地方。」

駱尋一臉茫然，愣愣想了會兒，才明白殷南昭這是在提分手、做善後安排。

她木著臉問：「有沒有分手費？」

「有。」

「我要很多！」

「好。」

「不問問金額就敢說好？我會要很多很多！」

殷南昭似乎終於意識到不對勁，抬眸看向駱尋，「我名下有些資產不能動，太引人注目。除此之外，其他所有財產妳都可以拿去。」

「不管你的財產有多少，就算能買下整個宇宙，我要的分手費也一定比這個更多。」駱尋咬牙切齒，看你還怎麼好？

殷南昭靜默如山嶽，若有若無的哀傷如薄霧輕嵐，一直縈繞在他身周。

駱尋終於明白了很多曾經不能理解的事。

位高權重、體能過人，明明沒有人可以強迫他，他卻絲毫不把自己的身體當回事，做安教授的實驗體，被各種藥劑侵蝕得全身潰爛，不得不戴著面具做「活死人」。

身為一國元首，明明不應該以身犯險，他卻絲毫不把自己的命當命，做著敢死隊的隊長，一直游走在生死邊緣。

明明正值盛年，應該大展宏圖，他卻時刻準備放權，一直訓練著七位公爵能獨當一面。

明明知道她是假公主，是一個死囚，和辰砂是假婚姻，卻依舊不肯坦白身分、表明心跡，甚至要親手殺了千旭，斬斷本不應該滋生的情緣。

明明看到她為他痛不欲生、念念不忘，卻依舊覺得自己沒有辦法給她未來，只能壓抑自己，絲毫不敢靠近。

明明他哪裡都不比辰砂差，卻一直覺得她和他在一起會後悔，想把她推給辰砂。

……

駱尋走到殷南昭面前，坐在了他大腿上，溫柔地解釋：「剛才我只是很震驚，震驚到需要一點時間才能真正理解你說的是什麼。」

殷南昭依舊像一座冰冷的石像，紋絲不動，「理解了？」

「嗯，就是我們不能有孩子，我說了我接受。」

「不止這個。」

駱尋斬釘截鐵地說：「我和你之間的問題只有這個，別的是我們要一起去面對的問題。」

「妳應該再認真想一想，我是見不得光的複製人，根本不被允許存在於這個世間。」

駱尋從善如流，認真想了想，問：「有誰知道這個祕密？」

「安教授、安達、安冉。」

「安教授有沒有用這個祕密要挾你配合他做人體實驗？」

「我自願。」

「敢死隊的事有人要挾你嗎？」

「我自願。」

駱尋冷嘲：「你究竟是多想死？」

殷南昭沉默了一會兒，說：「沒有想死，只是也沒有特別想活，因為壓根兒沒有明天。」

駱尋有一點明白那種感受。

當她是假公主時，也曾經覺得不管擁有多少，都會在一瞬間灰飛煙滅。可是，她至少還可以掙脫假公主的身分，去尋找一個真實身分，殷南昭卻完全不可能。

不管多麼輝煌的戰功，不管多麼榮耀的政績，不管多麼高高在上的地位，不管付出了多少艱辛努力，不管擁有多少尊敬崇拜，只要身分揭穿，就會全部化為灰燼！

殷南昭完全沒有出路，因為是他的基因作假。他的身體就是欺騙，他的生命就是謊言，從他誕生的那一刻，就注定了沒有未來。

忽然間，駱尋覺得他們倆的相遇、相愛不是偶然，而是必然。從她在荒原上睜開眼睛的一剎那，就命中注定了。

如果殷南昭沒有當實驗體，他們不會在研究院相遇。

如果殷南昭不是身世淒涼、經歷複雜，他不會理解她的孤獨無助，縱容她的身懷異心。

如果殷南昭不懂得謊言的無奈，他不會明知她是冒充公主的死囚犯，卻還願意幫她遮掩，保護她的安全。

如果殷南昭不是親身經歷了命運的戲弄，他不會理解她是龍心，卻又絕不是龍心。

駱尋像是柔軟的藤蔓一般，貼靠在殷南昭懷裡，雙臂纏抱住他的脖子，情意綿綿地吻他的唇，「現在呢？你還是覺得身處流沙之上，沒有明天，沒有未來，什麼都沒有嗎？」

殷南昭依舊坐懷不亂，沒有絲毫回應，冷靜地問：「我是人人得而誅之的複製人，連活著都是罪過，一旦身分暴露，不但會失去現在擁有的一切，還會被全星際通緝追殺，妳不怕嗎？」

「怎麼可能不怕？我巴不得你是普通人，巴不得自己不要是龍心，可是橋歸橋，路歸路；怕歸怕，愛歸愛。正因為你是這樣，我才會愛上你。如果你不是這樣，如果我不是這樣，只怕你不可能愛上我，我也不可能愛上你。」

殷南昭終於有了一絲反應，身子微微前傾，感興趣地問：「這樣的我？」

「好的、壞的，善的、惡的，美的、醜的，真的、假的，全部都加起來才是你！我都愛，也都要！」

殷南昭眼睛漆黑深邃，定定地看著駱尋。

駱尋又親了殷南昭的唇一下，「你送給我的話，我也送給你。這段路，我陪你走。我不會丟下你，你也不要推開我。」

殷南昭猛地把駱尋緊緊壓到了懷裡。

駱尋頭貼在他胸膛上，聽到他的心臟一下下鏗鏘有力地跳動著。她笑著說：「我聽到了你的心跳聲，是在為我跳動。」

殷南昭禁不住微笑，何止是心為她跳？眼裡、舌尖、唇畔，掌中、懷裡，都是她，全都是她！

原以為本不該存在的生命，注定孑然一身，孤獨地誕生於黑暗，也終將在孤獨中被黑暗吞噬，縱有良辰美景也只是海市蜃樓，卻不料心動浪起、情生潮湧，有人願意陪他踏入禁地，共對黑暗。

她說，她愛他，正因為他是這樣的他！

命運大神獰笑著把最殘酷的錯誤寫在了他的基因裡。他沒有怨恨過命運，因為沒有命運大神的惡作劇，也就沒有他。可是，不管他多麼努力、多麼強大，錯誤都是錯誤，無可更改。

現在，卻有一個人告訴他，正因為他是一個錯誤，她才會愛上他。

汙濁的泥土上會有絢麗的花朵，漆黑的夜空中會有璀璨的星光，命運給了他最殘酷的錯誤，只是為了讓他遇見那個最美麗的人。

Chapter 13

誓言

我愛妳，以身、以心、以血、以命！以沉默、以眼淚！
以唯一，以終結！以漂泊的靈魂，以永恆的死亡！

「你的基因母體……是誰？」駱尋猶豫了一會兒，還是問出了這個尷尬的問題。

如果殷南昭的基因母體是籍籍無名的普通人，事情會簡單很多，至少說明創造他的人沒有特殊目的，不管母體是死是活，他都不會捲入奇怪的事件中。可如果殷南昭的基因母體是赫赫有名的重要人物，事情就會超出想像地複雜，創造他的人肯定懷有特殊目的，不管母體是死是活，他都會被捲進漩渦中。

殷南昭摟著駱尋，猛地一個翻身，把她壓在沙發上。

駱尋心跳加速，緊張地看著殷南昭。本來以為要進行深刻的心靈交流，沒想到又變回了膚淺的身體交流。

殷南昭似猜到她在想什麼，眉峰微揚，脣角挑起，聲音很低沉，「想不想……」刻意頓了頓，「聽聽我小時候的事？」

「……想。」模式切換太快，駱尋的心情很複雜。

殷南昭忍俊不禁，眼裡星星點點，都是笑意。

駱尋又羞又惱，捶了他一拳，「真的想！」

殷南昭從駱尋身上翻下，躺到她身旁，擺明了會是一個很長的故事。

駱尋頭挨著他的肩膀，也找了個舒服的姿勢。

微風吹過。

花園裡的迷思花隨風輕輕搖曳，發出若有若無的沙沙聲，一陣陣花香縈繞在室內。

殷南昭的聲音緩緩響起。

「我最早的記憶是在羅薩星上，一所由政府資助的孤兒院。雖然孤兒院裡的孩子都沒有父母，可我知道自己和他們不同。分玩具時，我的玩具總是最舊、最破的；吃水果時，我的果盒總是最小、最不新鮮的；做遊戲時，我總是一個人一組。我曾經為這種不公平哭過、鬧過、抗議過，但只會引來老師的懲罰，說我果然是異種，像個野獸一樣野蠻。

「後來，我知道了別的孩子是因為父母死亡才來到孤兒院，我卻因為是異種，一出生就被拋棄在孤兒院外。我漸漸學會了不哭鬧、不抗爭，默默接受。畢竟，我是個連孕育了我生命的父母都不想要的異種，別人對我不好應該很合理。

「七歲那年，孤兒院來了一個新老師，他對我很好，說話和顏悅色，時不時會給我糖果吃，還送我一個太空飛船的模型。我很開心，因為每年新年分玩具時，我都會在心願卡上寫下想要太空飛船，可別的老師從來不理會。

「一切美好得不像是真的，我甚至不敢接受一直渴望的玩具，老師卻鼓勵我，身為異種不是一個錯誤，有什麼樣的基因不是我自己能決定的，我能決定的是做一個什麼樣的人。只要我是一個好孩子，就可以和其他孩子一樣擁有最好的玩具。

「突然間，我的生活好像就改變了，每天都充滿希望。

「有一天，老師對我說要和我玩一個軍事遊戲，要我保密，我興奮地答應了。按照老師的教導，我摘掉自己的身分環，等其他孩子都睡熟後，偷偷溜出了孤兒院。我明明很害怕，卻因為更害怕唯一一個對我好的人失望生氣，硬是大著膽子，在漆黑的深夜，獨自一人穿過孤兒院外的樹林，走到了約定的地點。老師誇獎我真聰明，把我交給另外一個男人，說是要繼續執行下一個軍事任務。

「我抱著老師送我的飛船模型，坐上另一個男人的飛車，直到我被塞進一艘真的飛船，離開了羅薩星，我才知道我被老師賣掉了。雖然異種不受人類待見，可也有很多人著迷於異種，在奴隸市場上非常受歡迎，像我這樣的小男孩，賣的錢是一個孤兒院老師半年的工資。

「兩年多時間，我隨著奴隸販子在星際間輾轉流浪。我不想做奴隸，一次次逃跑，一次次被抓回去毒打。如果不是因為他們已經在我身上花了錢，不能做虧本買賣，我肯定早已被打死了。

「後來，幾經轉手，我被賣到了泰藍星，一顆由傭兵團控制的旅遊星。泰藍星上有兩樣東西最著名。一是他們的海灘，因為獨特的海洋環境，整個星球都是大大小小、星羅棋布的海島，形成了顏色各異的海灘，被稱為彩虹沙灘，吸引著大量遊客來度假；二是他們的異種奴隸，可以為顧客提供各種服務，號稱只有顧客想不到的，沒有他們做不到的。有像保鏢一樣體能出眾，卻比保鏢忠心的死侍；有像寵物一樣聽話，卻比寵物聰明的人寵；還有形體各異、精心調教過的性奴。

「在孤兒院時，我雖然不至於餓肚子，可也沒得到良好的照顧，後來在奴隸販子手中輾轉時，飢一頓飽一頓，常常被毒打和懲罰，身體營養不良，看上去羸弱矮小，不適合做死侍。偏偏又性格暴烈，攻擊性很強，也不適合做人寵。最後，我因為臉長得還不錯，被分到了性奴組。

「我再次試圖逃跑，刺傷了調教老師。主管大怒，毒打了我一頓，把我關進海島下的水牢裡。我不願向命運屈服，可也沒有能力掙脫自己的命運。身體在水裡浸泡了幾天後，開始慢慢腐爛，我的意志也隨之崩潰了，想著一死了之。

「被我刺傷的調教老師來看我，他叫隋御。一個學識豐富、舉止優雅的異種男人，背上長了一對白色的翅膀，不過，這對翅膀不僅沒有給他飛翔的能力，還讓他受盡歧視。他在漆黑的水牢裡講述了異種丘比特的故事給我聽。

「我譏諷地質問他，既然長著翅膀的丘比特被人類接受了，你為什麼還會在這裡？我把孤兒院老師的事講給他聽，告訴他，人類即使嘴裡說著我的基因不是錯誤，心裡也依舊把我看作一個錯誤，想讓我消失。

「隋御說，那個老師沒有說錯，就像是好人會做錯事，壞人也會說出對的話。我們的基因不是錯誤。星際廣袤，外面還有另一個世界。在那個世界裡有一顆叫阿麗卡塔的星球，異種建立了一個叫奧丁聯邦的星國。在奧丁聯邦，沒有歧視、沒有凌辱，所有異種平等自由地生活著。雖然我和你現在都沒辦法去那個世界，可只要活著，總會找到機會。如果死在了這裡，就真的永遠看不到另一個世界了。

「我被隋御的話打動，想要去看看另一個世界。我對主管下跪道歉，保證再不逃跑，主管饒恕了我，我開始跟著隋御學習。為了能去另一個世界，我學習一切我能學習的東西，甚至從死侍組的奴隸那裡偷偷學習了一些基礎的體術。我非常聽話，又肯花心思討好人，是性奴組表現最優異的孩子，不但隋御喜歡我，主管們也都喜歡我。當時，我天真地以為，雖然我現在還不知道通往另一個世界的機會在哪裡，但只要拚命努力，當那個機會出現時，我就一定能抓住。

「十六歲那年，我被一位女富豪看中，買了我三天時間。我早有準備，並沒有多做抗拒，就像隋御以前告訴我的，重要的不是我們的身體在哪裡，而是我們的靈魂在哪裡，無論如何必須先活下來。那個深夜，所有人都以為我已經酩酊大醉，但他們不知道，自從七歲起我就習慣了作假，連酒量都會作假。我聽到了隋御和客人的對話。客人說沒想到我竟然這麼溫順聽話。隋御炫耀地說起調教過程，他用一個虛無縹緲的未來騙得我乖乖聽話，什麼都肯做。以為只要忍耐著活下去，就遲早可以飛出去，可其實等忍耐成了習慣，習慣了做奴隸，放他出去，他都不知道該怎麼飛。

「他們在裡面談笑，我呆呆地站在外面聽。我不知道那時自己究竟在想什麼，腦子裡一片漆黑，好像只是覺得冷，冷得就像是赤身裸體站在冰天雪地的荒原，周圍荒無人煙，無論我多麼努力，都被這個世界拋棄了。等我清醒過來時，我已經殺死了客人和隋御。他倒在血泊裡，肩膀上的兩隻翅膀一直痛苦地搧動，像是要振翅高飛，可直到白羽被鮮血全部浸紅，他也沒能飛起來。

「老闆大怒，把我關起來，放到角鬥場。他們覺得直接殺了我太虧本，把我的死亡做成演出，正好可以彌補我造成的經濟損失。我知道自己注定會死，溫順一點會少受一點苦，但我不願再偽裝了，寧願正中他們下懷，痛苦地死於反抗，也不想認命地接受擺布。我苦苦堅持了三天，就在我精疲力竭、要被野獸撕成碎塊時，老闆突然下令終止角鬥，叫人把我帶回去。

「原來一個神祕人突然出現，說是看中了我，不惜高價買下我。我被關在籠子裡帶上飛船，神祕人雖然不苟言笑，但對我不錯，把我放出籠子，讓我睡在舒適的房間裡，還叫醫生治療我的傷。他問我要不要修改容貌，忘記過去、一切重新開始。我拒絕了。雖然那張臉為了能讓客人更滿意，做過一些調整，但不是換一張臉就可以忘記一切。幾個月後，下飛船時，我看到了安教授，他對我說『歡迎來到奧丁聯邦』。」

時間在不知不覺中流逝，黑夜漸漸籠罩了小雙子星。

屋子裡沒有開燈，比屋子外顯得更黑。

駱尋依偎在殷南昭懷裡，聽著他用沒有絲毫起伏，像是智腦一般的機械聲講述著他的過去。

二十五歲才是星際法定的成年年齡，可是殷南昭的十六歲就像是已經把別人一輩子的悲痛滄桑都過完了。

駱尋覺得心痛。不管現在的殷南昭多麼強大，他都幫不到那個無助的少年。隔著回憶的長河，他只能遙看著那個少年用微不足道的力量悲痛絕望地反抗掙扎。

「安教授說，我是他朋友的孩子，朋友臨死前託付他照顧我，可等他去孤兒院接我時，我已經失蹤了。他派安達去找我，找了很多年才好不容易找到我，以後我就留在奧丁生活，在我成年前，他是我的法定監護人，可以叫他爺爺。

「從小到大，我都是一個人，不需要另一個人來監護我，但我已經學會不正面對抗掌握我命運的人，裝作興高采烈地接受了一切。我察言觀色地討好安教授和他的夫人，讓他們覺得我很開心有了親人，很感激他們的照顧。當然，這一切的前提是他不要踏過我的底線。

「安教授和安夫人對我很好，像是照顧自己的親孫子一樣照顧我，幫我買好看的衣服、做好吃的飯菜，還送我去學校讀書。可是，我一點都不喜歡，和周圍的同學格格不入、無話可說。我不明白我究竟怎麼了，明明這就是我從小到大一直渴望的生活，我卻好像故障般，失去過這種生活的能力。安教授為了讓我融入正常人的生活，想了很多辦法，甚至他的姪女安蓉和男朋友出去旅遊，他都硬要人家順便帶我去。

「我對旅遊沒有興趣，但恰好旅途上出了點意外，看到軍隊執行任務。突然間，我就決定要參軍。本來以為安教授會反對，可他把自己關在屋子裡想了一夜後同意了。他說，如果我決定走這條路，就必須靠自己，不管碰到什麼，他都不會幫我，我同意了。

「因為沒有學歷，也沒有什麼拿得出手的技能，甚至連體能都只是E級，沒有部隊想要我，所有招兵的軍官都勸我先回學校好好讀書，等長大後再參軍。我不肯放棄，翻遍了全聯邦軍隊的資料，終於發現了一條很不起眼的消息——特別行動隊招人，對學歷、技能、體能、年齡都沒有要求，唯一的要求就是必須是孤兒。

「我提交了申請，面試我的軍官告訴我，雖然叫作特別行動隊，可實際上沒有任何特權，甚至都不能告訴別人自己是軍人。敢死隊的稱呼更貼切，或者另一個名字『炮灰隊』也不錯。我說我不在乎，什麼隊都行。軍官問了我兩個問題，『怕死嗎？』『有人會因為你死痛苦嗎？』我的答案都是『不』，他就立刻要了我。

「敢死隊的訓練千奇百怪，不但要學製毒、射擊、殺人，還要學口技、易容、表演，不過以前在泰藍星上學的東西也千奇百怪，我適應得很好。體能訓練很艱苦，但身體的痛苦好像緩解了內心的痛苦，我漸漸喜歡上了身體疲憊到極致後連大腦都空白的感覺。

「敢死隊的規矩是一年的訓練期、一年的觀察期，兩年後決定去留，但當時正好有一個緊急任務，需要一個少年假扮酒吧侍者，想辦法接近目標人物，盜取她的生物特徵，再設法把資訊傳遞出去，讓其他隊員做成生物鑰匙打開保險櫃，取出裡面的一份文件。隊長找我商量，我答應了。順利完成任務後，我被正式錄用，隊長說我不但是最年輕的正式隊員，還是第一個三個月就變成正式隊員的傢伙，天生適合做這行。

「我在特別行動隊經歷了兩任隊長的死亡，二十三歲那年，我自己成了隊長，代號『千面』，是老隊長幫我取的，因為我在執行任務時扮誰像誰，好像有千張面孔。

「二十五歲那年，出去執行任務時，我無意間碰到以前在泰藍星認識的異種，一個人寵組的奴隸。不過，不是活的，是死的，被做成標本，懸掛在城堡的牆壁上。我完成任務後，私自離隊，溜到泰藍星，殺了一些人，摧毀了中央智腦。

「回來後，我被軍部逮捕，關了起來，等待軍事法庭的審判。在漆黑寂靜的禁閉室關了十天，人沒有瘋，體能反倒突破到A級。辰垣趁機替我說情，經過他的斡旋調解，我保留軍籍，但解除了特別行動隊隊長的職務。辰垣把我派去前線，為聯邦拓展生存空間。他說，我需要活在陽光下，需要做殷南昭，不能再活在一個個任務中。

「我沒有真正理解辰垣的話，但反正就是打仗，想盡一切辦法打贏就行。剛開始，我領著一隊人執行一個任務。後來，我領著很多人執行很多個任務。再後來，有了自己的戰艦，從小戰艦又換成大戰艦。

「安蓉和辰垣同居多年後，終於因為懷孕，答應了辰垣的求婚。他們倆，一個是執政官，一個是指揮官，所有人都期待著一場盛大的婚禮，可他們的婚禮十分簡單，只邀請了親朋好友參加。婚禮上，安蓉把捧花扔給我，要我趕緊去找個女人，否則遲早真變成變態。

「我拿著捧花，站在人群中，看他們歡笑唱歌跳舞，感覺依舊不能真正融入，但是沒有了少年時的格格不入感。我駕駛著戰機衝上萬里高空，在天空中自由翱翔，比鳥飛得更高、更快。那一刻，我突然覺得放下了什麼，一些我沒有辦法清楚說出來，可一直壓在心上的東西。如果隋御還活著，我會告訴他，所有努力和忍耐都是有用的，因為我不但看到了另外一個世界，還有能力保護這個世界。

「婚禮後，我接到安教授的訊息，他說辰垣告訴他我已經是3A級體能。我說是的，在參加婚禮前一周剛突破，大概氣息還不穩定，被辰垣感受到了。安教授要求見我，見面地點很特別，在外太空、他的私人飛船上。」

駱尋的心猛地一沉，隱隱猜到了真相，覺得又憤怒又難過。

那時的殷南昭終於漸漸走出過去的陰影，不但是聯邦歷史上屈指可數的年輕將軍，還是整個星際都寥寥無幾的3A級體能者。

在他的前方，未來的人生如同初升的太陽一般正在冉冉升起，一片光明燦爛，即使偶有幾片烏雲，以他的能力也能將它們全部驅散。

可是，年輕的殷南昭絕對想不到他的生命本身就是一個黑洞，會把一切光明都吞噬。

他站得有多高，就會摔得有多狠。

駱尋問：「是……游北晨？」

殷南昭輕輕「嗯」了一聲。

駱尋心內驚濤駭浪，早就應該想到的，晨、昭、旭，都指代光明，是同一個意思。她穩了穩心神才問：「安教授對你說了什麼？」

「講述了他的一個祕密實驗。」

駱尋不自禁地用力按著心口，壓抑著內心的悲憤，努力保持著平靜，繼續聆聽。

「幾百年來，首任執政官游北晨是聯邦歷史上第一個，也是最後一個在突發性異變中恢復神志變回人的病例。雖然，最終他依舊因為突發性異變去世，但至少為大家留下了一點希望。

「安教授和安夫人沿著這點希望，苦苦研究多年，可沒有絲毫進展。他們常常感慨生不逢時，沒有在游北晨還活著時做研究，現在只能研究前人的採樣和紀錄，有很大的局限。

「親眼看見一次異變慘劇後，安教授和安夫人做了一個瘋狂大膽的決定。他們瞞著所有人，利用游北晨留下的體細胞，祕密培育複製胚胎，最後獲得六個健康胚胎。兩個胚胎因為免疫排斥自然死亡，四個孩子順利誕生。

「所有人都知道生命是宇宙間最奇妙的事，雖然安教授得到四個和游北晨一模一樣基因的孩子，但這些孩子能不能成為游北晨，還是未知數。既是為了掩人耳目，也是為了實驗樣本的多樣化，他們只留下一個孩子在游北晨長大的阿麗卡塔孤兒院生活，其餘三個孩子被送到不同星球的孤兒院中。

「1號，七歲時，在一個深夜突然從孤兒院失蹤，下落不明。

「2號，十一歲時，在孤兒院老師的帶領下，和同學一起去原始叢林遊玩，飛艇發生故障。老師優先保護了其他孩子，忽略了異種，導致他意外身亡。

「3號，因為不堪人類對異種的歧視，小小年紀就沉溺於酒精毒品，把身體弄垮，一輩子都不可能成為A級體能者，完全不用擔心他會異變。

「4號，在阿麗卡塔孤兒院中平安長大，各方面都很優異，表現出卓越的領導才能和謀略才華，十六歲已經是B級體能，一如當年的游北晨。

「安教授把研究重心放在了4號身上，沒想到一直負責尋找失蹤孩子的安達發回訊息，說他找到了1號，已經在回來的路上。安教授看完1號的資料，覺得這個孩子已經徹底長歪，不可能成為游北晨，決定放棄，引導他做一個普通人，平淡地過完一生。沒想到這個孩子要求參軍，安教授掙扎了一個晚上後做了決定，讓他自生自滅。

「1號加入特別行動隊，開始了自己奇特的軍旅生涯，安教授也不再關注。他的研究重點是4號。他們按照游北晨的人生軌跡，小心翼翼地設計著4號的人生軌跡，讓他按照類似的軌跡走。

「4號在他們悄悄的引導下，十八歲成為A級體能者，被破格錄取，進入奧丁聯邦最好的軍校，二十歲軍校未畢業，因為一個事先安排好的意外提前進入軍隊，成為精英作戰隊裡最年輕的特種戰鬥兵，三年後榮升為精英作戰隊隊長。

「偶爾，安教授也會悄悄關心一下1號在做什麼，總覺得他做的事情越來越奇怪，朝著歪脖子樹的方向肆無忌憚地長了過去，二十三歲成為B級體能者，當上敢死隊的隊長。做為普通人算不錯了，但他的基因可是聯邦歷史上天資縱橫的游北晨的基因，怎麼能領著一幫流氓整天做些偷雞摸狗、見不得人的事呢？簡直就像給了他一塊黃金，他卻把黃金打成一個乞討的碗，去做乞丐。

「三十歲那年，按照游北晨的生命軌跡，4號應該在一次危險的任務中突破成為2A級體能者。安教授周密計畫，安夫人為了防止意外，親自帶著他們的弟子，以隨隊醫生的身分跟著4號，確保他的生命安全。沒想到4號早就察覺到不對勁，竟然將計就計控制住所有人，逼問出了真相。

他沒有辦法接受自己的人生竟然只是一個實驗，設計的意外變成了真的意外，整艘飛船炸毀。

「安教授花費幾十年心血的研究失敗，他摯愛的妻子、最得意的弟子也死在了實驗中。安教授飽受打擊、一蹶不振，近乎完全隱居，徹底把1號忘記了。

「八年過去，在他意想不到的情況下，完全不被他看好的1號成了聯邦將軍，比游北晨更早成為3A級體能者，竟然變成了最接近游北晨的人。但這時，安教授已經沒有了以前的衝動瘋狂，反而深深地擔憂。游北晨就是在成為3A級體能者後異變的，說明1號也很有可能會突然異變。1號和游北晨的人生經歷迥異，性格截然不同，游北晨在第一次異變中能恢復神志，不代表1號也能恢復。

「安教授經過痛苦地思考，決定向1號實驗體坦白一切，想著最壞的結果就是1號憤怒地殺了他，正好能讓他早日和妻子團聚。」

已是深夜，冷風從未關的窗戶裡一陣陣吹來。

駱尋也不知道是心冷，還是身冷，不自禁地打了個寒顫。

安教授坦白說出一切，應該不是為了提醒殷南昭注意身體，而是想要炸毀飛船，以自己的生命徹底終止這個瘋狂的實驗。

殷南昭摟緊她，摸了摸她冰涼的手，「關上窗戶？」

「別關！」心裡已經夠憋悶了，吹點風反而能舒服一點。

殷南昭似乎猜到她在想什麼，輕笑了幾聲，說：「我是從死人堆裡爬出來的人，安教授那點心思，他還沒講完我就已經猜到了。不過，我的反應沒有如他所願，既沒有悲痛欲絕，也沒有憤怒發狂。大概因為我表現得太平靜了，安教授一直沒有機會炸毀飛船。我們心平氣和地聊完，我建議他可以繼續實驗，他稀裡糊塗地答應了，我就平安地離開了飛船。」

駱尋能理解殷南昭答應配合安教授的實驗，畢竟這事本身不是壞事，殷南昭面臨著異變，需要安教授的幫助。可是她無法理解，他竟然心平氣和地接受了自己是複製人，是人為製造的實驗體。

4號和他面臨的狀況一模一樣。雖然是一無所有的孤兒，但經過堅持不懈的努力，已經擁有了令人欣羨的一切。突然間，卻發現自己的人生竟然只是一個實驗，連他自己都不被法律認可，他擁有的一切更是一個笑話。尤其那個基因母體還是像神一樣被整個奧丁聯邦敬仰的游北晨，更顯得他的存在是一個荒謬可悲的笑話。他在多重刺激下，用最慘烈的方式表達了抗議，和創造出他的研究員同歸於盡。

駱尋遲疑地說：「4號的激烈反應當然不太理智，不過……你是不是也接受得太平靜了一點？」

殷南昭笑起來，「我和4號雖然擁有一模一樣的基因，但從小生長在不同的環境中，經歷截然不同，性格截然不同，對一件事情的想法自然也會截然不同。」

駱尋仔細想了想，漸漸明白了。

因為年少時的經歷，殷南昭早已經勘破生死，對自己的人生沒有任何期待。

他沒有渴望過朋友伴侶，沒有渴望過財富權勢，也沒有渴望過榮譽地位。

一個人沒有渴望過擁有，自然也不懼怕失去。反正他來自於一無所有的黑暗，最壞的結果也不過就是失去一切，又回到黑暗中。

而且，殷南昭常年踏著善惡，遊走在生死邊緣。在他眼裡，是非對錯沒有絕對標準，他從來沒有期待過人性的善，也從不會低估人性的惡，對安教授的所作所為滋生不出強烈的情緒。

即使這個所作所為發生在他自己身上，和他切身相關，但還是沒有踩到他的底線。只要沒有踩到他的底線，他就總是無關痛癢、冷眼靜看。

駱尋又是心酸又是驕傲。連「自己只是別人的一個實驗」這麼變態的事都踩不到殷南昭的底線、讓他動容，殷南昭簡直強大到變態。但每個人不是生來就很強大，要經歷多少的磨難，才能面對這樣的驚天變故都從容淡定？

駱尋輕輕抱住了殷南昭。

殷南昭感受到了她的憐惜，笑著說：「我知道自己是游北晨的複製體，但我實在無法因為這事而難受。很多年前我就已經明白，我無法決定自己的基因，只能決定自己成為什麼樣的人。這麼多年，我早就學會了不為自己不能決定的事痛苦憤怒，當然，我不能決定的事已經很少了，少到……好像只有這一件了。」

駱尋「噗哧」一聲笑了出來，滿心的憤怒難過一下子全部煙消雲散。

殷南昭是真的沒有介意自己是複製人，他沒有自卑徬徨，也沒有不安恐懼，那麼她也沒有必要為這事耿耿於懷。

殷南昭似乎很喜歡駱尋的笑，用手指輕撫著她的笑顏，「我會按照自己的想法繼續活下去，不會因為自己是複製人就改變生命軌跡。如果有一天這個祕密公布於眾，我也不會因為欺騙有任何愧疚抱歉。但是……我覺得對不起妳，如果我沒有欺騙妳，早告訴妳我是複製人，妳根本不會動心；如果妳沒有動心，千旭只會是妳生命中的過客。」

駱尋故作輕鬆地做了個鬼臉，「如果你早知道我是龍心，只怕一見面就會幹掉我，哪裡會對我坦白身分？一如當年我們討論過的——愛情，沒有如果，只有結果。結果就是我……」

殷南昭的拇指擋在了駱尋的唇前，搖搖頭，示意她不要說。

「這是妳最後一次可以離開我的機會，妳應該好好考慮清楚。現在離開，我會給妳妳想要的一切。將來反悔想離開……」他的表情很嚴肅，「我會奪走妳的一切。」

駱尋張嘴在他手指上重重咬了下，凝視著他的眼睛，鄭重地說：「我愛你！」

她的愛不是一時迷惑，而是看清楚一切後的心之所向。

她感受過他的溫暖善良，也感受過他的冷酷絕情；看到過他的美好，也看到過他的醜陋；知道他現在的榮耀，也知道他過去的卑賤。

她心疼他的過去，愛他的現在，想陪伴他的未來。

殷南昭眼睛一眨不眨地盯著駱尋，「再說一遍。」

駱尋毫不遲疑地說：「我愛你！」

殷南昭劃破食指，以指為筆、以血為墨，在駱尋的額頭上仔細繪製著圖案。駱尋不知道他的意思，卻感覺到了他的鄭重虔誠，一動不動地任由他畫著。

殷南昭畫完最後一筆，脈脈含情地看著駱尋，柔聲低語：「我愛妳，以身、以心、以血、以命！以沉默、以眼淚！以唯一，以終結！以漂泊的靈魂，以永恆的死亡！」

他眉目間光華流動，似有熠熠星光閃爍。

駱尋沒有完全聽清楚他說了什麼，卻明確感覺到——

從這一刻起，殷南昭和她之間不一樣了，他們骨血相連、命運糾纏，真正密不可分了。

Chapter 14

異變

如果有一天我異變了，我希望我的朋友能給我個痛快，讓我保留最後的尊嚴！

一夜時光匆匆過。

駱尋半夢半醒間，覺得腰痠腿脹，忍不住長長呻吟了一聲。

「早安！」

駱尋猛地睜開眼睛，殷南昭側身而躺，曲臂撐頭，笑吟吟地看著她，一手還探過來，體貼地幫她揉腰。

駱尋打了個激靈，腦海裡全是昨夜的畫面，猛地轉過身，拽起被單蒙住了頭。

一開始她雄心勃勃，想要吃了殷南昭。殷南昭躺著由著她折騰。可她竟然弄痛了自己，心生退意。殷南昭只能反客為主，化被動為主動。她因為緊張，還很矜持，後來卻……

啊啊啊！昨晚那個人一定不是她！

駱尋不想活了！

殷南昭從背後摟著駱尋，壓著聲音笑，氣息呵在駱尋的耳後，她身子一下子就酥了半邊。

她惱羞成怒，用手肘狠狠撞了殷南昭一下，「都怪你！」

「嗯，都怪我。」他一邊親吻她的耳垂，一邊含含糊糊地說：「我喜歡妳那樣……熱情。」

駱尋咬牙切齒：「殷南昭！」

可惜聲音帶著顫音，沒有恐嚇，反倒像是撒嬌。

殷南昭忍不住大笑，掀開被單，強扳過駱尋的臉，溫柔地吻了下去。

駱尋本還有幾分惱怒，不肯配合，可漸漸地被他融化了，心裡湧動的都是柔情。

殷南昭的吻裡沒有一絲情欲，只有綿綿無盡的愛戀，濃得化不開、扯不斷，只能透過舌尖一遍又一遍傾訴給她。

柔情百轉、繾綣纏綿……原來愛人的吻就像是甜而不膩的糖果，怎麼吃都不夠。

殷南昭吻了很長很長時間，才慢慢停了下來。

駱尋的眼睛霧濛濛的，臉頰紅通通的，嘴脣水潤潤的，胸膛因為急促的喘息，正明顯地一起一伏著。

殷南昭忍不住把頭埋在她頸間，低聲說：「謝謝！」

在泰藍星的六年多，正是敏感的少年期，他所學習的東西給他留下的心理陰影，並不像他以為的那麼輕。在駱尋面前，他明明渴望著身體的親密接觸，卻一直嚴格克制自己，像個木頭人一樣不願主動做任何表達感情的動作，似乎任何一個動作都不乾淨，會玷汙自己的感情。

昨天晚上駱尋毛手毛腳地弄痛了自己，他為了撫慰她，只能主動。她的反應讓他不知不覺中使出了渾身解數，所有陰影都被撫平了。

那些手段技巧如同武器一樣，罪惡的不是自身，而是使用的目的，他很高興自己學會了它們，可以取悅他心愛的女人。

駱尋不知道他在謝什麼，感覺他不想多說，也就沒有多問，只是輕輕地撫著他的背，無聲地安慰著他。

殷南昭抬起頭，溫柔地吻了一下她的額頭，「起來嗎？」

駱尋想到痠脹的腰腿，羞答答地說：「我想泡個熱水澡。」

殷南昭去浴室放熱水，突然，駱尋的驚叫聲傳來。

幾乎一瞬間，他就出現在床畔，關切地問：「怎麼了？」

駱尋搖搖頭，「我沒事！只是很驚訝，完全沒想到。」她掃了眼床上的一點血跡，臉頰發紅，十分不好意思。

難怪她昨晚會覺得疼，原來不是因為失憶後缺乏經驗，而是這具身體壓根兒沒有經驗。

殷南昭失笑，「妳究竟是不是醫生？」

駱尋羞赧，主要是先入為主地認定龍心和葉玠早已有過親密關係，「我以為我和……」

殷南昭俯下身，吻住了她，不讓她在這個時候殺風景地說出另一個男人的名字。

駱尋抱歉地抱住了殷南昭的腰。

殷南昭直接連著被單把駱尋抱了起來，走進浴室，放到浴缸邊。

氤氳的水氣中，駱尋抓著被單，緊張地看著殷南昭。

殷南昭知道她還不好意思裸裎相見，體貼地轉過了身，「不用著急起來，多泡一會兒，我去做早飯。」

駱尋舒舒服服地洗完澡，正在擦身體，通訊器的訊息提示音響起。
辰砂：「有一件事想麻煩妳。」
駱尋立即回覆：「什麼事？」
「我想去婚姻事務處註銷婚姻紀錄。」
駱尋盯著訊息發了一會兒呆，回覆：「我們的婚姻不是已經作廢了嗎？」
她出獄後，回看過當時的新聞。
為了保護辰砂和第一區的利益，她進監獄的第二天清晨，聯邦政府的新聞發言人已經代表聯邦政府對全星際宣布了指揮官和假公主的婚姻無效，廢止假公主用欺騙手段獲取的所有權益。
「左丘白是已經簽署了法官令，宣布婚姻作廢，法律上無效了，但我身分特殊，婚姻紀錄保存在軍隊的機密檔案裡，想要註銷紀錄，必須要有我的簽名。」
駱尋想了想，才繞明白了裡面的邏輯關係。
法律上，他們的虛假婚姻作廢了，但是，因為辰砂是軍隊的高級將領，他的個人資料紀錄對外保密，只存在軍隊的智腦裡，想要更改或註銷紀錄，必須要有上級簽名，而他自己就是最高主管，只能自己簽名。
辰砂：「抱歉，因為我的一點私心，一直拖延著沒有簽名。」
「沒關係。」
辰砂：「妳能和我一起去婚姻事務處註銷紀錄嗎？」

大概辰砂也覺得自己的要求有點過分，又補充了一條訊息：「如果妳不方便，我會立刻簽名，下令註銷紀錄。」

駱尋明白了辰砂的意思。這段婚姻的開始和結束都由別人決定，似乎他只是一個配合演出的道具，現在辰砂想要一個正式的結束儀式，給自己一個交代。

雖然有點麻煩，但駱尋願意配合辰砂，畢竟她能為他做的事情也不多，「我有時間，什麼時候去？」

「現在？」

「可以。」

辰砂發了一個小雙子星上婚姻事務處的地址過來。

駱尋回覆：「收到。」

辰砂沒有再回覆訊息。

駱尋立即穿上衣服，連頭髮都來不及弄乾，隨手拿了條吸水巾，就往樓下跑，「南昭，我要……」

會客廳裡竟然有客人在，安教授和一個長得和安達幾乎一模一樣的男人，不過安達總是古板嚴肅、不苟言笑，他卻眉眼溫和，臉上一直帶著親切和善的笑。

三個人應該正在商討什麼重要的事，氣氛很凝重，中間的虛擬螢幕上顯示著一份需要殷南昭簽名的文件。

駱尋一眼掠過，看到「逮捕令」三個字，想到調查內奸的事，立即迴避地往後退。

「小尋。」

殷南昭叫住她，快步走過來，拿過她手裡的吸水巾，一邊自然而然地幫她把髮梢上的水吸乾，一邊給她介紹兩位客人：「安教授，妳認識。另一位是安達的孿生弟弟，安冉。」

駱尋立即明白了殷南昭的態度，他沒打算隱瞞他們倆的關係，讓她做地下情人。

如果她只是駱尋，應該會非常開心，可想到她還有另外一個身分，心裡竟然說不清楚是什麼滋味，有甜蜜、有酸澀，還有幾分愧疚不安。

她笑著跟兩位客人打招呼：「早安。」

兩個男人的目光中都藏著審視，駱尋有點惴惴不安。殷南昭在他們面前沒有戴面具，顯然他們都是殷南昭最親近信任的人。不管怎麼說，她還是希望能得到他們的接納祝福。

安教授勉強地笑了笑，「你們這是……」

「我們在一起了。」殷南昭坦然地說。

安教授目光閃爍，想問什麼又不敢問的樣子。

殷南昭淡淡地說：「我的一切情況，小尋都知道。」

安教授大驚失色，氣急敗壞地嚷：「你……你怎麼能告訴她？荒唐！簡直是太荒唐！」

安冉咳嗽了兩聲，打斷了安教授的嘮叨。他笑瞇瞇地對駱尋說：「我聽大哥提起過妳，雖然第一次見面，但妳就當我是老熟人吧！」

「好的，那我不客氣了。」駱尋甜甜地笑，接受了他的善意。

殷南昭說：「早飯在飯廳，妳先吃，我還有點事要處理。」

駱尋抱歉地說：「沒時間吃了，我有事要出去一趟。」

殷南昭陪著她往外走。

安冉微笑著冷眼旁觀。

執政官閣下有點意外，顯然也是剛剛知道駱尋的外出計畫，卻什麼都沒有問，只是吩咐人準備飛車，又拿了一罐水果味的營養劑遞給她，權當她的早餐。

駱尋順手把營養劑放到外衣口袋裡，一邊往外走，一邊把通訊器裡的訊息調出來給執政官看，應該是告訴他外出的原因。

執政官的眼神有點複雜，拍了拍駱尋的頭，什麼都沒說。

駱尋側過頭，臉頰貼在他的掌心，輕輕蹭了蹭，像是一個在安慰主人的小動物。

兩人目光交會，無聲地交流著什麼，都展顏一笑。

駱尋走到門口，又禮數周全地回過身，對安教授和安冉笑著點點頭，才關門離去。

自始至終，執政官和駱尋一直沒有說過話，卻像是完全知道彼此的心意，一舉一動都默契貼合，透著毫無保留的信任和瞭解。

執政官臉上乍然而現的笑意不但看傻了安冉，也讓安教授看得雙眼發直。

當執政官還是個少年郎時，總是笑口常開、言語伶俐，讓人心生好感，可後來他成為聯邦將軍時，就很少有表情變化了，總是眉眼冷寂，帶著拒人於千里之外的疏離淡漠。

安教授對辰垣抱怨好好一個少年被軍隊教壞了，辰垣卻說這才是真正的殷南昭。

安教授一直沒有理解辰垣的話，今天看到執政官的笑，才明白了那個少年的笑有多麼虛假。

安冉也明白了他那個古板嚴肅的哥哥為什麼會突然行為反常，把人硬塞到執政官身邊。辰砂錯過了這姑娘，依舊行走在陽光下，未來還有無限機會，可執政官錯過了她，就只能藏匿在黑暗中，繼續做活死人，直到被黑暗吞噬。

✷ ✷ ✷

一輛軍用飛車停在駱尋面前，車門自動打開。

前面的駕駛位上坐著一個軍人，軍帽壓得很低，只看到模糊的半張側臉。

駱尋知道是殷南昭派來保護她的保鏢，上車後客氣地說：「麻煩您了。」

軍人一邊啟動飛車，一邊回過頭，笑著叫了聲：「嫂子。」

「紅鳩！」駱尋滿臉驚訝。

他臉上妖艷的紅色紋身消失了，一張臉乾乾淨淨、斯斯文文。頭髮理得很短，幾乎貼著頭皮，顯得精神抖擻，再被筆挺的軍服一襯，整個人斯文中透著威嚴，沒有一絲海盜的痞子無賴氣。

紅鳩笑著說：「叫我的名字狄川吧！兩天前剛調入執政官的警衛隊，直接聽命於執政官閣下。」

「你知道千旭是……」

「知道。閣下都告訴我了。我同意後，閣下才下的調令。反正我們小隊最近也不會有任務，閒著也是閒著。」

駱尋不知道殷南昭的安排是不是為了照顧她，但有熟人在，的確整個人都放鬆了。

她打開營養劑，一邊喝，一邊隨意聊天：「有沒有嚇一跳？我當時剛知道千旭就是我最討厭的執政官時，可是氣死了。」

狄川大笑，「我是嚇了一跳，但驚嚇完後就全是激動開心了。」

他雖然早聽說過執政官閣下也是敢死隊出身，但總感覺距離自己很遙遠，像是一個依附在執政官璀璨光環上的無稽傳說。沒有想到遙遠的傳說就在身邊，幾十年來帶著他們出生入死的隊長就是執政官，的確非常受刺激，但刺激過後卻生出了難以言喻的感動和驕傲。

✷ ✷ ✷

不到半小時，飛車就到了婚姻事務處。

一棟紅色的兩層小樓孤零零矗立在那裡，四周十分冷清，顯然來辦理婚姻事務的人非常稀少，寬闊的停車坪裡只停了駱尋他們一輛飛車。

狄川說：「看樣子指揮官還沒到，妳先在車裡等一下，等指揮官到了再下車。」

「好。」

狄川打開窗戶，拿了根菸，徵詢地看向駱尋。

駱尋說：「你抽吧！」

狄川點了火，一邊抽著菸，一邊留意四周動靜。

駱尋好奇地問：「你怎麼知道我要見的人是指揮官？」

狄川彈了彈菸灰，漫不經心地說：「來這地方的人不是為了結婚，就是為了離婚。要是結婚，妳應該和執政官一起來。不是結婚，自然是離婚，只能是指揮官了。不過，政府的新聞發言人已宣布指揮官和妳的婚姻無效，用不著離婚，應該是註銷紀錄，把你們的個人婚姻狀態恢復成未婚。」

駱尋覺得臉皮發燙，沉默地看向窗外。

狄川瞟了她一眼，覺得這位大嫂的膽子夠大，臉皮卻有點薄，笑著說：「在奧丁聯邦，男女關係向來隨興，那些喝醉酒稀裡糊塗結婚，酒醒了就離婚的也一抓一大把，妳和指揮官這點事可真不算什麼，別多想了！」

駱尋的臉越發紅了。

狄川心裡暗自對他們的隊長伸大拇指，真不知道他得多高冷才能逼得臉皮這麼薄的姑娘主動求婚。

＊　＊　＊

一輛白色的飛車急急降落在停車坪。

狄川摁熄了菸，看似隨意，實則警戒地看著。

車門打開，一個人走了出來，卻不是辰砂，而是封林。

她身上還套著實驗室的白大褂，感覺匆匆忙忙間連外套都來不及換就離開了實驗室。

封林快步走到車前，對駱尋說：「辰砂還要一會兒才能來，我有點事想和妳談一下，可以嗎？」

駱尋對狄川說：「我想和封林單獨聊一會兒。」

狄川已經確定周圍沒有其他人，只有封林一個，同意了，「不要離開我的視線。」

駱尋下了車，和封林肩並肩地走著。

兩個人的心情都很複雜，一直沉默不語。

她們曾經無數次並肩散步。

午飯後，一起在林蔭道上漫步。

工作間隙，一起在樓頂花園裡散步。

研究中碰到困難時，一邊討論問題，一邊散步。

……

兩人走到停車坪另一頭，在狄川的視力範圍內，卻不在他聽力範圍內，可封林依舊很小心，打開了聲波干擾器，防止有人竊聽。

駱尋心中暗驚，不知道封林這麼謹慎，究竟想說什麼。

封林眺望著婚姻事務處的小紅樓，神情哀傷、目光淒迷，「我的養父、老公爵一輩子沒有結婚。年少的我曾經不明白，他有權、有錢、有能力，像是擁有整個世界，為什麼竟然找不到一個喜歡的人，要孤獨一生，現在輪到自己了才明白，有些事不是努力就可以的，還要靠運氣。」

駱尋擔心地問：「封林，究竟發生了什麼事？」

封林沒有回答駱尋的問題，雲淡風輕地問：「妳是龍心嗎？」

駱尋悚然而驚。殷南昭明明說了龍心非常低調神祕，連聯邦的資料庫裡都沒有關於她的資訊，封林怎麼會知道？

封林看向駱尋，再問一遍：「妳是龍心嗎？」

駱尋不能理直氣壯地否定，又不肯心甘情願地承認，「如果我說我失憶了，所以現在的我不是龍心，妳相信嗎？」

「相信！」

駱尋愣一愣，結結巴巴，不敢相信，「妳……妳說……」

「我說，我相信。」封林目光溫和，沒有絲毫敵意，反而透著憐惜，「如果妳是龍心，已經得到妳想要的一切，早就想辦法離開奧丁，可妳直到現在還傻呼呼地留在奧丁等死。」

駱尋沒想到自己竟然憑藉龍心的身分反證了自己的清白，「謝謝，謝謝……妳相信我！」

封林笑了笑，「駱尋，我們算是朋友嗎？」

駱尋沒有絲毫遲疑，「當然！」

當她一無所有，緊張惶恐地踏上阿麗卡塔星時，封林是第一個對她友好的人；當她想要做基因研究時，封林明知道她身分敏感，依舊願意支持她加入研究院；當她在研究院工作時，每次遇到困難，封林都給予了她無私的幫助。

也許剛開始，封林的確是因為殷南昭的命令才對她友好，但駱尋相信，十多年來，封林對她的好，絕不是因為命令，而是發自內心地把她當作朋友。

封林說：「求妳一件事。」

相識、相交十幾年，駱尋第一次聽到獨立剛強的封林用這種語氣說話。她連什麼事都沒有問就一口答應了：「力所能及，竭盡全力；力所不能及，想方設法、不惜代價。」

封林眼裡淚光閃爍，嘴邊卻掛著欣慰的笑，似乎早料到駱尋會毫不遲疑地答應。

駱尋看她的樣子，越發不安，「什麼事？」

封林眺望著婚姻事務處的小紅樓，微笑著說：「很多年前，我向楚墨表白，被他拒絕了，傷心下日日買醉，稀裡糊塗把左丘白睡了。」

駱尋扯了扯嘴角，想擠出一絲笑，卻沒有成功。

「我和左丘白交往了一段時間，但心裡始終放不下楚墨，左丘白察覺到了，可因為驕傲自尊不肯明問，只抓著一些雞毛蒜皮的事情發作。那時候大家都年少氣盛，說話做事不留餘地、刀刀見血。有一天，他把別的女人帶回家來故意氣我，我甩了他兩個耳光，收拾行李離開了。分手幾個月後，我才發現自己懷孕了。」

駱尋聽得心驚膽戰，「妳打掉了孩子？」因為繁衍艱難，早在幾千年前，人類就明令禁止墮胎，可以選擇放棄孩子，由政府撫養照顧，但絕對不可以殺死胎兒。

封林搖頭，「我是孤兒，能有一個血緣親人開心都來不及，怎麼捨得墮胎？」

「那……孩子在哪裡？」駱尋覺得奇怪，這麼多年從來沒聽說過封林有孩子。

「有了孩子後，我的心態有點變化，仔細反思我和左丘白的關係。我覺得自己從來沒有真正對他打開心扉，應該再給我們一次機會。可是，我還沒來得及告訴左丘白懷孕的事，就發現胎兒不太正常。」封林想起命運多舛的孩子，眼中淚花浮動，語氣卻依舊剛毅決絕，一如當年，「我找機會問了一下左丘白的態度，發現他壓根兒都沒想過要一個健康的孩子，更何況一個不健康的孩子？我決定這件事自己承擔，不管好與壞都是我一個人的孩子，和別人沒有任何關係！」

駱尋終於明白了為什麼封林和左丘白說話時總會帶著一點微妙的敵意，可行事時又會若有若無地維護，讓人捉摸不透她對左丘白究竟是什麼態度。

「胎兒一直朝不正常的方向發展，我非常絕望。走投無路下，我以度假為藉口離開了阿麗卡塔，去尋找神之右手。」

駱尋滿面驚駭。

她平時沒有時間去關注八卦，但神之右手對研究基因的科學家來說太出名了，星網上到處都是他的離奇傳說。傳聞他非男非女、行蹤飄忽，一年四季從頭到腳都裹著白色的裹屍布，擁有造物神的右手，能隨心所欲地掌控生命。其實，就是已經被人類嚴禁的基因編輯技術，透過修改、編輯基因，改造生命。別人不清楚，可封林身為基因學家，應該知道那是在找魔鬼做交易。

封林含著淚笑了笑，「我知道自己瘋了！但我不能看著孩子死去，就算神之右手是魔鬼，只要他能救孩子，我也願意和魔鬼交易。」

「妳找到神之右手了？」

封林點頭，「在一個偏遠的星球上，我見到了神之右手。他和傳說中一模一樣，全身上下纏著裹屍布，一直躲在黑暗中，像是一具還會說話的乾屍，似乎什麼欲望都沒有，什麼都打動不了他。我苦苦哀求下，他才以極其苛刻的條件答應救孩子。」

駱尋有限的記憶裡沒有關於母親的記憶，卻從封林身上感受到了母愛的強大。一個女人為了孩子，就算是面對死神，也敢奮力搶奪。

「我為了找神之右手，一直四處奔波，壓力很大，又休息不好，不小心早產了，在狹小陰暗的旅館裡我生下了一個……畸形的胎兒。」

「妳一個人？」

封林微笑著點了點頭。

駱尋眼眶泛紅。雖然封林是醫生，可那是她第一次當媽媽，在遙遠陌生的星球上，一個人獨自面對一切，又是一個不正常的孩子，肯定很驚慌恐懼。

「孩子雖然很不正常，但仍然活著。神之右手檢查完孩子，說他能治好孩子，但需要一些時間，我沒有選擇的餘地，只能讓他帶走早產的孩子。」

駱尋忍不住問：「妳不怕他騙妳嗎？」畢竟徒有虛名之輩，並不罕見。

封林眼裡閃過一絲心嚮往之的敬服，「妳如果和神之右手接觸過就會明白，他也許是惡魔，但絕不會是騙子。面對他時，我感覺自己在基因研究上就像是一個剛剛畢業的小學生。」

駱尋既覺得吃驚，又覺得合理。如果神之右手沒有讓封林心悅誠服，封林也不可能把孩子交給他。可是基因編輯不是因為對人類有害，被人類嚴禁了嗎？

「神之右手雖然行事古怪，但一直信守承諾，會按照約定，定期發送一段孩子的影片給我，告訴我孩子的近況。」

「孩子現在在哪裡？」

「我不知道，我失去了他的消息。」封林含淚盯著駱尋，「我剛剛得到消息，龍血兵團有一個很厲害的基因專家龍心，神之右手很有可能就是龍心。」

駱尋剎那間臉色慘白，似乎不堪打擊，猛地往後退了一步。

封林伸出雙手，像是祈求一般握住了駱尋的手，「神之右手從不和我通話，只定期發送一份孩子的影片。但上一次，有一個人用他的名義聯絡我，說了一些孩子的事。後來，紫宴追查內奸，查到這件事，我被棕離抓捕，才從棕離嘴裡知道對方是龍血兵團的人。棕離一再質問我為什麼會和龍血兵團有聯絡，我擔心孩子的安全，不敢說實話，告訴他是不方便說的私事，棕離卻一直不相信。自從這事後，我就再也沒辦法聯絡上神之右手，失去了孩子的消息。」

駱尋的手簌簌顫抖，封林的手也在簌簌顫抖，兩個女人的手都是冰冷的。

「前幾天我接到一條龍血兵團的訊息，用孩子的安全要挾我，要我帶一條口信給約瑟將軍，我沒有辦法，只能照做。我真的沒料到約瑟將軍會槍殺洛蘭公主……」封林的淚珠沿著臉頰潸然而落，表情哀傷中滿是絕望，「我有不可告人的祕密，做了違法的事，願意接受處罰，但孩子是無辜的。求求妳，救我的孩子！」

她雙手緊緊地抓著駱尋的手，苦苦哀求，似乎把所有的希望都放在了駱尋身上，但駱尋根本不知道該如何去救她的孩子。

「駱尋！」

狄川的聲音突然傳來，駱尋茫然間，不知道他的聲音為什麼聽上去會這麼驚恐尖銳。

忽然間，封林用力推開她，踉踉蹌蹌向後退，駱尋這才發現她整個人不對勁。

封林一邊強撐著拿出注射器幫自己注射鎮靜劑，一邊慌張地示意駱尋趕緊離開。

她的臉部以肉眼可見的速度凹陷下去，身體裡面咔咔作響，像是有什麼東西正在裡面掙扎，想要穿破皮膚衝出來。

封林痛苦得全身都在劇烈顫抖，眼睛直勾勾地盯著駱尋，滿是擔憂、絕望、悲痛和哀求，「孩……孩……照顧……」

駱尋急忙說：「我答應，我答應！我發誓，會找到他，照顧他，撫養他長大！」

封林眼睛裡滿是感激，似乎想笑，可凹陷的臉頰正在慢慢向外凸起，變得越來越尖銳，完全看不出是一個笑。

「內……內……」

她猛地昂起頭，一聲淒厲嘹亮的鳴叫，整個嘴部已經變成了長長的鳥喙，再發不出一聲人語。血花四濺中，一雙碩大的白色翅膀從背脊上破體而出，「嘩啦」一下展開，急劇地撲搧著，像是要振翅高飛。

可是，因為身體還沒有完全異變，她仍然沒辦法飛起來，整個「人」像是喝醉了酒一樣跌跌撞撞、忽上忽下地撲騰著。

駱尋悲痛地大叫：「封林，堅持住！保持神志！保持清醒！」

封林的頭一點點扭曲變化，最終，整張臉完全變成了鳥臉，眼睛像是貓頭鷹的眼睛，圓圓的瞳孔中透出獵食者的凶殘。

她的手臂萎縮，變成短小的前肢，隱入了一片片長出的羽毛中。雙腳變得纖細修長，腳趾處長出鋒利的爪子。

駱尋一遍遍聲嘶力竭地喊：「封林！封林！封林……」想讓她保持神志，可是，眼前的生物已經沒有了一絲人的樣貌。

一隻將近兩米高的大鳥，全身覆蓋著白色的羽毛，前喙外凸，鋒利如匕首，兩條纖細的長腿敏捷有力，鋒利的爪子如同鋼叉一般尖銳。

封林徹底失去神志，變成了一隻異變獸，雙眼猩紅地衝著駱尋飛撲過來，想用鋒利的長喙啄穿駱尋的脖子。

狄川急衝過來，抓著駱尋就地一滾，躲到了一邊。

他拿著槍想要射擊，駱尋急忙握住他的槍口，阻止了他，「不要！」

說話間白鳥又撲了過來，狄川只能和駱尋左閃右避，險象環生地躲避著白鳥的攻擊。

狄川看了眼時間，「還有十分鐘，如果牠再不能恢復神志，我只能射殺牠。」

白色的大鳥撲騰著攻擊了幾次，沒有啄到駱尋和狄川，卻漸漸找到了飛翔的竅門。牠奔跑了幾步，雙足在地上一蹬，雙翅展開，騰空而起。

牠在空中一邊飛舞徘徊，一邊嘹亮地鳴叫。

狄川說：「時間到，妳的朋友已經死了！」

駱尋仰頭看著天空中的白鳥，悲痛地哀求：「再給她一點時間！」

白鳥徘徊了一圈，像一支箭一樣俯衝而下，直擊駱尋。

狄川拉著駱尋就跑，可兩條腿跑不過一雙翅膀，狄川的肩膀被白鳥狠狠啄了一口，血流如注。

白鳥聞到血腥味，越發瘋狂，叫聲越來越尖銳急促，攻擊也越來越瘋狂猛烈。

幸好駱尋和狄川都是A級體能，速度不算慢，已經跑到了飛車邊。

狄川掩護著駱尋躲進飛車，正要關閉飛車門，白鳥的雙爪抓住了車門，企圖往裡鑽。

狄川舉槍，想要擊退白鳥，卻被白鳥一嘴啄過來，啄掉了槍。

狄川狠狠一拳衝著鳥眼睛擊打過去，白鳥鬆開車門，飛了起來，順勢抓了狄川一爪子，半隻手臂的皮肉都被撕掉，傷口深可見骨。

但車門總算是關上了。

狄川下令起飛。

飛車剛剛飛起，白鳥竟然迎著飛車直衝過來，悍不畏死地和飛車撞到一起，巨大的衝擊力直接把飛車撞回地上。

飛車一次次起飛，白鳥一次次瘋狂地撞過來，把飛車逼停。

飛車的車身上凹凸不平，牠自己也頭破血流，卻依舊雙眼猩紅，沒有一絲猶疑畏縮。

狄川對駱尋說：「不殺了牠，我們走不掉。」

駱尋蒼白著臉說：「再給她一點時間。」

狄川吼：「早已經超過十五分鐘！」

「封林給自己注射了大量鎮靜劑，也許再過一點時間就會起作用。」

白鳥徘徊著一次又一次衝擊飛車的前窗，防彈玻璃窗上出現了裂紋。

「不能再等了！」狄川從座位下抽出一把長槍，對準徘徊飛旋的白鳥，可是右手的半個手臂皮開肉綻、連骨頭都能看到，手一直在發顫，沒有辦法精確瞄準。

「我來吧！」駱尋拿過了槍。

狄川懇切地說：「我知道妳和封林公爵是朋友，但這隻白鳥已經不再是妳的朋友。牠是一隻沒有了神志，只會瘋狂攻擊的野獸。妳不開槍，牠會一直瘋狂地攻擊下去，見到什麼就摧毀什麼，直到自己精疲力竭地死去。如果有一天我異變了，我希望我的朋友能給我個痛快，讓我保留最後的尊嚴！」

駱尋舉起槍瞄準白鳥。

從瞄準器裡看出去，白鳥被圈在了一個十字小圓圈裡，變得很小。

依稀間，駱尋想起了第一次見到封林的情景——

舞會上，衣香鬢影、觥籌交錯。

她這個不受歡迎的異國公主一個人都不認識，只能尷尬地賠著笑，努力想要打破僵局，卻因為辰砂的冷漠態度，其他公爵都帶著審視冷眼旁觀。

正沮喪失望時，一個身材高挑、氣質端雅的女子，旁若無人地穿過人群走了過來。她看到駱尋展顏而笑，衝過來抱住她，熱情地說：「您一定是洛蘭公主……」

駱尋永遠記得那一晚封林挽著她的手臂，把她鄭重地介紹給每個人，讓她在奧丁聯邦的生活有了一個體面的開端。

駱尋淚眼模糊，扣動扳機的手指不停地發顫。

那個氣宇軒昂、談笑風生的女子竟然變成瞄準器裡的一個白點，要被一顆子彈奪去生命。

「砰」一聲，白鳥再次衝砸到飛車前窗上。

車窗驟然裂開，牠匕首一樣尖銳的喙直衝著駱尋啄過來，駱尋用槍擋了一下，白鳥的力氣大得超出想像，竟然直接把她手裡的槍啄掉了。

駱尋驚慌地想要撿起槍，白鳥趁機啄向她的眼睛。

狄川的失聲驚呼中，一道銀光掠過，白鳥的頭和身子分成兩半，一半落在了車廂裡，一半重重砸在車前蓋上。

辰砂手握光劍，臉色鐵青地站在飛車旁，重重一揮，竟然用光劍把整扇飛車門直接劈掉了。他怒氣沖沖地質問：「妳又不開槍！不但想害死自己，還想害死別人嗎？」

駱尋全身僵冷，呆呆地看著飛落到她懷裡的鳥頭。

鳥頭朝地上滑落，她竟然像是怕牠摔到地上會摔疼，一下子抱住了牠。

鮮血汩汩湧出，浸濕了她的衣服。

駱尋茫然地看向辰砂，滿臉難以置信。

她竟然抱著封林的頭？

封林竟然就這麼死了？

十多年來，亦師亦友，駱尋總覺得自己藏著生死祕密，說不準哪天就死了，可哪裡能預料到一直活得精神抖擻的封林，竟然會死在她眼前。

過了一會兒，她才像是終於明白一切都是真的，喉嚨裡驟然發出幾聲破碎的悲痛嗚咽，眼淚滾滾而落，泣不成聲。

辰砂餘怒未消，本來還想再罵幾句，讓她長長記性，可看到駱尋的樣子，突然意識到這隻白鳥有可能是誰，滿腔怒火一下子變成了綿綿無盡的悲傷，想說點什麼安慰她，卻又說不出來，只能默默地看著她。

＊　＊　＊

安冉帶著一隊軍人衝過來，對狄川說：「我們奉執政官的命令拘捕封林公爵，根據監控，她應該駕駛飛車逃往這裡，可附近只看到一輛疑似她駕駛的飛車，沒有看到封林公爵的蹤跡。你留意到什麼異常了嗎？」

狄川蒼白著臉指了指駱尋懷裡的鳥頭，「公爵來找駱尋說話，突然發生了異變。」

「封……封林？」安冉震驚地看著駱尋懷裡的鳥頭，再看車蓋上的半截鳥身，臉色一下變了。

辰砂說：「事關重大，立即彙報給執政官閣下。」

安冉心神大亂，急忙聯繫殷南昭。

一會兒後，他對辰砂說：「執政官下令，先把屍體收殮，消息暫時封鎖。」

棕離他們接到通知，召開緊急會議，必須盡快趕到。

他們立即放下手頭工作，趕往執政官的官邸。

駱尋、辰砂把封林的遺體裝殮好，和安冉一起回到執政官的官邸時，其他幾位公爵已經等在議事廳。

大家看到駱尋身上恐怖的血跡，眼中閃過好奇，卻都保持著沉默。

殷南昭微欠了欠身子，「給我五分鐘。」

他匆匆走到駱尋身旁，握住駱尋的手，帶著她朝樓上走去。

大家眼睛發直，都傻傻地看著，直到他們的身影消失在樓梯間，才驚疑不定地看向辰砂。

辰砂面沉如水，沒有一絲表情，找了個位置自顧自地坐下。

殷南昭直接把駱尋帶到浴室，幫她把鮮血浸透的衣服脫掉，把她整個人放進了花香濃郁、熱氣蒸騰的浴缸中。

嘩嘩的熱水沖刷過駱尋的身體，她好像終於有了點精神，渙散的目光漸漸凝聚到殷南昭臉上。

殷南昭捧著她的臉，抱歉地說：「我還要處理點事，過一會兒才能陪妳。」駱尋現在肯定很需要他，但是他還有另一個身分是奧丁聯邦的執政官，必須先處理國事。

駱尋沉默地點點頭。

殷南昭溫柔地啄了一下她的嘴唇，「我的個人終端機開著，有事隨時聯繫我。」

殷南昭回到議事廳，所有人立即站了起來。

大家雖然心裡好奇他和假公主之間的異常動作，但都知道執政官突然召集他們召開緊急會議，肯定有非比尋常的重要事情。

殷南昭抬了下手，示意他們坐。

「左丘白到了嗎？」

「到了。」隨著左丘白的聲音，一個全息虛擬人像出現在議事廳。他身上還穿著大法官的黑色法官袍，顯然是接到緊急通知後，半途從法庭退席趕來開會。

殷南昭說：「打斷諸位的工作，召集諸位開會，是因為發生了一件事需要告知諸位。」

左丘白的目光在議事廳裡轉了一圈，突然問：「封林怎麼沒有參加會議？」

殷南昭還沒有回答，棕離冷哼了一聲，陰沉沉地說：「這還不明顯嗎？約瑟將軍和洛蘭公主出事後，安冉負責調查內奸，今天的會議應該就是告知我們調查結果，沒出現的那個人肯定已經被拘捕了。」

左丘白盯著棕離，不慍不火地說：「棕部長，說話前請先舉證，否則只能視為誹謗。」

「安冉敢抓捕封林，自然有充足的證據。」棕離恨恨地說。「上次如果不是你簽署法官令，以證據不足為由勒令我釋放封林，根本就不會發生約瑟將軍和洛蘭公主的事。」

左丘白懶得和一根筋的棕離糾纏，客氣地問安冉：「你抓捕了封林？」

安冉打開幾份文件，展示給所有人看，「這是調查結果。」

一段醫院的監視器影像：封林利用職權，沒有經過主治醫生的允許，就去看過約瑟將軍和洛蘭公主，並且送兩瓶藥劑給他們。雖然圖像放大後顯示這兩瓶藥劑只是普通的鎮靜劑，有助睡眠，可是瓶子裡究竟是什麼，沒有人知道。

根據影片顯示，她離開後不久就發生了約瑟將軍挾持洛蘭公主的事件。

一份調查文件：封林在安教授的研究院做學術交流時，曾經用過安教授的智腦，上傳的一份文件有病毒，給研究院的智腦裡留下了一個後門，方便他人侵入監控程式，後來約瑟將軍和洛蘭公主死亡的影片，就是透過這個後門洩露的。

安冉說：「不僅僅是這兩份證據，還有其他很多事。比如棕離部長曾經調查過的通話事件，封林公爵有一個未向聯邦披露的祕密通訊號，封林公爵的私人財務狀況也很奇怪，每年都有一筆巨額資金不知去向……林林總總所有事加起來，我才向執政官閣下申請了逮捕令，正式拘捕封林，請她配合調查。」

棕離冷笑：「我早說了她有問題，一直鬼鬼祟祟，肯定有見不得人的祕密。」

左丘白站了起來，對殷南昭說：「這些都是客觀證據，捏造的可能性很低，我也絕沒有質疑安冉隊長採集證據和判別真偽的能力，但我常年斷案，深知同一件事可以有截然相反的解釋，我希望閣下能給封林機會，讓她解釋清楚事情的來龍去脈。」

棕離剛要出聲反駁，左丘白目光猶如利劍般地盯向他，「仔細查證，不冤枉好人，不放走壞人，才是執法者的最終目的。」

棕離想了想，悻悻地閉上了嘴。

殷南昭對左丘白說：「我同意拘捕封林，不是著急給她定罪，而是想徹底查清楚這件事。」

左丘白立即說：「謝謝閣下。」

「但是……」殷南昭頓了頓，對安冉點點頭，示意他直接播放影片。

安冉把剛從婚姻事務處收集來的停車場監視器影像投映到議事廳中央。因為是公眾場合的監視錄影，根據個人隱私保護法，圖像像素不高，也沒有聲音，可大家依舊清楚地看到了封林和駱尋。

兩個女人正面對面地站著說話，突然，封林用力推開駱尋，拿出一個特殊的注射器幫自己注射鎮靜劑。

議事廳裡響起兩個男人的失聲驚呼：「封林！」

楚墨全身緊繃，眼睛一眨不眨地盯著影片。

左丘白明明知道影片裡的事情已經發生過，卻依舊失態地大叫：「封林，保持清醒！」

但是，封林依舊在痛苦的掙扎中，一點點失去神志，徹底變成了一隻異變獸。

她瘋狂地攻擊駱尋和狄川，直到辰砂趕到，一劍砍斷了她的脖子。

影片關閉。

議事廳裡鴉雀無聲，只有沉重的喘息聲。

左丘白臉色慘白、眼睛發紅，雙手不受控制地輕顫，似乎完全不肯相信封林已經異變死亡。

辰砂和紫宴都表情悲痛、沉默不言，就連平時和封林關係不好的棕離和百里藍臉上都露出了哀戚之色。

大家從小一起長大，成年後因為利益和政見不同各自為政、越走越遠，封林卻好像總抱著不切實際的幻想，希望他們依舊像小時候一樣和睦相處。她看著剛強，卻是刀子嘴，豆腐心，一旦遇到事，總會心軟偏幫弱勢一方，就連棕離和百里藍也受過她的幫助。

棕離想到前幾天他還和封林在醫院裡冷嘲熱諷、打嘴仗。

百里藍想到他被辰砂刺傷，封林送他去醫院，跑前跑後幫忙……

就算沒有突失好友的悲痛，也生了兔死狐悲的悲涼。

他們都是A級以上的體能者，也就是說他們都有可能像封林一樣，某個時刻突然異變，最終身首異處。

左丘白看向楚墨。

楚墨坐得筆挺，眉眼溫潤、翩翩公子，表面上看不出任何異常。

左丘白悲怒交加，慘笑著說：「楚墨，封林死了！」

楚墨沒有反應，像一座玉石雕的人像般一動不動。

左丘白憤怒地大吼：「你為什麼不肯接受她？既然不肯接受她，為什麼又從小到大處處讓著她，對她有求必應？」左丘白猛地抓起手邊幾本厚厚的法典書砸向楚墨，「你還不如對她壞一點，讓她對你徹底死心！」

法典書呼嘯著砸向楚墨的頭，楚墨依舊一動沒有動，連眼睛都沒有眨一下。法典書只是虛影，穿過他的頭，飛了出去，消散在半空中。

左丘白對殷南昭欠了下身子，「抱歉，我身體不舒服，必須暫時退出會議。」說完，立即切斷了通訊訊號，3D虛擬人像消失不見。

議事廳內寂靜無聲。

殷南昭的目光掃過剩下的幾個男人，「封林突然離世的消息對諸位的衝擊肯定很大，對聯邦的衝擊會更大。消息暫時封鎖！封林還沒有指定繼承人，第二區的爵位該怎麼辦，封林的責任和權力又該怎麼辦，請諸位仔細考慮後，二十四小時內，提交一份應急方案。今天的會議到此為止。」

所有人站起，默默地離開議事廳。

「辰砂。」殷南昭突然出聲，叫住了辰砂。

辰砂站定，安靜地等著殷南昭說話。

「你看著點楚墨，他的反應不太對。」

「明白。」辰砂對殷南昭敬了一禮後，立即去追楚墨。

* * *

殷南昭回到臥室，駱尋已經洗完澡。

她呆呆坐在窗前，不知道在想什麼，魂遊天外的樣子。

殷南昭從背後擁住她，輕輕地吻她的側臉。

生命無常，誰都知道，可當這無常發生在身邊，發生在熟悉的人身上時，卻不是懂得道理就可以想通的。

殷南昭早已經看慣生死，連自己的命也不甚在意，但也許因為現在心裡有了牽絆和眷戀，他竟然在十六歲之後第一次對生命的無常有了敬畏。

駱尋自責地低語：「也許再多注射一些鎮靜劑就能救封林，我出門時為什麼沒有帶醫藥包？」

殷南昭沒吭聲，只是按了一下個人終端機。

安教授的3D虛擬影像出現在房間內。他站在實驗室中，頭髮蓬亂、表情哀傷，顯然也在為封林的死亡悲慟。

駱尋的視線終於有了焦點，對安教授急切地說：「我覺得應該取消十五分鐘黃金搶救期的限制，南昭最近一次異變已經證明即使超過十五分鐘，也有可能變回人。」

安教授語重心長地說：「根據執政官的描述，他最近一次異變自始至終沒有失去神志。因為想要救妳的強烈意志，他一直很清醒。而且，執政官是傳說中的4A級體能，人類歷史上第一個4A級體能者，也是目前為止的唯一一個。他的體能和意志力都非常人可比，在徹底研究清楚前，執政官的病例只是給我們的研究指明了方向和希望，不能把個例套到所有病例中，否則會造成無法預估的傷害。妳要明白，異變本身的傷害固然可怕，可其實異變獸毀滅性的瘋狂攻擊才更可怕，在研製出能讓異變獸恢復平靜的鎮靜劑前，取消十五分鐘的限制沒有任何意義，只是延長所有人的痛苦。」

駱尋想到白鳥不死不休的瘋狂攻擊，不得不承認安教授說得很對。

如果不能讓牠平靜下來，即使把牠抓住、關進了籠子，牠依舊會像撞擊飛車一樣不停地撞擊籠子，直到死亡。但是，她不甘心，真的很不甘心！明明希望就在前面，他們就是不知道該怎麼走過去，只能看著死亡發生在眼前。

安教授打開一份檢測報告給駱尋看，「我已經檢查完異變鳥的屍體。像以前一樣，鎮靜劑對牠沒有任何作用，就算封林在實驗室裡異變，有無限量的鎮靜劑也幫不到她。」

駱尋像是突然想到什麼，對安教授說：「我想立刻開始研究工作。」

「這不是我能決定的。」安教授看了一眼殷南昭，主動切斷了影片。

駱尋一下子冷靜下來。

真公主剛死，她這個假公主還是戴罪之身，兩大星國隨時有可能開戰，在這個節骨眼上，她如果要求恢復基因研究工作，太為難殷南昭了。

殷南昭輕撫著駱尋的背，「再忍耐一下。」

「我只是隨口說說，不用回到實驗室也可以工作，我正好可以多看看別人的研究論文，拓寬一下思路。」駱尋摟住他的腰，把臉埋在他胸膛前。

殷南昭柔聲說：「我知道妳和封林感情很好，但封林的事妳無能為力，不要再責怪自己了。」

駱尋悶悶地問：「如果我是壞人，做了很壞的事怎麼辦？」

殷南昭毫不遲疑：「我和妳一起接受懲罰，一起去贖罪。」

駱尋徬徨失措的心略微安穩了一點。

殷南昭問：「妳做了什麼壞事？和封林有關？」

看影片時，他就在想封林甩脫安冉的抓捕，卻不是為了逃跑，而是為了找駱尋說話，肯定有非常特別的原因。

駱尋把封林死前告訴她的話，求她做的事全部告訴了殷南昭。

殷南昭思索了一會兒，說：「封林有個孩子，孩子在龍血兵團，所以，封林知道妳是龍心後，推測妳就是神之右手。」

駱尋抱歉地看著殷南昭。她都不知道自己到底還有多少深藏的黑暗祕密，總是心理上剛接受一個噩耗，就會又有新的噩耗冒出來。

殷南昭揉了揉駱尋的頭，「神之右手也許和龍心有關係，但妳不可能是神之右手，這個黑鍋妳就不要硬背了。」

「為什麼？」駱尋瞪大了眼睛。

「神之右手的傳說在星際間至少已經流傳了上百年，妳才多大？人家在妳出生前就已經是星際中的神祕傳說了。」

「我多大？」駱尋還真不知道自己多大。

「四十到五十之間，封林以前幫妳測過骨齡。」

「我和洛蘭公主差不多大。」駱尋背過洛蘭公主的資料，記得洛蘭公主今年應該是四十六歲。

殷南昭不得不承認龍心和葉玠設計的這個局非常縝密，每個細節都沒有遺漏，「奧丁聯邦並沒有那麼容易上當受騙。當年封林檢查完妳的身體，發現所有數據都吻合，才沒有起疑。」

駱尋想起封林，鼻子泛酸，又想哭。

殷南昭嘆道：「封林明知妳的年齡，卻把妳當成神之右手，應該是知道妳是龍心後，正巧趕上安冉去抓她。她怕沒有機會再私下見妳，急急忙忙跑去找妳，並沒有完全想清楚前因後果。」

駱尋難受地說：「封林肯定不是內奸，她只是被葉玠利用了，感覺她求我答應幫她救孩子後就會回去配合調查。」

「所有證據都指向她，偏偏她還拒捕逃跑，坐實了自己的罪名，現在又因為異變身亡，連為自己辯解的機會都沒有。」

駱尋揪著殷南昭的衣服，紅著眼眶說：「封林不是內奸，你要還她清白！」

殷南昭安撫地拍拍她的背，「我沒有說封林是內奸。本來還有很多疑點，但知道她在外面有個孩子後，祕密通訊、不知去向的巨額金錢，以及她去私見約瑟將軍就都能解釋通了。」

「左丘白和楚墨……有什麼反應？」也許因為遷怒，駱尋現在不僅看左丘白不順眼，連向來喜歡的楚墨也覺得很討厭。

「兩個都飽受打擊、悲痛欲絕，只不過一個外露，一個克制。孩子的事妳打算什麼時候告訴左丘白？」

「為什麼要告訴他？」駱尋十分憤慨，聲音都禁不住提高了，「孩子和他沒有任何關係！當年他不想要，現在也不用他管！我答應了封林，一定會想辦法救出孩子，這個孩子我會照顧！」

殷南昭知道她現在正在氣頭上，講什麼都聽不進去，柔聲說：「好，好，沒關係。不過，封林和左丘白已經分手二十多年了，算時間，孩子已經成年，封林要妳幫忙救出孩子很合理，但為什麼封林還要拜託妳照顧撫養他?」

駱尋愣住了，仔細回想一下後也覺得很迷惘，「我當時沒想到這些，封林說話的語氣讓我下意識覺得孩子還很小，需要我照顧長大，也許……和孩子的病有關?」

「算了，這事不重要，等救出孩子就明白了。」

駱尋想到葉玠，心情越發沉重。她一直逃避著和葉玠正面接觸，可現在不能再逃避了，她必須去面對葉玠，面對自己的另一個身分。

Chapter 15 哀與傷

人間縱有良辰美景、賞心樂事，
可終歸好花不常開、好景不常在，倜儻風流都會被雨打風吹去。

半夜裡，駱尋突然翻身坐起。

殷南昭立即醒了，叫了聲「小尋」，發現她沒有絲毫反應，表情漠然、眼神陰冷。他心裡咯一下，竟然又夢遊了！

駱尋四處看了看，好像因為環境陌生，有點茫然困惑。

她走出臥室，摸著黑下了樓，像是一頭困獸般在屋子裡走來走去，尋找著什麼。

殷南昭藏身在黑暗中，輕聲問：「在找什麼？」

「廚房。」

「往前……左邊。」

駱尋走進了廚房。

她打開櫃門，把所有刀具拿出來，一把把仔細檢查，似乎看夠不夠鋒利。

殷南昭站在廚房門口，安靜地看著。

駱尋打開保鮮櫃，一通翻找，把所有食材都拿出來，然後開始又切又剁，又削又剔，專心致志地做著菜。

殷南昭看著她炫目的刀工，暗自鬆了口氣。雖然半夜做菜很詭異，但把各種食材切開剁碎總比把人切開剁碎強。

駱尋像個機器人一般，做完一道菜就緊接著做另一道菜。廚房裡香氣瀰漫，可是本應該很溫馨的畫面，卻因為駱尋冷漠肅殺的表情透著陰森。

殷南昭一直站在廚房門口，像是不存在一般安靜地陪伴著她。

突然，屋子外面傳來鬼哭狼嚎的叫聲，像是有一群人喝醉了，正在發酒瘋。

殷南昭猜到是誰。有膽子在他門口發酒瘋的人也就那幾個混帳東西。他緊張地盯著駱尋，發現她在側耳傾聽。

殷南昭正想發訊息給警衛，叫他們去把外面的幾個混帳悄悄驅散，駱尋放下了刀，循著聲音的方向朝外面走去。

因為不知道驚醒夢遊中的她後到底醒來的會是誰，殷南昭不敢阻止，只能悄無聲息地跟上去。

幸好，駱尋走到庭院中就停住了腳步，隔著院門，好奇地看著外面的人。

是紫宴、百里藍、棕離、楚墨、辰砂他們，其他四個男人已經酩酊大醉，瘋瘋癲癲、又唱又叫，只有3A級體能的辰砂還清醒著。

他看到駱尋，覺得她的動作表情十分異樣，像是變成了截然不同的另一個人，不禁困惑地看向跟在駱尋身後，藏身於陰影中的殷南昭。殷南昭對他做了個噤聲的手勢，辰砂吞回已到嘴邊的話。

楚墨毫無形象地坐在地上，頭髮蓬亂，衣服歪斜，懷裡抱著一瓶酒還在喝，表情似笑似哭。

紫宴躺在地上，揮舞著雙手，大吼大叫地唱歌。

百里藍嚷嚷：「封林，我跳舞給妳看！脫衣舞！妳要不笑，老子把蛋送給妳……」

棕離向來是行動派，已經手腳麻利地開始脫衣服，脫得只剩一條內褲，繞著站得筆挺的辰砂轉圈，像是把辰砂當成鋼管，跳起了鋼管舞。

百里藍想脫衣服，可醉得厲害，連解扣子都不太利索，索性雙手抓著衣服，「刺啦」一下，就把衣服撕開，扔到地上。他雙手「啪啪」地拍著自己肌肉僨張的胸膛，像頭大狒狒一樣衝著天空號叫。

駱尋怔怔看著他們，似乎完全看懂了癲狂滑稽之後隱藏的深切悲痛。她眼眶漸漸發紅，突然間就淚如雨落、號啕大哭。

辰砂疑惑地看向殷南昭，他依舊藏身於黑暗的陰影中，靜靜旁觀，絲毫沒有上前安慰的意思。

駱尋像個小姑娘一樣蹲在地上，雙手抱著頭，一邊哭一邊叫「爸爸」。

她哭得撕心裂肺、肝腸寸斷。

院門外的棕離觸景生情，不知道想到什麼傷心事，竟然也跟著她開始哭，抱著辰砂一把鼻涕一把淚。

辰砂臉色發青，紋絲不動地站著，緊咬著牙才沒有一腳把棕離踹飛。

楚墨一邊大口灌酒，一邊無聲無息地落淚。

百里藍已經把自己脫了個精光，又叫又號，一會兒敲胸，一會兒拍屁股，像是渾身有發洩不完的力量。

紫宴換了首歌，平躺望天，翹著二郎腿，一邊手裡打著拍子，一邊咿咿呀呀地哼唱著。不知道在唱什麼，只覺得無限悲傷蒼涼。人間縱有良辰美景、賞心樂事，可終歸好花不常開、好景不常在，倜儻風流都會被雨打風吹去。

駱尋哭著哭著，突然頭一歪栽倒在地上，昏睡了過去。

殷南昭幾乎立即出現在她身邊，把她抱了起來。

大門外面幾個男人依舊在發酒瘋，畫面讓人生無可戀。殷南昭同情地看了辰砂一眼，無聲地道了「晚安」，抱著駱尋轉身回屋子了。

＊　＊　＊

早上。

駱尋醒來後覺得很疲憊，感覺做了一整晚光怪陸離的夢，又是叮叮咚咚地做菜，又是哭哭啼啼地看棕離跳脫衣舞、百里藍裸奔。

她打著哈欠，翻了個身，看到殷南昭靠坐在床頭，正在翻看那本古色古香的紙質筆記本。

因為紙張的記事本不多見，駱尋對這個記事本的印象還滿深刻。第一次應該是在辰砂的書房見到的，好像是辰砂母親的遺物。

駱尋興致勃勃地問：「你整天拿著人家的遺物翻看，難道暗戀過辰砂的母親？」

殷南昭笑著合攏筆記本，用本子敲了一下駱尋的頭，「安蓉比我大一百多歲，我認識她時，她已經和辰垣在一起了。」

「你和安蓉的關係很好？」

「安蓉是執政官，在敢死隊做隊長的那兩年，和安蓉打交道比較多，後來我去了軍隊，見辰垣的次數遠遠多於安蓉，和辰垣的關係更好。不過，我的名聲一直不大好，安蓉是唯一一個敢和我說笑的女性。」

駱尋打趣，「天使的臉、魔鬼的心、野獸的身、人間極品殷南昭！」

殷南昭苦笑，「妳不覺得說出這種話的女人才是人間極品嗎？」

「我就是這麼想的啊！感覺安蓉又聰明又風趣，可惜英年早逝。」駱尋想到同樣英年早逝的封林，心情黯然。

殷南昭安撫地拍拍她的背，「在辰垣和安蓉出事前，安蓉和我通過一次話，說有事拜託我，必須當面說，要我盡快回一趟阿麗卡塔。沒等我趕回去，當天晚上就出了事。雖然後來的各種調查，包括辰砂的描述，都顯示是一場意外事故，可我每次想到通話時安蓉的語氣，總覺得不對勁，一直在想安蓉究竟碰到了什麼事，不能讓辰垣做，一定要我來做。」

辰垣和殷南昭最大的不同是：一個行走在陽光下，一個行走在黑暗中。看來安蓉一定是碰到了麻煩事，而且是大麻煩，不能用正常手段去解決，只能用非正常手段。

駱尋想了想，說：「身為執政官，應該有工作日誌。」

「我查看過了，沒有異常。安蓉性格謹慎，一件她都不願意在視訊裡說的事，很有可能也不會留下任何紀錄。我無意間聽辰砂說他記得母親心情低落時會用筆在筆記本上亂寫亂畫，於是跟他要了安蓉生前用的筆記本，想看看會不會有意外的發現。」

「有嗎？」

「沒有。」殷南昭擰了擰她的鼻子，「起來了，今天還有很多事要處理。」

＊　＊　＊

駱尋洗漱完，下樓走進廚房，準備做點簡單的早餐。

她拉開保鮮櫃，卻看到裡面擺滿做好的菜，一盤盤做工精緻、色香味俱全。

夢境中，她做的菜竟然真實出現了！

駱尋的臉色唰一下慘白，渾身發寒。

殷南昭從背後輕輕抱住她，柔聲安慰：「沒關係。估計因為白天封林的死，妳受了刺激，晚上才會夢遊。」

駱尋身體僵硬，「她做什麼過分的事了嗎？」

「沒有，做了這些菜，哭了一會兒就睡著了。」殷南昭輕描淡寫，像是完全沒把夢遊當回事。他看著保鮮櫃裡的菜餚，笑瞇瞇地提議：「熱一下當早餐吧！」

駱尋不吭聲。

殷南昭的下巴搭在她肩膀上，若有所思地說：「昨天晚上的龍心看起來有點可憐。」

「殷南昭！」

殷南昭聽她聲音都變了，立即閉嘴，不敢再提龍心。

駱尋拿出一罐營養劑，氣鼓鼓地說：「我才不要吃她做的菜！你喜歡吃就去吃吧！」

她都走到廚房門口了，卻又回過頭，皮笑肉不笑地盯著殷南昭，「你要喜歡吃她做的菜，以後就不要再吃我做的飯。」

殷南昭覺得自己好像莫名其妙就變成了腳踏兩條船的渣男，還是那種智商不高，把兩個女人帶到同一個屋簷下的渣男。

他瞅著保鮮櫃裡琳琅滿目的菜餚，乖乖只拿了兩罐營養劑。

* * *

吃過早飯，殷南昭說要出門辦事，駱尋稀裡糊塗就跟著他來到一個小型的軍用太空港。

太空港四周重兵把守，警衛們手持武器，站得筆挺。

殷南昭戴著銀色的面具，穿著黑色的長袍，全身上下裹得嚴嚴實實，大步流星地走在前面。看上去遙遠冷漠，沒有一點正常人的溫度。

駱尋在狄川的陪伴下，一直尾隨在後面。

周圍人都神情嚴肅、如臨大敵，搞得駱尋也很緊張，不知道殷南昭究竟想做什麼。

一行人登上了一艘軍用飛船，安冉站在船艙門口，對殷南昭敬軍禮，恭敬地彙報：「人已經都到齊了。」

殷南昭頷首，表示知道了。

他放慢步伐，等駱尋趕上來時，主動握住了她的手，「因為是祕密行動，不能提前告訴妳。」

駱尋笑了笑，表示理解。

她側頭打量著他。雖然打扮和以前一模一樣，臉上的面具也依舊泛著金屬特有的冰冷光澤，但他的眼睛和以前截然不同，不再是空無一物的冷淡疏遠，而是心有所屬的溫柔關切。

駱尋想起第一次見到執政官時的情景，完全想不到有朝一日，她竟然會握著他的手並肩前行。

「我也完全沒想到。」殷南昭的聲音帶著笑，心有靈犀，竟然完全猜到了她在想什麼。

駱尋故意裝聽不懂：「想不到什麼？」

殷南昭可沒她那麼矯情，坦率地說：「當時，我一個人坐著，看著妳和辰砂跳舞，完全想不到有朝一日，我可以這樣牽著妳的手。我以為我只能永遠藏在面具後，躲在黑暗裡遠遠地看著妳。」

駱尋明知故問，本來就是想聽他說情話，可真聽到了殷南昭心底的話，又覺得心酸。她踮起腳，飛快地在殷南昭的面具上親了一下，又立即若無其事地乖乖走著。

殷南昭什麼都沒說，只是握著她的手更緊了。

兩人沿著長長的走廊，還沒走到大廳，就聽到乒乒乓乓的聲音傳來。

殷南昭和駱尋同時鬆開對方的手，殷南昭看了駱尋一眼，駱尋笑笑，主動停住腳步。

等殷南昭走到前面，駱尋才保持著適當的距離，跟隨在他身後。

門口站著的警衛看到殷南昭，都抬手敬禮。

殷南昭徑直走了進去，辰砂、百里藍、棕離、紫宴四個人聽到動靜，都已警覺地轉身，站成一排，向殷南昭致敬：「閣下！」

駱尋看到百里藍和棕離，腦海裡浮現出昨夜夢裡的畫面。

他們現在都穿著筆挺的制服，看上去一個高大威猛，一個冷酷陰沉，可昨晚的畫面……簡直不忍目睹，看多了都要長針眼！

奇怪的聲音依舊不停地傳來，殷南昭的目光在他們四個人臉上掠過，四個男人看再也遮掩不住，只能向左右兩邊讓開，露出了後面兩個正在打架的男人。

左丘白一個翻身，把楚墨壓在地上，揮起拳頭，狠狠砸向他的臉。

左丘白是A級體能，楚墨是2A級體能。

左丘白擅長的是槍械，適合遠程作戰，不適合近身搏鬥，本來應該是楚墨壓著左丘白打，現在卻是左丘白壓著楚墨打。

殷南昭冷冷地問：「怎麼回事？」

紫宴無奈地說：「左丘昨天半夜趕到小雙子星，去看封林，正好楚墨也在，當時他們兩個就起了衝突，差點打起來，被我們硬拖開。我們拉著楚墨去喝酒，左丘一個人在封林的棺柩邊坐到天亮。今天早上我們都被閣下派來的警衛請到這裡，左丘看到楚墨，沒說幾句話就打了起來，我們誰都勸不住。」

殷南昭呵斥：「住手！」

左丘白和楚墨像是完全沒有聽到，依舊你一拳、我一拳，打來打去。

殷南昭走過去，一手就把左丘白掀翻在地。

楚墨搖搖晃晃地站起來，想要踢左丘白，被殷南昭一腳踹翻，踩著心口逼迫他乖乖躺好。

左丘白翻身爬起，衝過來還想揍楚墨。殷南昭抓住他的手腕，一個旋轉，強迫他身子向下俯趴著，一動也不能動。

「還打嗎？」

楚墨和左丘白不吭聲，但身體都不再掙扎，表示臣服。

殷南昭鬆開了他們，左丘白垂頭喪氣地軟跪在地上，楚墨要死不活地平躺在地上。

殷南昭下令：「整理儀容，開會！」

楚墨和左丘白總算是還沒有徹底忘掉自己的身分，全都站了起來，捋捋頭髮、扯扯衣服，如果不是臉上青一塊紫一塊，倒是立即都恢復了平日的出眾風采。

駱尋準備悄悄離開。

「駱尋，這事和妳有關。」殷南昭指了最末端的位置，示意她坐。

駱尋愣一愣，什麼都沒問，默默坐下。

棕離問：「開會需要到飛船上來嗎？」

殷南昭還沒有回答，廣播裡，船長的聲音突然響起：「飛船即將起飛，請繫好安全帶，此次飛行，目的地是阿麗卡塔星，預計飛行時間十一個小時。」

駱尋立即繫上安全帶，七個男人卻都沒有動。

飛船升空後不久，殷南昭說：「你們六個中至少有一個是內奸。安冉強烈反對我把你們請到一艘飛船上，認為太不安全，我倒覺得和內奸先生待在一起才最安全。從現在開始，你們的所有通訊訊號都被遮蔽，如果有急事需要聯絡自己的屬下，用我的個人終端機。」

六個男人一言不發，雙手平放在膝蓋上，坐得筆挺。桌子上的飲料杯劇烈震顫，隨著飛船加速發出一陣陣的嗡鳴聲。

「第一件事。兩天後，阿爾帝國皇帝派來的使者團就會到阿麗卡塔，要接回洛蘭公主和約瑟將軍的遺體。這是全星際關注的重大事件，會現場直播遺體轉交儀式，奧丁聯邦必須表示出足夠的誠意和哀悼，全體出席。」

六個男人沒有任何異議。

「第二件事。」殷南昭的目光從六個男人的臉上緩緩掃過，「封林突然死亡，第二區的爵位沒有繼承人，內奸先生做為陷害封林的一方，應該早計畫著把原本屬於第二區的勢力接管過去。我要求的方案提議，你們寫了嗎？」

百里藍看了眼其他人，「時間沒到，我還沒來得及寫。」

「你們忙著酗酒發洩難過，也許真，也許假，反正都還沒寫，也不用寫了。我有一個新消息告訴諸位：封林有繼承人，她的親生孩子。」

就像是一枚炸彈丟入了水中，轟然炸開，雖然聽不到大的聲響，卻可以看到驚濤駭浪。左丘白和楚墨都失態得直接站起來，其他人也是目瞪口呆。

「不……不可能吧！封林什麼時候生的孩子？不會是假的吧？」百里藍完全不相信。

「孩子的基因就在他的身體裡，一檢測就知真假，能撒謊嗎？」

百里藍不吭聲了。的確，這是不可能作假的事。

左丘白突然衝過去，怒氣沖沖地抓住楚墨的衣領，「是不是你的孩子？」

「我倒是想！」楚墨臉色蒼白、目光渙散，眼裡滿是悲痛悔恨。

左丘白一下子洩了氣，放開楚墨，失魂落魄地回到自己的位置。

殷南昭說：「因為封林的私人原因，孩子被寄養在別處。安冉查到的不知去向的巨額款項就是為孩子花的，祕密通訊也是因為孩子。雖然所有證據都顯示封林是內奸，她也不能站在這裡為自己辯解，但我初步判斷她是無辜的。」

六個男人都不吭聲。

殷南昭說：「根據聯邦法律，封林的爵位由她的孩子繼承，在孩子成年前，將由聯邦執政官暫時接管所有權力，等他成年後，執政官必須無條件立即移交所有權力。」

左丘白看了辰砂一眼，「第一區當年就是這樣，我沒有意見。」

「我同意。」楚墨說。

其他人也紛紛表示沒意見。

楚墨突然問：「孩子的監護人是誰？我能申請做孩子的監護人嗎？」

左丘白立即說：「我也要申請做孩子的監護人！」

「監護人是駱尋。」

眾人的目光齊刷刷地看向駱尋，各種驚訝意外、難以相信。楚墨和左丘白的眼睛裡更是盛滿了質疑和憤怒。

駱尋驚了一下後，看到楚墨和左丘白的目光，立即狠狠瞪了回去。封林寧可求她救孩子，都沒有找這兩個男人，可見也是被他們傷透了心。

楚墨盯著殷南昭，質問：「為什麼是她？」

左丘白也不滿：「她憑什麼做監護人？」

「這是封林的決定。和我、和你們都無關。你們應該已經各憑手段調查過封林死前的事，肯定都暗自琢磨過封林為什麼明知安冉要抓捕她，還會冒著拒捕重罪的危險去找駱尋，究竟對她說了什麼要緊事。」

殷南昭看向駱尋，駱尋立即明白他的意思，「封林告訴我，她有個孩子，孩子現在在哪裡、由誰照顧，拜託我把孩子接出來。她異變時，最放心不下的就是孩子，拜託我照顧他，我答應了。」

駱尋想到封林神志清醒時最後一刻的目光，眼眶漸漸紅了，那個一出生就和母親分離的孩子永遠都無法親身感受到他的母親有多麼愛他了。

楚墨和左丘白也想到了，封林寧可找駱尋，都不找他們，已經足以說明封林的態度，兩人都頹然地沉默了。

殷南昭問：「封林和孩子的事，諸位還有疑問嗎？」

沒有人吭聲。

棕離看了看其他人，陰沉著臉說：「我對封林有孩子的事沒有意見，對誰是監護人完全不關心，可我對駱尋有意見。她身分未明，還是阿爾帝國的死囚犯……」

殷南昭抬了下手，示意他稍安毋躁，「接下來，第三件事，我想談一下駱尋的事。」

駱尋一下子坐得筆直，滿臉驚訝。

殷南昭安撫地看了她一眼，點擊一下自己的個人終端機，一份文件出現在大家面前。

「這是阿爾帝國的皇帝簽署的特赦令。」

六位公爵都打開了虛擬螢幕，仔細閱讀。

特赦令先簡單陳述了駱尋的罪行，她誤闖研究基地，因為飢餓，誤摘了兩個古基因蘋果充飢，稀裡糊塗犯下基因盜竊罪，被判了死罪。

阿爾帝國的皇帝考慮到駱尋在基因研究方面的傑出才華，也考慮到駱尋在真假公主事件中並沒有做任何危害阿爾帝國的事，反而維繫了兩國十多年的友誼，決定赦免她在阿爾帝國所犯的罪行，還宣布贈送駱尋十顆古基因蘋果，希望她在基因研究上繼續努力，拯救更多的生命。

特赦令最後發揮了皇室擅長打嘴炮的特長，很煽情地寫了一段話：「法律不是殺戮，懲戒惡是為了保護善。殺駱尋一人，等於間接殺數百人，甚至數千人、數萬人的性命。赦免她的罪行，不是無視法律，而是踐行法律最終的目的——讓這個世界變得更加美好。」

駱尋心情激蕩，雖然後來已經明白這是龍心自己設的局，但背負罪名的是她，不管她走到哪裡，都會被看作死囚犯，沒想到殷南昭竟然不動聲色就暗中行動了，讓她不用再繼續背負這個罪名前行。

殷南昭看了眼時間，「阿爾帝國的皇室新聞發言人現在應該正在宣讀這份特赦令，要不了多久，整個星際都會知道阿爾帝國已經寬宏大量地赦免了假公主駱尋的罪行。接下來，不管是人類，還是異種，都會想知道奧丁聯邦會怎麼對『假公主』。」

六個男人神情嚴肅。不管他們的政治觸覺是否敏感，都意識到阿爾帝國的皇帝姿態漂亮地把奧丁聯邦擺到了一個尷尬的位置上。

殷南昭說：「我希望你們好好考慮一下該如何對待駱尋。如果普通基因的人類知道我們竟然想把一個純基因的人類，一個基因研究天才，一個冒著生命危險拯救了異種孩子的醫生視作死囚，強行配種，做基因實驗母體，你們想過後果嗎？」

百里藍臉色難看，硬邦邦地說：「大不了就是開戰打仗！」

殷南昭盯著百里藍。

紫宴難得好心地解釋了一句：「我們可以和阿爾帝國打仗，但我們不能和整個人類為敵，這是截然不同的兩個概念。」

百里藍依舊不以為然，只是礙於殷南昭一貫以來對戰爭的態度，不敢直接挑明了說。

紫宴懶得再多費唇舌，指指特赦令，笑對駱尋說：「恭喜！」

「謝謝。」駱尋扯扯嘴角，回了他一個微笑。

殷南昭又打開一份文件，發送到六位公爵的虛擬螢幕上，「這是我簽署的文件，赦免駱尋在『真假公主』事件中的冒名頂替罪，並且同意她的入籍申請，允許她以『駱尋』的身分正式加入奧丁聯邦，成為奧丁聯邦的公民。」

棕離不滿地質問：「理由？」

殷南昭從容淡定，不疾不徐地說：「真假公主事件的最大受害人是辰砂，我已經詢問過他的意見，他同意不追究駱尋的任何過錯。迄今為止，駱尋不但沒有做危害奧丁聯邦的事，還做了不少對奧丁聯邦有益的事。除此之外，一個基因研究天才對一個星國意味著什麼，在座諸位都很清楚，尤其我們剛剛失去了封林。安教授和楚教授年事已高，奧丁聯邦的基因研究後繼無人。阿爾帝國的皇帝已經跟我要過一次駱尋，被我拒絕了，但我估計他不會放棄。這次阿爾帝國使者團的表面目的是接回洛蘭公主和約瑟將軍的遺體，可暗藏的目的一定是把駱尋帶回阿爾帝國，你願意讓駱尋回到阿爾帝國嗎？」

棕離毫不遲疑：「當然不行！」

「駱尋是純基因的人類，又來自阿爾帝國，只要她本人願意回阿爾帝國，在現在這個微妙的節骨眼上，我們不可能不讓步。」

棕離無話可說。

在洛蘭公主和約瑟將軍慘死在奧丁聯邦的情況下，人類正情緒激昂，阿爾帝國的皇帝只要徵得駱尋的同意，以接她回家為名向奧丁聯邦要人，如果他們不想激起全星際人類對異種的仇視，只怕不得不放棄駱尋。但如果駱尋已經是奧丁聯邦的公民，不管阿爾帝國的皇帝想玩什麼花招，都沒有了理由。執政官這一招算是釜底抽薪、高明至極。

殷南昭說：「約瑟將軍和洛蘭公主死後，真假公主事件早已經脫離了事件本身。或者說，這件事的重點一直就不是事件本身，是阿爾帝國皇位的博弈，是奧丁聯邦各方勢力的博弈，是兩個大星國的博弈，是人類和異種的博弈！所以，上帝的歸上帝，撒旦的歸撒旦，我們這些人繼續權力的遊戲，而駱尋，讓她回研究室！」

他優雅地攤開雙手，做了個邀請的姿勢，「當然，你們有權否決我的提議。這份文件生效需要七位公爵中至少四位的同意，公平起見，封林算作棄權。」

「我同意。」辰砂第一個表明態度。

「我也同意。」紫宴第二個表明態度。

楚墨沉默地拿起筆，簽名同意，又掃描了掌印，留下生物簽名。

駱尋的心懸了起來，棕離和百里藍都對她印象不好，左丘白做事只講規則、不講人情利益。這三個人只怕都會反對。殷南昭卻好像一點不擔心，智珠在握、氣定神閒的樣子。

百里藍說：「我不同意！」

左丘白說：「我不同意！」

出乎意料的是棕離，竟然說：「我同意，絕不能把駱尋讓給阿爾帝國。」他拿起了筆簽名，「這並不代表我認可駱尋，我依舊會牢牢地盯著她。」

殷南昭對智腦吩咐：「歸檔！」

智腦的機械聲響起：「YNZ3號文件生效，即日起駱尋成為奧丁聯邦公民。」

紫宴率先鼓掌，笑著和駱尋握手，真摯地說：「駱尋女士，歡迎妳成為奧丁聯邦公民！」

其他人也陸陸續續鼓掌，不管本來是同意還是不同意，都展現了紳士風度，表示歡迎。

駱尋完全沒想到一直困擾自己的事情竟然就這樣輕而易舉地解決了，她真正成為駱尋，可以光明正大地在奧丁聯邦繼續生活下去。

可是，她有點糊塗，殷南昭到底是為了自己，還是為了奧丁聯邦，才無論如何都要把她留下？怎麼從頭聽到尾，感覺他全是為了大局考慮？

駱尋一邊說著「謝謝」，一邊悄悄看殷南昭。

殷南昭雙腿交疊，倚坐在椅上，靜看著眾人，眼神冷淡，像往常一樣似乎永遠都置身事外，是個沒有絲毫情緒波動的旁觀者。

不過，他立即察覺到駱尋的小動作，目光輕移，還沒和駱尋的視線相觸，眼神就已經柔和了。

駱尋心中一甜，不知不覺中臉上客氣的笑就多了一絲溫柔。

殷南昭對駱尋說：「後面的事和妳無關，妳可以先回房間休息。」

駱尋對幾個男人禮貌地欠了下身，離開了大廳。

✷ ✷ ✷

駱尋的房間和殷南昭的房間相鄰，往常是值班警衛的休息室。

房間很小，不過該有的也都有，關鍵是距離殷南昭很近，方便安全。

駱尋昨晚沒有休息好，本來應該補一覺，但是，封林的突然死亡、封林的孩子、葉玠的目的……一樁樁事、一個個人，不停地在腦海裡徘徊，讓她沒有絲毫睡意。

思考了半晌，卻千頭萬緒一團亂麻，什麼都抓不住。

駱尋沮喪地在窄床上滾來滾去，覺得自己太蠢了！

突然，金屬牆上的暗門打開，殷南昭從自己的房間走了進來，「怎麼沒有休息？」

「睡不著。」駱尋新奇地看著牆上的暗門，原來兩個房間是相通的。

殷南昭坐到床邊，低頭看著她，「為什麼睡不著？在想什麼？」

駱尋悶悶地說：「要救封林的孩子就必須找葉玠，可他人在監獄，我怎麼聯繫上他呢？更緊迫的是，對他們而言，那個孩子唯一的價值就是牽制封林，現在封林死了，我怕他們對孩子不利。」

「救出孩子不容易，但孩子的安全，妳不用擔心。」

駱尋忽閃著大眼睛，困惑地看著殷南昭。

「現在那個孩子能牽制妳。」

駱尋恍然大悟。六個男人中有一個是內奸，肯定會告訴葉玠她承諾了幫封林照顧孩子。雖然的確是把自己的軟肋送到了葉玠手上，讓葉玠利用，但和孩子的性命比起來，她心甘情願。

駱尋滿眼星星，撲到殷南昭懷裡，「我的男朋友好聰明啊！」

殷南昭哭笑不得，拍拍駱尋的背，「葉玠會找合適的機會主動聯繫妳談孩子的事，妳等著他來就行。」

駱尋覺得壓在心口的一塊巨石總算找到了落處，一下子輕鬆很多。她捧著殷南昭的臉，「啾啾」兩聲，左右各親了一下，眼睛裡的愛戀濃得藏也藏不住，汩汩直往外冒。

殷南昭不自禁地唇角上翹，眉眼間都是融融暖意。

他拿出一個新的個人終端機，戴到駱尋手腕上。和駱尋以前的個人終端機一樣，也是一個鐲子，樣式簡單大方，既是首飾，也是實用的工具。

聽到個人終端機啟動的提示音，駱尋感覺自己的生活終於又回來了。她好奇地問：「這幾天我一直和你在一起，感覺自己什麼事都沒有做，你怎麼就做了那麼多的事啊？」不但壓制住了兩大星國一觸即發的戰爭，還讓她免除死罪，有了合法身分，能正大光明地繼續在奧丁生活。

「我可是有給薪的執政官，不能對不起納稅人的錢。」

駱尋捏著嗓子，嬌滴滴地說：「我還以為，你是因為對女朋友深沉的愛才私下和阿爾帝國的皇帝溝通，答應了無數苛刻的條件拿到特赦令，還不惜動用特權，簽署執政官特令……」

殷南昭笑著敲了她額頭一下，「妳虛擬的愛情遊戲玩多了。是阿爾帝國的皇帝請求和我溝通，他的皇位一不小心就會落到葉玠手裡，他比我更著急。」

駱尋瞪著殷南昭質問：「你到底是為了聯邦，還是為了自己，才要留下我？」

殷南昭笑吟吟地看著她。

因為身分是假的，駱尋一直活得小心翼翼，總是善解人意、進退得當，即使面對深愛的千旭也有著唯恐失去的柔順，現在卻會小心眼地鬧脾氣了。

駱尋不滿地捶他胸膛，「你還笑！」

殷南昭重重吻了一下她的唇，「妳的優秀，讓我留下妳的官方理由很充足，可即使沒有這些官方理由，我也不會讓妳離開。妳還不明白嗎？不管生死，我的命都是妳的，而妳是我的！」

駱尋愣了一愣，明白了他話語背後不留餘地的決絕。

這一生他已經經歷了太多的欺騙背叛，甚至連他自己的基因都在欺騙背叛他，他早已經放棄光明，打算永遠躲在面具後，棲身於黑暗，她卻硬生生地闖進了他的世界。他給予她全部，他也要她的全部，別說背叛，連改變主意都不行。

殷南昭自嘲：「妳愛上的男人是魔鬼，害怕嗎？」

駱尋搖搖頭，像藤蔓般雙臂交纏在殷南昭的脖子上，極盡溫柔地親吻他。

愛是溫暖和光明，太過極致的愛卻像是烈焰，會灼傷人，可她是無根浮萍，只有這麼濃烈的愛才能讓她有所憑依地活下去。

他們倆都是命運大神手下的殘缺次級品，但幸好遇見了彼此，本來的殘缺反倒成了彼此生命完美的嵌合。

＊　＊　＊

「叮咚」，門鈴聲突然響起。

殷南昭抬眸看了眼門上的螢幕。

「辰砂找妳。」

駱尋立即麻利地推開殷南昭，紅著臉跳下床。

殷南昭笑著搖搖頭，「辰砂應該有話單獨和妳說，我先走了。」

等殷南昭從暗門離開後，駱尋走過去打開門。

辰砂掃了眼她的嘴唇，抱著尋昭藤，面無表情地說：「我把它送回來了。」

「請進。」

辰砂抱著培養箱走進艙房，「放在哪裡？」

駱尋對房間不熟，左看右看，四處找著合適的地方。

辰砂抬手在牆壁上按了一下，一個擋板伸出，他把培養箱放到擋板上，四周自動伸出金屬架把培養箱固定住，防止飛行中途摔下來。

「這裡可以嗎？」

「可以。」駱尋看尋昭藤的藤蔓和針葉鮮紅欲滴，顯然這幾天吃得很好，「你把它照顧得很好嘛！」

「不難養，讓它有新鮮血喝就行，它也不挑食，什麼血都喝。」辰砂似乎還滿喜歡這株凶狠貪吃的藤蔓，「妳發現的物種，妳有命名權，想過叫什麼名字了嗎？」

駱尋點點頭。

辰砂感興趣地問：「叫什麼？」

「……尋昭藤。」

辰砂沉默了一會兒，「難怪英仙葉玠會怒氣沖沖地把整個山谷裡的藤蔓都燒毀了。」

「我和葉玠……」

「和我無關！」辰砂有意無意地掃了一眼暗門的方向，「這些事是執政官要操心煩惱的。」

駱尋很抱歉，「對不起！」

辰砂皺了皺眉，「不要總把『對不起、謝謝』掛在嘴邊，妳沒有對不起我，我也沒做什麼值得妳感謝的事。」

駱尋不知道該說什麼了。

辰砂問：「妳已經有了新的身分，打算什麼時候和執政官結婚？」

駱尋臉頰發燙，「……還沒有想過。」

「……我走了。」辰砂朝門外走去。

駱尋突然想起什麼，急忙叫住了他：「辰砂！」

辰砂回頭看著她。

駱尋拍拍培養箱的玻璃壁，「你在照顧它的時候，覺得它像植物還是動物？」

「像隻小動物，可主生物特徵還是植物。」

「把動物和植物基因完美融合的小傢伙。」駱尋眼睛亮晶晶地看著辰砂，「等我破解了它的祕密，你就不用擔心基因不穩定導致異變了。」

辰砂愣住。

駱尋微笑著說：「不要再一個人站在懸崖邊了，不管哪個女孩你都可以喜歡。」

辰砂沉默地盯著駱尋，一會兒後，突然展顏而笑，問道：「妳也可以嗎？」

駱尋呆滯。

辰砂的笑容轉瞬即逝，猶如藏在烏雲深處的陽光，乍然一現後又隱入了烏雲中。他冷冷地說：「我不會強求妳喜歡我，妳也不要強求我不喜歡妳。我尊重妳的感情，請妳也尊重我的感情。不要因為自己想心裡好過一點，就覺得我的情感連存在都礙眼。」

「我……我……不……不是……」駱尋張口結舌。

艙門打開，轉瞬間辰砂已經消失不見。

駱尋頹然。她本來想讓辰砂高興一點，結果又把他惹生氣了。

✷　✷　✷

「咚咚」幾聲，引得駱尋抬起頭，循聲望去。

殷南昭收回了敲牆的手，斜倚在打開的暗門邊，目光柔和地看著她。

駱尋走過去抱住了他的腰。

殷南昭摸摸她的頭，「下飛船後估計就沒有休息時間了，盡量睡一會兒。」

「你陪我？」

殷南昭抱歉地說：「還有些工作要處理。」

駱尋放開了他，「你忙你的，不用管我。」
通訊器的蜂鳴聲響起，殷南昭立即接通，一邊說話，一邊走到了工作臺前。
駱尋看著牆壁上的尋昭藤，既然已經不是戴罪之身，又有了合法身分，那就可以恢復正常工作、繼續做研究了。
第一件事，需要成立一個專門研究尋昭藤的團隊。
不但要考慮每個人的專業知識，還要考慮他們之間的關係，畢竟一個團隊合作，如果關係不和，會影響整個團隊的氛圍……
駱尋在腦海裡過濾著一個個人名，拿著電子筆寫寫畫畫。
殷南昭和幾個部長開完會，等待另一個通訊的間隙，特意走到暗門邊探望駱尋，發現她盤腿坐在床上，對著虛擬螢幕，一會兒皺眉沉思，一會兒奮筆疾書，不禁心裡暗笑。
他愛的女人也是工作狂，完全不用擔心他忙碌時，她會無聊煩悶，將來誰有閨怨還真說不準。

＊　＊　＊

殷南昭處理完所有工作，發現不到一個小時就要抵達阿麗卡塔了。
他走進駱尋的房間，看到她歪躺在床上，已經疲憊地睡著。
殷南昭拿起薄毯子蓋到她身上，坐在床邊，靜看著她，禁不住嘴角就露出了笑意。
忽然間，他竟然想不起，以前一個人的時候，不工作時究竟是怎麼過的。想了好一會兒，才發現自己在認識駱尋之前，壓根兒沒有這樣的時刻。

總是有做不完的事，執政官的工作、敢死隊的任務、安教授的實驗體……他從沒給過自己空閒的時刻。

他很清楚自己置身黑暗，寧願冒著生命危險做任務，與死亡為伴，寧願做實驗體，承受肉體腐爛，與痛苦為伴，也不願獨自一個人，被黑暗席捲吞噬。

可是，他現在可以什麼都不做，靜靜地感受時間流逝，任由花開花謝。

即使四周依舊縈繞著黑暗，即使前方依舊沒有光明，可聆聽著她的一呼一吸，心情自然而然就變得平靜喜樂、安寧溫暖。

他的生命從誕生的那一刻起，就注定天生孤絕、世所不容。

無父無母、斷子絕孫，不被人類接受、不受法律保護、不在倫理之內，他是踏著刀尖，走在黑暗的虛空中，看似光華璀璨的一切都是虛幻，但是，眼前的人是真實的！

殷南昭側躺到駱尋身前，把她擁在了懷裡。

駱尋連眼睛都沒睜，只是含含糊糊叫了聲「南昭」。

「嗯。」

聽到他的聲音，她往他懷裡縮了縮，安心地繼續呼呼大睡。

殷南昭的唇貼在她的頭頂。

飛船正在漸漸接近阿麗卡塔，開始減速。駱尋沒有繫安全帶，身體本來會向前衝，可因為在殷南昭懷裡，她什麼感覺都沒有，依舊睡得香甜。

直到飛船落地，驟然一顛時，駱尋才迷迷糊糊睜開眼睛，可看了眼殷南昭，就又閉上了。

殷南昭輕柔地捏捏她的耳朵，「到阿麗卡塔了。」

「什麼？」駱尋終於清醒了，一臉驚訝，「我怎麼什麼都沒有感覺到？」

殷南昭取笑她，「睡得這麼沉，被人抓去賣了都不知道。」心裡卻明白，駱尋是個很缺乏安全感的人，她能睡得這麼沉，只是因為知道他在她身邊。

她全心全意地信任依賴，不僅僅讓他的懷抱安全可靠，還讓他和這個世界真正產生了聯繫，不再是這個星際中多餘的存在。

Chapter 16

禍福難料

人類是智慧生物，不會任由物競天擇自然發生，會自我干預。
但干預的結果，究竟是加速滅絕，還是新的生機，沒有人知道。

漆黑的夜色中。

軍用太空港內起落的飛船不多，幾乎看不到人，顯得十分冷清。

入關的關口，值班軍官看到一隊人長驅直入地走了進來，他帶著幾分倦意不耐煩地吼：「眼睛瞎了嗎？到這邊排隊！」

等看清楚眼前的人是執政官和六位公爵，他一下子嚇清醒了，立即站起來敬禮，腿肚子都在打哆嗦，心裡叫苦連天。到底發生了什麼事，他們為什麼會突然一起出現在這個普通的軍用港口，用普通軍人的通道？

殷南昭站在檢測儀前，等待智腦掃描檢測身分，「為了不在封林的葬禮上再橫生枝節，只能委屈一下六位了。」

六位公爵都知道這算是變相拘禁，可殷南昭擺明了要封鎖封林有繼承人的消息，趕在所有人反應過來前把第二區的事情處理完，將封林突然死亡對聯邦的衝擊壓制到最小，讓內奸或者其他別有用心的人沒有機會再策畫新動作。

大家彼此看了一眼，沒有一個人吭聲，沉默地排好隊，等候檢查過關。

過完關，一行人走出港口，看到一艘運載軍需物資的飛艇停在大家面前。

百里藍無語地翻了個白眼，悄悄抬起手腕查看個人終端機。

殷南昭說：「沒有訊號。封林的葬禮結束前，我希望諸位都待在我的視線範圍內，不要引起不必要的誤會。」

百里藍立即放下手腕，肅容站好。

殷南昭站在打開的飛艇艙門前，優雅地展手，做了個邀請的姿勢。

辰砂率先走上飛艇，其他人尾隨在後，依次上了飛艇，各自在兩側的位置上坐好。

殷南昭等狄川和駱尋上了飛艇後，最後一個走進飛艇，下令關門起飛。

＊　＊　＊

一群人沉默地坐在飛艇兩側，中間是封林的棺柩。

其他人都是保持著筆挺的軍姿，雙手平放在膝蓋上，連駱尋也下意識地跟隨大家坐得筆直。楚墨卻好像不堪重壓，背靠著艙壁，面無表情地盯著棺柩。

左丘白神情哀慟，鼻息明顯沉重起來，雙手握成拳頭，漸漸越握越緊。

就在他忍不住要爆發時，紫宴的聲音突然響起：「駱尋，封林最後一次見妳時，除了說起孩子，有提起過我們嗎？」

所有人的目光看向駱尋，左丘白和楚墨更是眼巴巴地盯著駱尋，目光內湧動著焦灼和期盼。

駱尋決然地說：「沒有！她誰都沒提起，只是和我說孩子。」

左丘白和楚墨一下子眼神黯淡了，像是被扎破的氣球，整個人變得委靡不振。

百里藍忍不住問：「孩子的父親是誰？封林不可能什麼都沒提吧！」

「她提了，但沒提名字，說是一個無關緊要的男人，意外發生關係懷上了孩子，孩子屬於她，和那個男人無關。」

百里藍頷首，完全接受了駱尋的說辭。畢竟以他們的地位，碰到這種事，封林的決定非常正常，如果因為一個孩子去接納一個男人，才是不正常。

左丘白和楚墨盯著封林的棺柩，表情哀痛，眼神複雜。

駱尋不知道他們在想什麼，有沒有遺憾自己不是孩子的父親，反正不管他們怎麼想，封林都不會在乎了，因為她已經死了。

✵ ✵ ✵

半個多小時後，飛艇抵達目的地，竟然是阿麗卡塔軍事基地的英烈堂。

上一次，駱尋來這裡是參加基地為A級體能者舉行的慶典，英烈堂裡四處插著五顏六色的鮮花，氣氛輕鬆愉悅。可這一次，整個英烈堂裡不是白色就是黑色，莊重肅穆中滿是沉痛哀傷。

英烈堂內已經坐滿了人。雖然接到緊急通知時，沒有告訴他們因由，但大致都猜到是有人犧牲了，要麼穿著軍裝，要麼穿著黑色的正裝。

八個軍人邁著整齊劃一的軍步走到殷南昭面前，敬禮後等待指示。

殷南昭沉默了一會兒，看向六位公爵，「你們願意送封林最後一程嗎？」

楚墨和左丘白立即走到棺柩前，辰砂、紫宴也跟了過去，六個男人抬起棺柩，默默向前走。

八個本來準備抬靈的軍人只能跟隨在殷南昭身後，走在靈柩後面。

悲傷悠揚的哀樂聲中，六位公爵抬著棺柩走進英烈堂。

所有人看到抬靈的人都悚然而驚，紛紛站了起來，驚懼不安地想：死的人究竟是誰？竟然要六位公爵抬靈，執政官護靈！

楚墨和左丘白他們把棺柩放到大廳最前方，兩個軍人捧著一方旗幟，走到殷南昭面前，殷南昭打開旗幟蓋到棺柩上，眾人認出是第二區的旗幟，再看看站在棺柩兩側的六位公爵，終於猜到了裡面躺著的人是誰。

封林向來與人為善，在奧丁聯邦很受人敬重，不少人一下子失聲慟哭。

安教授走到臺前致悼詞。

他常年蓬亂的頭髮難得地梳理整齊了，脫下了幾乎完全不離身的白色研究服，穿著黑色正裝，表情滿是疲憊和哀傷。

「今天，英烈堂的牆壁上又將多刻下一個名字，聯邦痛失英才，我們痛失好友……」

當機器人在英烈堂牆壁的空白金屬磚上一字字刻錄下封林的名字和她的出生、死亡日期時，駱尋再控制不住，淚水滾滾而落。

一塊手帕遞到她面前，駱尋擦了把眼淚，才看到遞手帕的人是紫姍。

舉行完追悼儀式，殷南昭宣布第二區的爵位由封林的孩子繼承。當著所有人的面，他把本來屬於封林的權力和職責一一分配好，要求相關人士簽署文件。

六個男人一直面無表情，十分配合。

駱尋覺得悲傷的葬禮中透出了權力的無情和冷酷，心裡十分憋悶，一邊擦眼淚，一邊悄悄走出了英烈堂。

＊　＊　＊

天已經亮了。

初升的太陽照在碧綠的草地上，露珠晶瑩剔透，不知名的小鳥飛起落下，嘰嘰喳喳地歡叫著。又是嶄新的一天。

但是，有人永遠看不到新的一天了。

駱尋問身後的狄川：「你說楚墨現在究竟有沒有後悔？看上去是後悔了，可有什麼用呢？他肯定以為封林會一直等著他回頭，卻沒有想到封林走得這麼決絕。」

「男人都是這樣嗎？喜歡自由、討厭束縛，送到他手上都不知道珍惜，一定要等到失去後才會意識到身邊人的重要？」

駱尋聽是個女人的聲音，驚得立即回頭，才發現是紫姍。

狄川不遠不近地綴在後面，顯然是判斷紫姍沒有危險，不想干涉駱尋的交友自由，任由紫姍跟了過來。

紫姍的眼睛哭得像兩個胡桃，但駱尋很清楚她和封林的關係不過是認識而已，猜到她是為了別的傷心事流淚，倒也沒有見怪。

封林性格爽朗，不會在乎這個。如果她現在還能說話，估計會笑著說，能讓一個驕傲的姑娘借著她的葬禮找到光明正大的理由哭，證明葬禮沒有白辦。

駱尋說：「謝謝妳的手帕。」

紫姍流露出毫不掩飾的親近，「您和封林公爵是好友，肯定很傷心。」

駱尋客氣地說：「我不是公主，不必用敬稱。」

「我喜歡您只是因為您是您，和您是不是公主、是不是公爵夫人沒有絲毫關係。」

駱尋愣住了，沒想到奧丁聯邦內竟有人對她是這種態度，而且是來自一個她完全沒想到的人。

紫姍說：「剛看到新聞時有點意外，可仔細想想覺得很合理，難怪您當初對我那麼和善呢！正因為您不是公主，知道普通人無助哭泣的感覺，才願意真誠地伸出援手。如果您是真公主，肯定不會有耐心幫我，也不會冒著生命危險救澤尼。」

駱尋不太習慣別人這樣誇她，「當年幫妳只是舉手之勞。」

紫姍說：「稻草之重，卻會壓垮駱駝。您的舉手之勞，對我卻是解了燃眉之急，雪中送炭。」

駱尋覺得這姑娘不但腦子清楚，學識修養也不錯，顯然紫宴是悉心栽培了的，卻不知道為了什麼要借著封林的葬禮哭。她委婉地勸導：「自尊是很重要，但在關心自己的人面前沒必要硬挺著，妳有什麼為難的事可以告訴紫宴，他肯定能想出解決的辦法。」

紫姍哇一聲，抱住駱尋，傷心得大哭起來。

駱尋蒙了，只能一動不動地站著，任由小姑娘把她當成依靠，發洩著悲傷。恍惚間，她想起了很多年前的自己。那個時候，在封林眼裡，茫然無助的自己是不是就像現在的紫姍一樣讓人無法拒絕？

紫姍嗚嗚咽咽地說：「大哥說不喜歡我。如果我找他想辦法讓他喜歡我，他也能解決嗎？」

駱尋被問住了。

沒想到紫姍上次說的一直暗戀的人是紫宴，她還計畫二十五歲的成年生日時要對喜歡的人表白，和他做愛。

紫姍長得妍麗動人，以紫宴的風流應該不會拒絕，難道是做完了就想撇清關係？

「……我以前以為是因為自己太小了，他交往的女人都成熟嫵媚，看不上我。可我已經成年了，打扮得很性感，他怎麼依舊不要我呢？還大發脾氣，把我關起來，自己跑去小雙子星……」

駱尋意外地問：「紫宴沒要妳？」

紫姍滿臉是淚，撇著嘴點頭，「我藉著自己過生日，灌醉了大哥，用盡所有招數都沒用。他警告我再敢亂來，就把我送走。」

駱尋目瞪口呆。

竟然有人耍花招去勾引妖孽，她難道不知道那隻妖孽才是耍花招的祖宗嗎？更令人意外的是，紫宴居然能坐懷不亂，看來他並沒有她以為的那麼風流多情。

紫姍怯生生地問：「姊姊也覺得我做得不對嗎？」

駱尋想了想，慎重地說：「這是妳和紫宴之間的事，我不瞭解，沒有評判的權利。不過，感情的事勉強不來，妳可以表明心意，他也可以拒絕。」

紫姍咬著唇一言不發，眼淚像是斷線的珍珠般一串串往下掉。

駱尋覺得美人楚楚可憐，如梨花帶雨、芍藥含露，紫宴竟然能美色當前，絲毫沒有心軟，也算是不近人情、鐵石心腸。

＊　＊　＊

舉行完葬禮，處理完所有事情，殷南昭「釋放」了六位公爵，允許他們離開。

駱尋跟著殷南昭回到斯拜達宮時，已經是下午。

不知道是心理上的原因，還是時差導致的身體原因，她覺得非常疲憊，整個人頭重腳輕、虛軟無力，似乎連說話的力氣都沒有。

殷南昭要她好好睡一覺。

駱尋問：「你呢？」

「我還有幾份文件要看。」

「那你去忙吧！」

駱尋昏昏沉沉地躺下了。

殷南昭看她情緒不對，沒有離開，就在屋子一角工作起來。

駱尋感覺睏得眼睛都睜不開，可又一直睡不著，心裡像是壓著數不清的事，莫名地焦灼難過。

殷南昭放下手頭的工作，走過來躺在她身畔，溫柔地擁住了她。

駱尋立即睜開眼睛，「你去忙吧，我沒事，只是有些情緒需要一點時間消化。」

「再忙也不至於連哄妳入睡的時間都沒有。」

「哄我入睡？」

「閉上眼睛。」殷南昭的手從她眼睛上輕輕拂過。

駱尋聽話地閉上了眼睛。

黑暗中，響起了殷南昭低沉柔和的聲音。

「我的生活很單調。我捕捉雞，人捕捉我。所有的雞都一樣，所有的人也都一樣。因此，我感到有些厭煩了。但是，如果你馴化了我，我的生活就一定會是歡快的。我會辨認出一種與眾不同的腳步聲。其他的腳步聲會讓我躲到地下去，你的腳步聲卻會像音樂一樣讓我從洞裡走出來。再說，你看！你看到那邊的麥田沒有？我不吃麵包，麥子對我來說，一點用也沒有。我對麥田無動於衷。而這真使人掃興。但是，你有著金黃色的頭髮。那麼，一旦你馴化了我，這就會十分美妙。麥子，是金黃色的，它會讓我想起你，我甚至會喜歡上風吹過麥浪的聲音……」

駱尋禁不住笑了，沒想到殷南昭的睡前故事竟然是小王子和狐狸。

她閉著眼睛低語：「你馴化了我。」

一個溫暖柔軟的吻落在了她的額頭，「我曾經以為是這樣，但是忘記了。當狐狸看到麥子的顏色，覺得十分美妙時，小王子看到蘋果樹，也會覺得十分美妙，因為有一株蘋果樹下曾經藏了一隻教會他建立聯繫的狐狸。」

駱尋想起她和千旭之間的點點滴滴，心裡像是有一道暖流緩緩流過，眉梢眼角都柔和了。

「……應當非常有耐心……開始你就這樣坐在草叢中，坐得離我稍微遠些。我用眼角瞅著你，你什麼也不要說。話語是誤會的根源。但是，每天，你坐得靠我更近些……」

在殷南昭的聲音中，駱尋的心漸漸安定下來，放鬆地沉睡過去。

✳ ✳ ✳

駱尋一覺睡醒時，已經是第二天清晨。

安達準備了一桌豐盛的早餐，可惜殷南昭已經離開了。

安達說：「天還沒亮，阿爾帝國的使團就到了，執政官閣下不得不很早離開。在離開前，特意做好了早餐，要我提醒您務必好好吃飯。」

駱尋吃驚地看向桌上的早餐，「他親手做早餐？為什麼不叫機器人做？」

「閣下說您不喜歡吃機器人做的飯菜。」安達唇畔含著暖暖的笑意，總是古板嚴肅的面容竟然透著慈祥溫和。

駱尋心頭溫柔地牽動，甜蜜酸澀交雜。

今天要舉行洛蘭公主和約瑟將軍的遺體轉交儀式，雖然她對這兩人沒有什麼感情，可是剛參加完一場葬禮，又要參加另一場類似葬禮的儀式，她的心情沒有辦法不受影響。

本來一點胃口都沒有，打算隨便喝點營養劑就行了，可現在看到餐桌上一道道精緻的點心，都是殷南昭半夜裡犧牲休息時間為她做的，她突然覺得胃口大開。

駱尋坐到餐桌前。

安達將一套碗碟和筷子放到駱尋面前，「這個也是執政官閣下特意為您準備的。」

粉紅色桃心形狀的碟子和小碗，小桃心套在大桃心裡面，兩根白羽箭形狀的筷子，每次從碗碟裡挾取食物，都像是把箭射向兩顆相連的心。

駱尋禁不住撐著頭，笑了起來，「安達，你知道嚴肅的執政官竟然是這個樣子嗎？即使人不在都能逗得你笑！」

「不知道。」安達表情嚴肅，一板一眼地說：「我看到閣下準備食物和餐具時在微笑，他很開心為您做這些，希望您也開心地用餐。」

安達鞠了一躬後離開了。

駱尋拿起白羽箭筷子，微笑著慢慢享用一個人的早餐。

吃得飽飽才有體力應付接下來的冗長儀式，有了歡笑才不怕未來可能流的眼淚。

用過早餐，安達把流程表發給駱尋。

駱尋研究完，發現其實沒自己什麼事，只不過她身分尷尬，必須到場當背景。

駱尋洗完澡，服裝師和化妝師恰好也到了。

打扮時尚的兩人問她有什麼喜好和想法。

駱尋對出席這種大場合的著裝完全沒有經驗，又知道這兩位專業人士都是安達安排的，完全可信，告訴他們一切由他們做主。

半個小時後，駱尋穿戴妥當。

幾乎看不出妝容，頭髮紋絲不亂，梳到腦後編成麻花辮盤成髮髻，黑色的半袖及膝連身裙，黑色的半跟鞋，白色的珍珠耳釘、珍珠項鍊，胸前別了一朵白色蘭花，整個人看上去簡潔利落、莊重肅穆。

服裝師仔細打量完，讚許地點點頭，對化妝師說：「A級體能的人穿衣服就是好看，再簡單的衣服穿到身上都自帶氣場。」

女化妝師羨慕地附和：「是啊，再好的化妝術都不如自己本身的氣場。」

駱尋整天待在一群超A級體能的人中，個個身形挺拔、器宇不凡，難得聽到別人誇讚她的身材，忙客氣地道謝。

＊　＊　＊

服裝師和化妝師離開不久，狄川來接她。

駱尋詫異，因為比行程表上預定的時間早了半個多小時。

狄川解釋說使者團的領隊邵茵公主特意提出要見她，聯邦這邊不好拒絕。

駱尋點點頭，表示明白。

狄川一邊開車，一邊把阿爾帝國使者團的情況大致介紹了一遍。

阿爾帝國非常重視這次的遺體轉交儀式，不僅僅是希望借助儀式緩和目前的緊張局勢，還希望讓邵茵公主在全星際露個臉。如果公主表現得好，也算是為立皇儲積攢人氣。所以對方一遍遍核對流程、規定細節，務必確保任何人都不能搶公主的鋒頭。

駱尋聽得頭疼。政客真是世界上最可怕的物種，一切都可放到天平上稱量，一切都可利用！

✷ ✷ ✷

駱尋見到邵茵公主時，一群人圍著她，有人在幫她化妝，有人在幫她梳頭。

也許因為這段時間阿爾皇室非常不太平，皇儲英仙邵靖從雲端跌落，成了階下囚；草包王子葉玠搖身一變，竟然是威名赫赫的龍血兵團的龍頭，邵茵公主和上一次見面時相比，清瘦了不少，沒有了富貴閒人的驕矜傲慢，臉上總是帶著親切的笑意，眼神中卻多了幾分陰沉凌厲。

駱尋上前，恭敬地行屈膝禮，「公主殿下。」

邵茵公主故作惱怒地說：「上次還親熱地叫姊姊，才多久不見，就變成生疏的公主殿下了？」

駱尋抱歉地笑了笑。

邵茵公主親熱地拉著她坐到身邊，「叫我邵茵吧！」

駱尋向來是你好我好大家好的性子，從來不在小事上和人擰著幹，溫順地說：「謝謝邵茵。」

邵茵公主問：「我剛到阿麗卡塔，就聽說妳已經是奧丁聯邦的公民了，是真的嗎？」

「是的。」

「聽說妳失去了記憶，記不起以前來自哪裡。」

「是的。」

「妳整天埋頭在研究室做研究，知道星際的形勢嗎？」

「不大清楚。」

「妳是純種基因的人類，奧丁聯邦是攜帶異種基因的人類，妳和他們就像是日和夜……」髮型師要幫邵茄公主戴珍珠髮飾，邵茄公主不悅，猛地偏了下頭，口中的話沒有說完就斷了。

髮型師掃了眼駱尋，後知後覺地反應過來，急忙放下珍珠髮飾，拿起一個黑鑽髮箍，戴到邵茄公主披垂的頭髮上。

一點黑紗低垂，半遮在額前，透著幽幽哀思，顯得人亭亭玉立、楚楚動人。

邵茄公主打量一下鏡中的自己和駱尋，滿意地移開了視線，「駱尋，妳的家不在奧丁聯邦，寄人籬下終非長久之計。現在太太平平自然一團和氣，可不太平時，妳該怎麼辦？阿爾帝國隨時歡迎妳回家。」

駱尋不卑不亢地說：「古地球時代有一句話，『我身本無鄉，心安是歸處』，奧丁聯邦就是我的心安處。」

邵茄公主不悅地盯著駱尋，目光銳利。

駱尋低垂雙目，沒有正面對抗她，可也沒有絲毫畏懼，淡然平靜地任由她盯著看。

一會兒後，邵茄公主收回了目光，微笑著站起，侍女忙蹲下，幫她整理衣裙。

駱尋知道她還要排練演講稿，趁機告辭。

邵茄公主沒有挽留，只意味深長地說：「古地球時代可沒有人類攜帶異種基因，好好琢磨一下我的話！」

✦　✦　✦

遺體轉交儀式在斯拜達宮外的大廣場舉行。

廣場不知道是哪位官員布置的，十分有心，四周全部用白色的蘭花點綴，暗含洛蘭公主的名字，表達對洛蘭公主的哀悼。

出席遺體轉交儀式的人都穿著黑色正裝，整個廣場被黑白兩色覆蓋。

哀傷的音樂聲中，氣氛沉重肅穆。

新聞發言臺四周是白色的蘭花，背景全黑，虛擬螢幕正中間是洛蘭公主和約瑟將軍的遺像，儀式正式開始前，已經有不少人陸陸續續把手中的白色蘭花放到遺像前。

駱尋找到自己的位置坐好後，沒多久，儀式就正式開始。

邵茵公主代表阿爾帝國致辭。

她表情哀痛、言辭懇切，回憶著她和洛蘭公主以前相處的美好時光，對全星際的人表達著她對洛蘭公主的思念。

駱尋有點恍惚，想起了約瑟將軍擊斃洛蘭公主的一幕。到現在她都不知道約瑟將軍為什麼臨死前一定要見她一面。

難道知道了她是失憶的龍心，想要刺激她想起過往？

邵茵公主講完話，禮貌地讓到一邊，等待奧丁聯邦的代表講話。

六個身高腿長的男人穿著黑色正裝，排成一隊走上臺。雖然沒有穿軍裝，可步履之間軍人特有的剛毅沉穩盡顯，讓現場和螢幕前的觀眾都眼前一亮。

他們依次把手中的白色蘭花敬獻到洛蘭公主和約瑟將軍的遺像前後，自我介紹：

「奧丁聯邦總指揮官，辰砂。」

「奧丁聯邦最高法院大法官，左丘白。」

「奧丁聯邦醫療健康署署長，楚墨。」

「奧丁聯邦能源交通部部長，百里藍。」

「奧丁聯邦信息安全部部長，紫宴。」

「奧丁聯邦治安部部長，棕離。」

整個星際都知道奧丁聯邦有七位大權在握的公爵，可七位公爵向來只負責各自的事務，從不會同時出席一個公開活動。

除了已經死去的第二區公爵封林，這應該是六位年輕的公爵第一次同時公開露面，一下子整個星際都沸騰了，連直播室裡的主持人都在激動地嚷嚷：「毫無疑問！奧丁聯邦非常重視洛蘭公主和約瑟將軍，表達出了足夠的誠意，連一向因為身體原因深居簡出的執政官也到了……」

現場直播的鏡頭特意切換到執政官身上，他穿著黑袍，戴著面具，坐在最前排的正中間，身旁是阿爾帝國使團的官員。

六位公爵自我介紹完後，其他人都後退一步，表情肅穆、站得筆挺，充當背景，紫宴代表奧丁聯邦致辭。

他非常誠懇地向全星際致歉，沒有保護好約瑟將軍和洛蘭公主，讓令人心碎的慘事發生在大家面前，然後表情沉痛地回憶起約瑟將軍的音容笑貌。

紫宴和約瑟將軍明明沒見過幾面，完全沒有任何交情，可紫宴講得聲情並茂、言辭懇切，讓人覺得他們肯定一見如故、相交莫逆。

駱尋感慨，如果出一本《論政客的自我修養》的書，演技必定是高居前幾名的必備技能。

紫宴講完話。

在悠揚哀婉的音樂聲中，洛蘭公主和約瑟將軍的棺柩各由八個軍人抬著，送上了阿爾帝國來接他們返回故鄉的靈車。

不知是天意巧合，還是別有玄機，明明晴朗的天空突然晴轉多雲，竟然飄起毛毛細雨，把儀式的氛圍推上了一個高潮。

當兩個棺柩被放上靈車，靈車的門緩緩關閉後，儀式本應該完美落幕。邵茄公主卻沒有按照流程和紫宴他們握手告別，而是走到發言臺的正中央，兩幅遺像的正前方，用手帕擦了擦眼淚，露出一個悲傷又堅強的表情，「趁這個機會，我還有一件重要的事宣布。」

飄浮在半空中四處捕捉畫面的鏡頭唰一下全部對準了她，連本來追著靈車飛的幾個鏡頭也飛了回來。

「洛蘭公主已經芳華永逝，做為痛失妹妹的姊姊，我不希望類似的悲劇再發生……」邵茄公主眼含熱淚、聲音哽咽。

煽完情後，她目光欣慰地看向駱尋，「我想介紹一位和我妹妹洛蘭公主一樣美麗善良的女孩給大家。」

駱尋面無表情地看著邵茄公主演戲。

「沒有關係，不要怕！」邵茵公主鼓勵地向駱尋伸出手，像是一位見多識廣、能力出眾的大姊姊正在引導沒見過世面、羞澀拘謹的妹妹勇敢地走出人生中最重要的第一步。

駱尋也真的像是一個突然被大場面嚇住了的姑娘，一直表情僵硬地呆站著。

全星際的直播鏡頭都定格在駱尋身上。身為真假公主中的假公主，在真的洛蘭公主離去後，她成了這段傳奇事件中活著的傳奇。

紫宴雖然知道這個時刻開口絕對不合適，一定會給觀看直播的觀眾留下奧丁聯邦不讓駱尋發表自己意見的嫌疑，但實在不放心駱尋，依舊往前走了幾步，臉上帶著笑，想要張口把事情攬過來。

坐在最前方的殷南昭立即察覺了他的意圖，看了他一眼，示意他稍安毋躁。

紫宴不得不按捺住擔憂，關切地看著駱尋。

邵茵公主看駱尋一直不動，直接走下發言臺，牽著駱尋的手，把她帶到臺上。

「她叫駱尋，做了我十幾年的妹妹，一位不是公主，卻承擔了公主責任的姑娘。雖然從血緣上來說，我們已經不是姊妹，可是在我心中，她依舊是我的妹妹。不僅僅是因為駱尋和我一樣是純種基因的人類，還因為命運已經奪走了她的父母親人，我絕不能再拋下孤身一人的她。就像父皇說的『法律不是殺戮，懲戒惡是為了保護善』，我們從悲劇中汲取的不應該是憤怒，而是慈愛。我不會留駱尋孤零零一個人在奧丁聯邦，我要帶她回阿爾帝國，我願意用我微薄的力量讓她過著幸福的生活。我相信，這不僅僅是我的願望，也是我妹妹洛蘭公主的願望，更是阿爾帝國所有公民的願望，全星際人類的願望！」

邵菡公主越說越慷慨激昂，廣場四周的虛擬大螢幕上實時播放著各個星球觀看直播的人群的反應——人們群情激昂、歡呼鼓掌，揮舞著拳頭高聲吶喊著什麼。

現場觀禮的人群卻是一片壓抑的寂靜，瀰漫著一觸即發的敵意。

奧丁聯邦的新聞發言人昨天就已經宣布駱尋成為奧丁聯邦公民，邵菡公主的做法簡直是明目張膽地說奧丁聯邦不會善待駱尋。

大家都盯著臺上的六個男人，等著看他們的反應；六個男人都看著臺下的執政官，等著他的決定；執政官卻是看向駱尋。

駱尋完全沒想到邵菡公主這麼荒唐大膽，竟然明知道她已經選擇了留在奧丁聯邦，還想用全星際的人類逼迫她離開奧丁聯邦。

這種情況下，如果她還要堅持留在奧丁聯邦，就是背叛自己的基因，背叛所有人類。

不得不說這一招雖荒唐大膽，卻十分有效，一般人就算心裡不情願，也會迫於壓力暫時屈服。

邵菡公主一箭雙雕，不但帶回了一個瞭解異種基因的基因學家，為帝國立下大功，還踩著奧丁聯邦迅速建立起自己的聲望，既討好了執政的精英，也討好了普通的民眾。

可是，邵菡公主不明白駱尋誕生時，睜開眼睛的剎那，不但置身在一個荒無人煙的星球，失去了外在的一切，還大腦一片空白，失去了內在的一切，她是真正誕生於一無所有的人。

雖然她是純種基因的人類。可她全部的記憶，全部的情感，都在奧丁聯邦。

邵菡公主看已經達到她想要的效果，牽著駱尋的手想離開發言臺。

駱尋沒有動，邵菡公主加大力氣，駱尋直接甩開了她的手。

邵菡公主還想抓她，駱尋不動聲色，在她手肘上輕彈了一下，邵菡公主整條手臂發麻，一時間動都動不了，這才想起駱尋是A級體能，根本不是她能強拽的。

駱尋看邵菡公主老實了，抬頭看了看廣場四周的大螢幕。

她沒有修練過政客的自我修養，只能直來直去、實話實說：「給我幸福的生活？我以為這麼老土的話只能在博物館的故紙堆裡看到，沒想到居然有幸親耳聽到了。」

廣場四周大螢幕上歡呼鼓掌的人群剎那間安靜了，目瞪口呆地看著面前直播螢幕上的駱尋。

「邵菡公主殿下為了當皇儲，和兄弟姊妹鬥得正厲害，過去的情人還一個個跳出來爆她的黑料，聽說一直失眠，看上去不像是幸福的樣子。她連自己的幸福都給不了，憑什麼能給我幸福？」

所有人都瞪著駱尋，駱尋卻一臉淡然，對氣得臉色青白的邵菡公主說：「謝謝公主殿下的好意，但先把自己的幸福照顧好吧！我的幸福我自己會照顧。」

她轉身想要離開。

邵菡公主聲音尖銳地質問：「駱尋，妳是純種基因的人類，我冒著得罪奧丁聯邦的危險接妳回阿爾帝國，妳跟不跟我走？」

「不跟！」

駱尋的話脫口而出、斬釘截鐵，沒有絲毫回旋餘地。

剎那間，就好像有人施了一個威力巨大的魔法，整個星際一片寂靜，似乎連星球都停止了轉動，全星際的人都目光如利刃般地盯著駱尋。

駱尋心中一慌，下意識地去看殷南昭——他坐在那裡，姿態從容、目光淡定，似乎天塌下來，他都會扛著。

她的心定了。

邵茄公主張開雙手，做了個難以置信的震驚表情，語調誇張地問：「妳要留在奧丁聯邦？妳知不知道阿麗卡塔整個星球上只有妳一個純種基因的人類？連普通基因的人類都很稀少！」

駱尋平靜地說：「知道。」

「知道還要留下？」

「妳可以給我一個我不能留在奧丁聯邦的理由嗎？」

「因為……因為……」邵茄公主看著臺下黑壓壓的人群，想到他們都是異種，突然心生畏懼。

駱尋替她把話說了出來：「因為奧丁聯邦都是異種，我如果留下，就好像一隻天鵝待在了家鵝群裡。」

邵茄公主沒想到駱尋是個傻大膽，攤開雙手，遺憾地聳了下肩膀，表明「這可是妳說的」。

駱尋對著空中的鏡頭詢問：「是這個意思嗎？」

廣場四周的螢幕裡，人人張嘴大喊，雖然聽不到聲音，但也可以看出他們在興奮地說「是」。和人類的興奮激動相比，現場觀禮的異種們異樣地靜默。

駱尋笑嘆了口氣，問：「知道生殖隔離嗎？」

臺下的人群憤怒地瞪著自比為天鵝的駱尋，沒有人回答。

殷南昭說：「知道。」

坐在前排的紫姍高高舉起手，大聲說：「中學就會學的常識，上過學的人應該都知道。」
駱尋對她點點頭，表示感謝。
「每個人因為出身家庭、成長環境、人生經歷、社會地位不同，會有不同的立場和觀點，我是基因學家，只能從基因的角度發表觀點，正好我們的問題也是由基因引發的。」
駱尋抬起手腕，在自己的個人終端機上按了幾下，身後出現一個虛擬螢幕，螢幕分成了兩半，左邊是戴著小紅花、穿著小花裙的家鵝，右邊是打著領結、穿著正裝的天鵝，圖像下面是牠們各自的基因圖譜。
駱尋像是給學生上課一樣，指著基因圖譜講解：「天鵝和家鵝雖然看上去有點像，但不是一個物種。一個是天鵝亞科、天鵝族，一個是鴨亞科、雁族，牠們不會自然交配。即使人類強迫牠們交配，牠們的基因也無法融合，不可能生育後代。為什麼會這樣呢？因為基因認定牠們不是一個族群，已經做了生殖隔離。」
螢幕上兩隻鵝凶神惡煞般，都在狂揍對方，不但小紅花、領結、衣服被撕扯掉了，連毛都一根根打脫落，成了兩隻光屁股裸奔的禿毛鵝。
大家看得都想捂眼睛，駱尋終於點點螢幕，兩隻鵝消失。
螢幕上出現了一個男人和一個女人，男人體態正常，女人長著毛茸茸的貓耳朵和貓尾巴。
「不用我說，大家都知道攜帶異種基因的人類和沒有攜帶異種基因的人類會自然相戀、相愛，即使在嚴重歧視異種的星國，也會有攜帶異種基因的人類和沒有攜帶異種基因的人類不顧一切阻攔，組建家庭、長相廝守。」

螢幕上的男人和貓耳朵女郎看著對方，眼睛裡閃爍著桃心。

「大家也都知道攜帶異種基因的人類和沒有攜帶異種基因的人類交配後可以繁衍後代。根據我的一個學生最近的一項研究，攜帶異種基因的人類受內分泌的影響，性欲更旺盛，沒有攜帶異種基因的人類的精子和卵子活性更好，他們兩者的結合才是孕育後代機率最大的組合，對人類的繁衍最有利。」

螢幕上，女人面紅耳赤，尾巴捲住男人的腰，把男人拖到自己身邊，熱情地撲了上去，大家都聚精會神地盯著看，螢幕卻瞬間變黑了。

駱尋表情鄭重，聲音嚴肅，流露著對生命的敬畏：「和漫長的生命進化相比，人類的認知非常有限和淺薄，就像是一粒塵埃和整個浩瀚的宇宙相比。你們認為攜帶異種基因的人類和沒有攜帶異種基因的人類就像家鵝和天鵝，抱歉！你們錯了！我們的基因寫得明明白白，攜帶異種基因的人類和沒有攜帶異種基因的人類沒有生殖隔離，可以自然交配，自然孕育健康的後代。」

「我！」她指指自己，再指指臺下的人群，「和他們是同一種鵝！可以待在一起！」

駱尋看著大家，一副好老師的樣子，臉上寫著明晃晃的「聽懂了嗎，不懂可以提問」。

不管是異種，還是阿爾帝國的使團成員，都沒有人提問。

駱尋看邵茄公主，示意她儘管反駁。

邵茄公主動了動嘴皮子，卻實在不知道能說什麼。明明她問的是一個敏感的社會問題、政治問題，可硬是被駱尋掰成了科學問題，宇宙間客觀存在的事實，不以人的意志為轉移。

「沒有問題？很好！」駱尋轉身就向發言臺下走去。

鴉雀無聲中。

殷南昭輕拍了幾下掌，紫姍立即興奮地跟著一起用力鼓掌。

紫宴笑搖搖頭，也開始鼓掌。

辰砂盯著駱尋的背影，一下下用力地鼓掌。

漸漸地，鼓掌的人越來越多，整個廣場上的人都在鼓掌，匯聚成了雷鳴般的掌聲。

駱尋經過殷南昭身邊時，不高興地瞪了殷南昭一眼：被邵茄公主強拉到鏡頭下已經夠煩人，你還來湊熱鬧！

殷南昭目光讚許：我是真心覺得妳說得很好。

駱尋撇嘴：不是我說得好，而是對手太弱。

邵茄公主本來想藉著駱尋大放異彩，沒想到偷雞不成蝕把米。

她蒼白著臉想要逃下臺，紫宴卻熱情地叫住了她：「公主殿下！」要和她握手告別。

邵茄公主只能強撐著笑容，和六位公爵一一告別。

除了辰砂只是禮節性地握手告別，其他五個男人都沒安好心，故意拖延時間，暗中使絆子，邵茄公主應對間頻頻出錯。

＊　＊　＊

阿爾帝國皇宮。

一直在觀看直播的阿爾皇帝英仙穆恆無奈地長嘆口氣，這個女兒成事不足，敗事有餘。臨行前明明叮囑過她，他已經和奧丁聯邦的執政官私下溝通過，雙方都不想打仗。既然如此，那就彼此配合，各取所需。

邵茵卻貪功冒進、橫生枝節，也不想想一個什麼都沒有的女人能在一群虎狼中安全生活十幾年，不但沒有淪為失去自由的實驗體，還成了受人尊敬的基因學家，怎麼可能是任人擺布的弱者？兒子已經聲名狼藉，女兒又這麼沒用，阿爾皇帝想到葉玠，心情越發沉重。

✷　✷　✷

阿爾帝國重罪犯監獄。

所有犯人坐在一起看直播，一邊看，一邊嘴裡汙言穢語不斷。

「真公主不行，不如假公主帶勁！」

「嘖嘖……看那胸、看那腰……」

大家正哄堂大笑，葉玠站了起來，笑聲戛然而止。

阿爾帝國的皇帝沒安好心，把葉玠送進了臭名昭著的重刑犯監獄，想讓亡命之徒給葉玠一點教訓，沒想到最後全被葉玠教訓得服服帖帖。

「誰再說一句，我就把他的舌頭拔下來給大家加菜。」

一群凶神惡煞般的男人立即閉緊嘴，甚至連頭都低下了，看都不敢看，生怕一不小心就被挖了眼珠子——這位大爺也不是沒幹過。

詭異的安靜中，穿著囚服、被剃成光頭的葉玠一個人站得筆挺。
他盯著螢幕上的駱尋，眼神複雜，又是憎惡又是思念，最終都化作了一個喜怒難辨的笑。
是啊！我們的基因已經寫得明明白白，不管妳飛得多遠，遲早都要回來！

＊ ＊ ＊

殷南昭送走阿爾帝國的使團，又開了兩個會。
根據情報部門蒐集的資料，回應很正面。
因為洛蘭公主和約瑟將軍慘死激起的民憤有所化解。
駱尋留在奧丁聯邦的選擇引起很多人的攻擊謾罵，可也讓不少人覺得一個純種基因的人類願意留在奧丁聯邦，說明奧丁聯邦對她很好，令他們對異種有所改觀。
忙完一切，殷南昭回到家時已經晚上十點多。
駱尋穿著睡衣，趴在床上看研究資料，雙腳翹著，兩隻腳丫子晃來晃去。
殷南昭想起她白天幫全星際上基因課的樣子，眉梢眼角柔情湧動，悄無聲息地走過去，握住她一隻腳，撓了撓她的腳掌心。
駱尋禁不住癢，一下子軟在床上，一邊笑，一邊回過頭。
殷南昭捂住了她的眼睛，「識骨認人的姑娘，這是誰的手？」
駱尋咬著脣不說話。他前半句是千旭的聲音，後半句是殷南昭的聲音，鬼知道他這個精分又想做什麼。

殷南昭俯下身，吻她的耳朵，「想要千旭，還是殷南昭？」又是半句千旭的聲音，半句殷南昭的聲音。駱尋好笑地說：「想要千旭如何？想要殷南昭又如何？」

殷南昭溫柔地吻她，「這是千旭。」

「這是殷南昭。」

脣舌間脈脈含情、纏綿繾綣，就像是綿綿春水、暖暖旭日，令人漸漸沉醉、不知歸路。

忽然間，脈脈含情變成了強取豪奪，就像是飄忽多變的疾風、炙熱滾燙的流火，讓人無處可躲，也無力可躲，只能與風共舞、與火同燃。

「你想要誰？」

駱尋終於明白了殷南昭的意思，羞惱地踹了他一腳，「變態！」

「你愛千旭嗎？」

駱尋的眼睛依舊被他的手遮著，看不到他的臉，只聽到千旭的聲音，紅著臉點了點頭。

「你愛殷南昭嗎？」殷南昭用了自己的聲音。

駱尋臉頰發燙，有心故意氣氣他，可怕他萬一當了真，又自己吃自己的醋，她可折騰不起，只能又點點頭。

「那就……兩個都試試。」

駱尋的「不」字還未出口，就被殷南昭以吻封脣。

室內的照明光漸漸變暗，旖旎春色在黑暗中徐徐綻放。

半夜，駱尋迷迷糊糊醒來去廁所，回來後看到殷南昭眼睛一眨不眨地盯著她。

「不是夢遊。」

「我知道。」

駱尋鑽進被窩，縮到他懷裡，閉上眼睛繼續睡。

睡著睡著，突然睜開眼睛，看到殷南昭正盯著她看。

鑑於對方的體能，駱尋先詢問：「你是因為察覺到我要看你了才看我，還是一直在看我？」

「一直在看你。」

「為什麼不睡覺？」

「睡不著。」

雖然駱尋和殷南昭同床共枕的日子不長，可她覺得殷南昭絕不是一個容易失眠的人。她好奇地問：「在想什麼？雖然我不懂政治經濟軍事，可說一說，也許你自己就能理出頭緒。」

殷南昭笑摸著駱尋的頭，「我在想妳白天說的天鵝和家鵝。」

「哦？」駱尋不明白這有什麼好想的，竟然還能想到失眠。

「游北晨建立的奧丁聯邦像是一個鵝籠，把受欺負的鵝都安穩地保護起來，讓裡面的鵝不再被欺負。外面那些受欺負的鵝知道有這麼一個鵝籠子的存在，也有了活下去的希望，可以想辦法來鵝籠子裡生活，比如，我就是這樣。」

「嗯！」駱尋還是沒明白這有什麼可失眠的。

「鵝籠裡生活的都是被欺負的鵝，外面的鵝排斥他們，他們也排斥外面的鵝，無形中相當於人為製造了生殖隔離。」

駱尋若有所悟地念叨：「生殖隔離就是親緣關係接近的類群之間在自然條件下不交配，即使交配也不能產生後代，或者，不能產生可育性後代的隔離機制。隔離發生在受精以前，就稱為受精前的生殖隔離，包括地理隔離、生態隔離、季節隔離、生理隔離、形態隔離和行為隔離。」

「鵝籠雖然保護了受欺負的鵝，卻做了地理隔離，讓奧丁聯邦變成星際中的孤島，長此下去……」

駱尋霍然坐起，「要麼滅絕，要麼進化成和外面的鵝不同的種群，染色體無法配對，即使強行交配也不會誕生後代，即使誕生後代，也會像母馬和公驢的後代馬騾，沒有繁衍能力。」

「妳覺得哪種機率更大？」

「滅絕的可能性更大。奧丁聯邦各種稀奇古怪的基因病就是徵兆。因為基因病，奧丁聯邦的男女越來越不願生育後代，嬰兒出生率遠遠低於星際平均值。現在因為移民政策，一直有新移民加入，總人口沒有呈現減少趨勢，但新移民不可能源源不絕，隨著時間推移，自然而然就會走向滅絕。」駱尋頓了頓，「不過，人類是智慧生物，不會任由物競天擇自然發生，會自我干預。但干預的結果，究竟是加速滅絕，還是新的生機，沒有人知道。」

殷南昭沉思，「如果游北晨還活著，他會怎麼做呢？」

駱尋覺得他失眠的理由太充足了，準確地說，他竟然還能平靜地躺著已經非同尋常。

她躺下，抱住他，「我不想和你變成不同的種群。」

殷南昭笑，「是子孫後代的事，和我們無關。」

「想著就很不舒服。」

「這兩種結果，我也都不喜歡。」

「那該怎麼辦？把籠子拆掉……」

駱尋猛地捂住了自己的嘴，他們說的可不是真的鵝籠子，而是歷經上百年戰爭、無數異種壯烈犧牲才建立的奧丁聯邦——異種的伊甸園。

殷南昭屈起手指，警告地彈了一下她的額頭，眼中卻沒有多少責備，反而是滿滿的溺愛。

駱尋沿著嘴唇做了一個拉拉鍊的動作，表明絕對再不說這樣的話。

殷南昭輕嘆口氣，「睡吧！妳明天不是還要去研究院上班嗎？」

「睡不著。」

殷南昭叫機器人送一杯幽藍幽碧過來。

駱尋問：「我睡著了，你怎麼辦？一個人接著失眠？你在飛船上就沒有休息，這兩天一直在忙，也幾乎沒有時間休息。」

殷南昭摸摸駱尋的臉，「能看著妳失眠很幸福。」

駱尋輕捶殷南昭，「就會用甜言蜜語哄人開心！」

「別囉唆，快點喝。再不喝我就強餵了，用這裡。」殷南昭板著臉，指指自己的嘴。

「瞬間變臉，難怪你的隊長叫你千面。」駱尋嘟囔完，一口氣把幽藍幽碧喝了。

兩人臉對臉地側身躺著。

駱尋精神漸漸渙散，咧著嘴傻笑，「千旭，我愛你！」

「嗯。」

「殷南昭，我愛你！」

「嗯。」

「我愛你！」

「嗯。」

「我很愛你！」

「嗯。」

「我非常、非常愛你！」

「嗯。」

……

駱尋閉上眼睛，沉沉睡了過去。

殷南昭含著笑，以指為筆，在她額頭描摹，畫著看不見的畫。

我愛妳，以身、以心、以血、以命！以沉默、以眼淚！以唯一，以終結！以漂泊的靈魂，以永恆的死亡！

Chapter 17

宣戰

希望你們將來回顧過往時，不要後悔現在的所作所為。
戰爭，總是以榮耀的結果被銘記，通往結果的漫長黑暗卻常常被忽略。

清晨，駱尋起來時，殷南昭已經不在。

駱尋都不知道他究竟有沒有睡過，但最近是非常時期，外有戰爭陰影，內有叛徒洩密，他需要操心的事情太多，估計短時間內都沒有辦法好好休息。

她洗完臉，走下樓，看到餐桌上已經擺好了早餐，不用問就知道是殷南昭自己做的。

駱尋微笑著坐下，正要吃早餐，安達走了進來，身後跟著一個身子圓滾滾、眼睛圓滾滾的機器人。

駱尋驚喜：「大熊，你怎麼來了？」

大熊滾動到她面前，圓滾滾的眼睛轉了一圈，憨態可掬地說：「指揮官閣下說妳不會回去了，經過他的同意，我把妳的私人物品都帶來了，包括我自己。」

駱尋看大熊身後拖著個行李箱，估計是她的衣物，對安達說：「麻煩您幫大熊更新一下程式，讓它知道該把東西放在哪裡。」

安達答應了，正要領著大熊離開。大熊打開自己的肚子，從裡面拿出一個黑色的音樂匣遞給駱尋，「我知道妳很珍惜前主人的這件遺物，我有仔細保管。」

駱尋接過音樂匣，看到上面鑲嵌的藍色迷思花，一時間百感交集。

從藍色迷思花到紅色迷思花，從千旭到殷南昭，從生到死，從死到生，百轉千回、兜兜繞繞，他們總算是沒有錯過。

駱尋拍拍大熊的頭，溫柔地說：「這不是你前主人的遺物。」

大熊的眼睛滴溜溜一圈圈快速運轉，轉成了蚊香眼，依舊沒有分析出駱尋這句話的意思。

駱尋笑著說：「等你見到千旭就明白了。」

大熊更暈了，直接翻了個大白眼，當機了。

駱尋目瞪口呆。

安達嘆了口氣，對駱尋說：「這是執政官十六歲那年剛到奧丁時，我為了逗他開心，送給他的禮物。型號太老，已經沒什麼實用價值，但有了感情，一直沒捨得銷毀。」

駱尋恍然大悟地點點頭，難怪大熊不像別的機器人，還有自己的名字，原來是殷南昭的第一個機器人。

她突然想起什麼，舉起手中的黑色音樂匣，「這個呢？看上去已經有些年頭，應該也跟著南昭很久了吧？」

「執政官第一次異變後帶回來的東西。他從完全異變中恢復神志時，聽到這個音樂匣正在播放歌曲。安教授說很有可能這些音樂對他恢復神志有幫助，要他平時多聽音樂。」

駱尋後知後覺地發現，殷南昭並不是在假扮千旭，他其實只是換了一個名字、換了一個身分去生活。因為她的闖入，殷南昭為了殺死千旭，還真是犧牲不少。幸虧她發現他還活著時，沒有一怒之下把音樂匣給砸了。

安達對駱尋禮貌地彎了下身，一手扛起大熊，一手拎起行李箱，離開了。

駱尋發短訊給辰砂：「大熊把東西都帶給我了，謝謝。」

「不客氣。今天有時間去婚姻事務處嗎？」

「在哪裡？」

「軍事基地。」

「什麼時間？」

「九點？」

「好。」

駱尋發訊息給安娜。

她覺得半個小時應該能處理完事情，但保險起見，告訴安娜自己要十點才能到研究院。

封林死後，安娜出任研究院的副院長，在正院長還沒有找到合適的人選時，由她暫時主管研究院的所有事務。

今天是駱尋以新身分回歸研究院的第一天，本來不應該遲到，但辰砂明顯想盡快註銷紀錄。她理解他的心情。只有放下過去，才能開始明天。

＊　＊　＊

飛車自動駕駛到婚姻事務處時，已經過了九點。

空曠的停車場裡，辰砂正倚著飛車抽菸。

星際間廣泛培植的菸草都含有類陰性精神鎮靜劑的物質，對B級體能以上的軍人其實沒有任何效果，但很多軍人都有抽菸的嗜好，大概更重要的是心理放鬆。

修羅場上、生死間隙中、孤單寂寞時，指間的一點溫暖和光亮可以陪伴自己度過難熬的時光。

飛車停穩後，駱尋忘了下車，隔著車窗呆看著辰砂。

她不記得他有抽菸的嗜好，或者應該說，辰砂沒有任何不良嗜好，反正不管菸、酒，甚至藥劑，都對他沒有任何作用。

辰砂把未抽完的菸在車身上摁熄，順手一彈，菸蒂劃過天空，落到停車場盡頭的垃圾回收桶。

駱尋回過神來，急急打開車門，走下車。

「抱歉，遲到了。出門時搞這個傢伙，耽誤了一會兒。」駱尋指指車廂裡放著的培養箱，尋昭藤的一條藤蔓不老實地趴在培養箱邊緣，像是伺機而動的捕獵者。

「妳要把它送到研究院？」

「嗯，它是最後一株了，要研究培育方法，我還打算成立一個研究小組專門研究它的基因。」

兩人一邊聊天，一邊走進婚姻事務處。

橢圓形的大廳裡，整潔、明亮、空蕩。

沒有工作人員，甚至連服務的機器人都沒有，只有兩條通道，一條標註結婚，一條標註離婚。

兩條通道入口處的螢幕上顯示前面沒有人辦理業務，無須等候，可以直接進入。

駱尋傻眼了，求助地看辰砂，「沒有辦理註銷紀錄的通道。」

辰砂的表情一如既往地清冷，聲音裡卻流露出一點不好意思，「我第一次來這裡。」他也沒想到婚姻事務處是這個樣子。

駱尋想了想，不太確信地提議：「要不我們先從離婚通道進去，找個人問問怎麼辦。」

「好。」

駱尋和辰砂走進離婚通道。

溫柔纏綿的音樂響起，3D投影播放著各種美麗溫馨的畫面，似乎想喚回離婚夫妻心中殘存的情感，讓他們改變心意。

兩人沉默地走完通道，來到一個布置溫馨的房間。

穿著軍裝的工作人員一臉沉痛惋惜，醞釀了一肚子說辭，打算最後再努力一把，為聯邦留住一對夫妻，挽救一下聯邦低得可怕的結婚率。

當看清楚是指揮官時，他大驚失色，立即雙腿併攏敬禮。

辰砂回禮，「我們申請註銷婚姻紀錄，外面的大廳沒有指示通道，只能到你這裡。」

工作人員有點暈。

最近一段時間，真假公主事件幾乎天天上新聞熱點，聯邦大法官已經簽署了法官令，政府發言人也已經官方宣布指揮官的婚姻無效，他以為指揮官早已下令註銷自己的婚姻紀錄，沒想到指揮官閣下竟然會親自跑來辦理註銷手續。

駱尋擔心地問：「不是在你這裡辦理註銷嗎？」

工作人員回過神。指揮官都站在面前了，就算不是也得是，他堆起職業性的微笑：「請坐！」然後趴在工作臺前，低著頭狂敲鍵盤，搜索相關文件，看看具體該怎麼處理。

半晌後，他擦擦額頭的汗，「指揮官閣下，那個……目前的情況比較罕見，一般註銷紀錄都是官方下達指令後智腦自動執行，我們沒有設計註銷婚姻紀錄的儀式程序，我只能用離婚儀式的程序為兩位辦理註銷手續……如果不行，我可以立即提出申請，讓技術人員補充程式，明天應該就能……」

辰砂打斷了他結結巴巴的話：「不用了，什麼程式不重要，能註銷就行。」

工作人員請他們把手掌放到面前的螢幕上，智腦讀取他們的基因簽名，調出他們的結婚文件。

駱尋已經以新的身分成為聯邦公民，一般來說會根據基因直接調出她新身分的資料，但軍隊的檔案資料庫獨立於聯邦政府的檔案資料庫，智腦依舊按照駱尋之前的身分紀錄處理訊息。

一個溫柔恬靜的機械女聲響起：「辰砂先生、英仙洛蘭女士，你們好！很榮幸為兩位服務，按照離婚程序規定，請二位觀看一遍你們結婚時的記錄資料。」

四周驟然陷入了黑暗——

一會兒後，光線明亮起來，他們置身於恢宏的斯拜達宮紀念堂裡。

駱尋穿著潔白的婚紗，手中拿著新娘捧花。辰砂穿著紅色的軍服、黑色的軍褲。

兩人並肩站在中央智腦前，在紫宴和約瑟將軍的見證下，宣誓結婚。

辰砂表情冷漠，駱尋神思恍惚，兩人不但神離，連貌都不合。

在結婚文件上，簽署完基因簽名，辰砂轉身就走，一臉不耐煩。

駱尋卻表情茫然，不知道接著該做什麼，她看到辰砂已經離開，急忙跟上去。婚紗的裙襬太長，轉身時，她被絆了一下，整個人向地上撲去。

辰砂體能卓絕，明明一個輕鬆的回身就可以扶住她，他卻完全沒有理會，反倒是遠處的紫宴急忙衝過來，伸手扶住了駱尋。

駱尋狼狽地站穩後，對紫宴感激地笑笑，立即趕到辰砂身邊站好。

她臉上依舊掛著笑，像是一個沒有喜怒的玩偶，但拿著捧花的手握得很用力，指節在微不可見地輕顫，顯然十分緊張。

……

四周的光線恢復正常，紀念堂消失，他們仍舊坐在婚姻事務處的離婚事務處理區。

辰砂怔怔地盯著螢幕。他完全忘記這些細節了，準確地說，因為他的排斥不喜，整個婚禮在他腦內沒有留下任何印象。

如果當年那個冷漠的他知道自己後來會愛上身邊的女人，能稍微友善一點、稍微體貼一點，今日的結果會不會完全不一樣？

辰砂自嘲地說：「才發現妳倒是很配合，一直在笑，我簡直像是參加葬禮。」

駱尋笑著說：「當時，我心裡是吐槽你不用換衣服就可以直接去參加葬禮了。」

智腦的機械女聲響起：「辰砂先生，請問您要和英仙洛蘭女士解除婚姻關係嗎？」

「……是。」

「英仙洛蘭女士，請問您要和辰砂先生解除婚姻關係嗎？」

「是！」

「這是解除婚姻關係的文件，基因簽名後立即生效，請二位仔細閱讀後簽名。」

工作人員補充說：「收到你們的簽名文件後，我會立即補充其他法律文件，讓智腦註銷兩位的婚姻紀錄，恢復未婚狀態。」

駱尋看完文件，把手掌放到螢幕上簽名，智腦的機械女聲響起：「簽名確認。」

辰砂一直看著文件，似乎在走神。

「辰砂？」駱尋叫。

辰砂回過神來，把手掌放到了螢幕上簽名。

「簽名確認。」螢幕上出現一個笑臉，智腦的機械女聲說：「辰砂先生、英仙洛蘭女士，兩位的婚姻即時解除，謝謝合作。」

駱尋想起十多年前，她以英仙洛蘭的名字，第一次踏上阿麗卡塔星的情景。這是最後一次她被叫作英仙洛蘭了，從今往後，那個盜用他人身分的女子有自己的名字、自己的身分、自己的人生。

駱尋看向辰砂，沒想到辰砂也恰好看向她，兩人目光相觸，都別有一番滋味在心頭。

「你……」

「妳……」

兩人同時張口，又同時閉嘴，示意對方先說。

「我……」

「我……」

又是同時張口，同時閉嘴。駱尋笑了起來，辰砂禁不住唇畔也含一絲笑。

駱尋笑展了一下手，「男士優先，你先說。」

辰砂剛要張口，個人終端機突然尖銳地響起。

他掃了眼個人終端機，立即往外衝，身影迅速消失不見，連話都沒來得及留下一句。

駱尋茫然地看向工作人員，發生什麼事了？

工作人員的表情十分凝重，「那種響聲是戰時緊急召集令。」

駱尋的表情變了。

辰砂可是指揮官，究竟發生什麼事，才會十萬火急地召喚指揮官立即歸隊？

她想聯絡殷南昭問問發生了什麼事，又怕他正在忙，只能按捺住擔憂，先回研究院。

＊＊＊

駱尋剛走進研究院的大樓，就發現氣氛詭異。

四周沒有心無旁鶩、生機勃勃的學術氛圍，人人都在看新聞。

有人聚集在一起，盯著螢幕看；有人坐在工作臺後，盯著個人終端機看。

駱尋快步上樓，走進研究室，看到安娜和其他研究員站在一起看新聞。

……

浩瀚的星際中，萬千星辰閃耀。

一艘太空飛船正在平靜地航行。

突然，飛船爆炸，像一團煙花般在螢幕正中央炸裂開，璀璨的光芒壓過了周圍的星辰。

漸漸地，光芒消失，星際恢復平靜。

……

駱尋的心卻一直往下沉，全身發寒。

「阿爾帝國皇室再次發生悲劇。邵茵公主率使者團，去奧丁聯邦接洛蘭公主和約瑟將軍的遺體回阿爾帝國。飛船在航行途中發生爆炸，目前已經確認無一人生還。消息傳到阿爾帝國，舉國震驚……」

街頭，人群目瞪口呆地看新聞；餐館裡，所有人都停止了進餐，盯著新聞看；皇宮前，人群在拚命吶喊。

星網上鋪天蓋地的猜測，幾乎所有人都認定是異種幹的，肯定是因為邵茵公主在遺體轉交儀式上發表了對異種的歧視言論，惹來異種的報復。

奧丁聯邦政府發言人發表談話，表示沉痛哀悼，會全力配合阿爾帝國徹查邵茵公主不幸遇難的重大事件。

但是，因為洛蘭公主慘死激起的民憤再次爆發，而且比上一次更加強烈極端，異種和人類之間的割裂已經不可癒合，戰爭一觸即發。

很多虐待，甚至虐殺異種的影片成為熱點，被瘋狂轉發，留言支持的人數節節攀升，到處都是散發著血腥味的極端言論。

「噁心的異種基因！噁心的異形！」

「嚴懲異種！」

「把異種趕出星際！」

……

安娜關掉了新聞，對駱尋抱歉地說：「今天大家都沒心情討論工作，要不等明天吧？」

壓抑的氣氛中，眾人安靜地收拾東西，準備離開。

駱尋突然拍了拍手掌，引起大家的注意，「明天有明天的事，今天的工作，現在開始。」

所有人沉默地盯著她，抵觸情緒瀰漫在四周。

在異種和人類撕裂的情況下，他們沒辦法視而不見駱尋的基因。

駱尋像是什麼都沒有感覺到，平靜地說：「毫無疑問，隨時都有可能爆發戰爭。根據歷年的統計數據，壓力驟然增大時，異變的機率會明顯增加，也就是說，聯邦最依賴的優秀戰士們來自自身的危險在增大。你們想幫忙，就留在研究室裡好好幹活。」

研究員們七嘴八舌，毫不客氣地譏諷。

「真是優越感要衝破宇宙的基因！」

「說得好像隨便研究一下就能找到克制異變的方法！」

「大概因為她的基因很優秀吧，比我們都聰明！比孜孜不倦研究了一輩子的前輩們都聰明！」

駱尋沒理會冷嘲熱諷，看向安娜，「拜託妳準備的活鴨呢？」

安娜急忙拎起地上的一個籠子遞給她。

駱尋打開籠子，拎出鴨子，隨手拿起一把實驗用的小刀在鴨子的翅膀上刺一下後，放開鴨子。

鴨子搖搖晃晃地逃跑。

眾人莫名其妙，紛紛後退，研究室的正中間空出一圈。

說時遲那時快，兩根紅色的藤蔓飛出，一根纏腳，一根纏身體，捲住了鴨子。

鴨子撲搧著翅膀，想掙扎逃脫，藤蔓卻死死地纏住牠不放，把牠向後拖去。

不一會兒，鴨子的腦袋就耷拉下來，一動不動了。

藤蔓把牠拽到培養箱旁，安靜地進食。

鴨子以肉眼可見的速度萎縮消解，漸漸變成了一個皮包骨頭的骨架。

一群圍觀全部過程的研究員瞬間像打了興奮劑一樣興奮，旁若無人地討論起來。

「這到底是動物還是植物？藤蔓上長的刺像是蚊子的嘴，可以吸食其他生物的鮮血。」

「鴨子是先昏迷，後死亡。它的分泌液裡含有強效麻醉劑，應該是直接作用於神經，表皮注射就有這麼強的麻醉效果，提煉後效果肯定會更驚人。」

「剛才我們又吵又動，它都沒有捕食，肯定不是只吃鴨子不吃人。應該是聞血而動，竟然有嗅覺器官！」

「試試止血劑，它如果真對血的味道有反應，那麼應該對止血劑也有反應。」

說著話，真有人拉抽屜找止血劑，準備做實驗。

駱尋忙說：「我已經試過了，它討厭止血劑的味道，會主動避讓。」

「哇！」一片驚嘆聲。

所有人目光痴迷地盯著尋昭藤，像是看絕世美女。

駱尋說：「我已經做過一點簡單的測試，初步推測這株藤蔓蘊含的麻醉劑有獨特的鎮靜神經的作用，也許能穩定異變後的野獸。」

大家唰一下轉頭，滿臉震驚地盯著駱尋。

所有研究員都知道，異變後的野獸處於強攻擊狀態。牠們瘋狂地嗜殺並不是出於野獸進食的本能，純粹是因為神志喪失，陷入瘋狂的自毀中。如果有藥劑能讓牠們平靜下來，至少能減少人員傷害，甚至增加牠們變回人的機率。

可是，因為牠們基因突變，迄今為止沒有合適的鎮靜劑。

安娜壓抑著激動，詢問：「妳有幾分把握？」

「兩……三分。」

殷南昭是4A級體能，他都能感受到尋昭藤的汁液有麻醉效果，駱尋覺得還是很有希望。但是科學研究的艱難殘酷就是猜想和結果之間常常會相差十萬八千里遠。

駱尋在學術圈已經聲名鵲起，她的兩三分讓大家都精神一振。

判斷鴨子是先昏迷後死亡的男人說：「我願意放下手頭所有研究，立即展開這項研究。」

駱尋知道他是聯邦內最優秀的基因神經學家，當然沒有異議，「不過有一個問題。」

「什麼？」

「這個物種遭遇一次滅頂之災，我只救出這一株，做研究時必須嚴格控制，絕對不能傷害它。另外，要麻煩兩位生物學家研究出它的繁殖方法，盡快培育出幼苗，這樣才能方便後面的研究。」

「沒問題！」兩位生物學家毫不遲疑地表態。

安娜看到大家積極配合的態度，放下心來。

畢竟是受過高等教育的高智商人群，一瞬間的情緒過後，就恢復了理性，知道駱尋做的事對聯邦有利，的確片刻不能耽誤，對駱尋的抵觸自然而然就蕩然無存。

駱尋挑選的人都是業內頂尖的學者，也都知道他們在和時間賽跑，早一天研製出鎮靜劑，就有可能多拯救一個保衛聯邦的戰士。

大家七嘴八舌、各抒己見，迅速制定出研究方案，有條不紊地展開工作。

駱尋其實還有一個更大的研究計畫，但是目前只有一株尋昭藤，研製鎮靜劑的難度更小、成功機率更大，只能優先這個項目。

✵　✵　✵

快到下班點時，駱尋收到殷南昭的信息：「我要晚一點回去，妳自己先吃飯，不用等我。」

她索性留在研究院，和同事們一塊兒加班。

晚上十點多，駱尋才拖著疲憊的身軀回到執政官的官邸。

殷南昭還沒有回來。

駱尋進廚房，給他燉了一鍋湯。

雖然營養餐和營養劑都是最科學的配置，能保證人體所需的所有營養，但天然食材帶來的心理滿足感，卻不是任何科學配方能給予的。

駱尋洗完澡，躺在床上看新聞。

整個星際都鬧哄哄。

星際人類聯盟的主席嚴厲譴責飛船爆炸事故。

阿爾帝國爆發了幾百年來規模最盛大的遊行，人們在皇宮前靜坐示威，很多人高舉牌子，上面閃爍著英仙葉玠的名字。

阿爾帝國的皇帝還沒有表態，幾個中小星國已經公開表示會堅決支持阿爾帝國打擊異種的任何行動。

很多星球發生圍攻異種的事件。

……

駱尋關掉螢幕，覺得科學研究和政治軍事比起來，真的太容易了。她面對的是客觀世界，再複雜多變，也有規律，而殷南昭面對的是人心，善惡無邊、真假無界。

✷ ✷ ✷

半夜裡，殷南昭回來了。

他剛走進屋子就聞到食物的香氣，智腦自動彈出駱尋給他的留言：「我燉了湯，在桌上的保鮮碗裡。」

殷南昭端起海藍色的碗，打開蓋子，香氣更加濃郁。

喝下去，暖暖的甘香從喉嚨直落到胃裡，讓疲憊的夜歸人漸漸鬆弛下來。

他不想吵醒駱尋，打算去客房洗澡。

沒有想到打開浴室門，看到他的睡衣和往常用的清潔用具都在，顯然駱尋早想到他回來晚了，肯定不會回主臥洗澡，只會隨便湊合一下，她就把東西都提前放到客房的浴室。

殷南昭心裡又是酸楚又是喜悅，原來人在太幸福時，也會生出悲傷感，難過以前不曾擁有，害怕將來有可能失去。

殷南昭洗完澡，回到臥室，悄無聲息地鑽進被窩。

他確信自己的動作像是潛伏暗殺，沒有任何動靜，駱尋卻翻了個身，迷迷糊糊地滾進他懷裡。

殷南昭抱住她的剎那，忽然間覺得過去的一切都真正放下了。

——那個從孤兒院深夜出逃、被輾轉販賣的孩子有了陪伴，再不能桀驁不馴地認為他唯一可以信任的就是黑暗。

——那個加入敢死隊，視死亡為解脫的少年有了牽掛，再不敢信誓旦旦地說自己不怕死亡。

——那個駕駛戰機在阿麗卡塔上空孤獨盤旋的男人有了溫暖，再不能只想著守護別人的家、讓別人幸福。

殷南昭親吻駱尋的額頭，說出了那句他以為一生都不可能說的話：「我回家了。」

＊　＊　＊

清晨，駱尋醒來時，床上只有她一個。
她以為殷南昭已經去上班了，洗漱完，走下樓，才看到他在廚房忙碌，已經做好早飯。
駱尋從背後抱住他，「有時間幹嘛不多睡一會兒？」
「已經休息好了。」殷南昭把飯菜放到托盤上，「這幾天估計都不能按時回家，想和妳一起吃早飯。」
駱尋像個無尾熊一樣依舊貼在他身上，殷南昭索性蹲低一點，「上來！」
駱尋歡歡喜喜地跳到他背上，摟住他的脖子。
他一手端著托盤，一手托著駱尋，把她背到餐廳，放到椅子上。
殷南昭挨著駱尋坐下，把托盤放到兩人中間。
半面煎蛋、烤黑麵包、什錦蔬菜，還有一碗小牛肉燉菜豆湯。
駱尋把黑麵包撕成小塊泡到肉湯裡，用湯匙挖著吃。殷南昭用麵包夾著煎蛋和蔬菜，像吃三明治一樣。
殷南昭問：「昨天順利嗎？」
「研究院的工作很順利，大家都被尋昭藤迷得神魂顛倒，我昨天晚上回來時，還有幾個同事在工作，估計他們這段時間吃睡都會在研究院裡。」
駱尋吃了口蔬菜，接著說：「我和辰砂去註銷婚姻紀錄，剛辦完手續，辰砂就收到緊急召集令，離開了。」
「辰砂已經去小雙子星了，短時間內應該回不來。」
看來奧丁聯邦已經進入全面戰備狀態，駱尋問：「真的會打仗嗎？」

「不知道。我和阿爾帝國的皇帝都不想開戰，但有時候形勢迫人。」
「飛船爆炸……是誰做的？」
「正在調查，還沒有任何線索，目前只能說誰從此事中獲益最大，誰就最有嫌疑。」
「誰？」
「英仙葉玠。」
駱尋明白了為什麼阿爾帝國的皇帝痛失女兒，卻沒有憤怒地對奧丁聯邦宣戰，他肯定也在懷疑葉玠。
殷南昭看駱尋咬著湯匙發呆，彈了一下她的額頭，似笑非笑地瞅著她，「又在想別的男人？」
駱尋急忙討好地舀了一大勺肉末菜豆放進嘴裡，做出一臉陶醉的誇張表情，「好好吃！」

✷ ✷ ✷

研究室裡，研究員分成了兩組：一組主攻尋昭藤的繁殖培育；一組主攻鎮靜劑的提取。
大概因為尋昭藤本來所處的自然環境十分惡劣，它必須有極強的繁殖能力才能存活至今，根據兩位生物學家的初步研究推測：它可以播種，也可以分株、插枝。
現在只有一株尋昭藤，前兩種培植方法都不適用，只能採取插枝。
研究員怕傷到它，不敢多取，截了兩段藤蔓插枝，小心翼翼地照顧，不過三天已經看到幼苗生了根鬚，大家都樂開了花。
兩位生物學家估計半年後就可以大量繁殖了。

相較於繁殖培育小組的成功，研製鎮靜劑的實驗一直沒有取得進展，一組人熬得蓬頭垢面，人人眼眶底下都掛著黑眼袋。

午飯時間，研究室內依舊忙忙碌碌，看樣子所有研究員又想拿營養劑湊合一頓。

駱尋拍拍手，打斷了大家的工作，「中午一起去餐廳吃飯，休息一下！」

大家都是常年做研究的人，明白研究是長跑，勞逸結合、鬆弛有道才能到達那個不知道多遠的終點。

他們聽從了駱尋的建議，陸陸續續停下手邊的工作，一起離開了研究室。

✵ ✵ ✵

餐廳裡，人來人往、笑語喧譁。

一群人有一種像是從寂寞冷清的外太空回到繁華人間的腳踏實地感，一直緊繃的神經漸漸鬆弛下來。

駱尋拿了一份水果味的營養餐，和同事們找位置時，看到了百里藍、棕離、紫宴和楚墨。他們四個坐在一起，簡直自帶高壓氣場，方圓一大圈全是空位。

楚墨和研究院的人基本都見過，笑著打招呼：「一起坐嗎？」

安娜客氣地說：「不用了。」

十幾個研究員從四個男人身邊默默地快速走過，等走遠了，才有人長出口氣，「開什麼玩笑？研究室裡壓力就夠大了，好不容易輕鬆一下，和他們坐一起，壓力更大，還能不能好好吃飯？」

「三隻詭異生物。」

「就是，連楚院長和他們在一起時，都變得一點也不可愛了！」

駱尋額頭冒冷汗。這幫ＩＱ高、ＥＱ低的傢伙！

她悄悄回頭，果然看到紫宴笑瞇瞇地看著他們，朝她戲謔地眨了眨眼，顯然聽到他們的議論。

十幾個人圍了一圈坐下，邊吃飯邊聊天。

大家有意避開沉重的工作話題，聊著亂七八糟的事情。哪個教授在演講時鬧了笑話，哪個教授和自己學生有曖昧關係……

正說說笑笑傻開心，餐廳裡突然陷入死一般的寧靜。

一群研究員後知後覺地抬起頭，四處張望，才發現整個餐廳的軍人竟然全部站了起來，神情嚴肅、站姿筆挺。

唯獨他們還坐著。

研究員們互相看了一眼，莫名其妙地跟著站起來，看到一身戎裝、戴著面具、披著黑袍的執政官一步步走進餐廳。

他步伐不快，沒有說一句話，也沒有任何多餘的動作，但所有人都感覺到無形的威壓，體能等級越高感受越強，心神震顫。

百里藍、棕離、紫宴和楚墨都站得筆挺，目不斜視地看著執政官。

執政官停住了腳步，伸手指指百里藍，勾勾手指，示意他出列。

百里藍走到執政官面前。

執政官一言不發，一鞭子狠狠抽到百里藍身上，軍服霎時間透出血痕。

百里藍的警衛下意識往前衝，想要保護上司。

執政官空甩了一下鞭子，死一般的寂靜中發出一聲像是爆竹炸裂的脆響，警衛們意識到抽打百里藍的人是誰，不得不停住了腳步。

執政官又是一鞭子狠狠抽打過去，百里藍腳步踉蹌了一下，卻立即穩住身子，又站得筆挺。

執政官劈頭蓋臉，連著抽了二十幾鞭，直到把百里藍抽倒在地。

百里藍渾身是血，依舊十分倔強，掙扎著想要站起來。執政官用鞭柄抵著他的脖子，讓他不能再動。

「公爵，在我還執政時，管好你的嘴！」

執政官看向楚墨、棕離、紫宴。

三個男人噤若寒蟬，都微微垂下目光，表示恭敬。

執政官的聲音響徹在餐廳內：「希望你們將來回顧過往時，不要後悔現在的所作所為。戰爭，總是以榮耀的結果被銘記，通往結果的漫長黑暗卻常常被忽略。請你們不要忘記，通往輝煌需要用無數人的生命和眼淚鋪路，包括你們自己！」

他抬起手腕，下令：「從現在開始，阿麗卡塔星，進入戰時戒備。」

整個軍事基地響起嘹亮刺耳的警報聲。

所有軍人迅速歸隊，轉眼間，整個餐廳就空了，只剩下駱尋和她的同事。

警報聲依舊在長鳴。

戰爭，再一次逼近。

＊ ＊ ＊

回到研究院，駱尋才明白為什麼會有餐廳裡的那一幕。

百里藍醉酒後，錄製了一段影片放到星網上。

他怒罵攻擊異種的人類，嘲笑他們是懦夫，只會躲在星網裡打嘴炮，沒種到戰場上真刀實槍地打仗。

他嘲笑邵茵公主虛偽愚蠢，洛蘭公主懦弱無能，說她們這種廢物只配做配種母體，提供卵子來培育胎兒。

……

飛船爆炸事故後，星網上有不少人類和異種互相攻擊的暴力言論，但那些人都是普通人，他們的觀點只代表他們自己，就算煽動起更多的仇恨情緒，依舊是個人層面。

百里藍的身分卻不一樣，他的言論代表著奧丁聯邦。

各大媒體都以焦點頭條報導；各國政要首腦都強烈譴責奧丁聯邦；阿爾帝國的皇帝也第一次公開表示絕不允許奧丁聯邦這麼羞辱他的孩子們……

在戰爭的火藥味已經瀰漫全星際時，百里藍的影片就像是一根導火線，將火藥徹底點燃。

憤怒的人們已經不在乎殺死邵茵公主的真凶是誰，他們堅信凶手一定是異種。

所有人需要的不是真相，而是一個光明正大的理由發動戰爭！

＊　＊　＊

晚上十點多，駱尋回到家，殷南昭還沒有回來。

駱尋煮好湯、洗完澡，打開新聞。

到處都是示威遊行。

阿爾帝國皇宮前人山人海。大家覺得皇帝太軟弱，竟然打出標語要求他提前退位，把皇位傳給第一順位繼承人葉玠王子。

法院門口也全是遊行人群，要求無條件釋放葉玠王子，讓對異種一直強硬的龍頭執政，懲罰異種……

駱尋關掉新聞，躺下睡覺。

半夜裡，她正睡得酣沉，突然響起尖銳的蜂鳴音。

「找我的，妳繼續睡。」殷南昭迅速按掉通訊訊號，走出臥室。

駱尋看了眼時間，凌晨四點多。

她披上衣服，走出臥室，看到書房裡有隱隱的光亮。

她輕輕推開門，殷南昭正在看新聞，察覺到她來了，自然而然地伸出手。

駱尋握住他的手，被他拉進了懷裡。

阿爾帝國的皇帝盛裝打扮，站在皇宮前，正在發表公開講話。

「……洛蘭公主的死、邵茄公主的死，讓全星際人類痛心無比……回顧歷史，阿麗卡塔星曾是阿爾帝國的星球，我們願和異種和平共處，異種卻處處挑釁……我宣布，阿爾帝國向奧丁聯邦宣戰！」

皇宮前的人群爆發出震天動地的歡呼聲。

四百多年後，人類和異種的戰爭再次全面爆發！

駱尋抱緊殷南昭的腰，難受地問：「阿爾帝國的皇帝明知道很有可能是葉玠殺死了他女兒，卻對我們宣戰？」

殷南昭早料到這個結果，語氣很平淡：「民意不可違。他如果不宣戰，民眾會讓想打仗的英仙葉玠做皇帝。保住皇位，他還有機會收拾葉玠，丟掉皇位，他就什麼都沒有了。」

「你會上戰場嗎？」

「辰砂是指揮官，有他在前線，我只需在後方做好輔助工作。」殷南昭吻了下駱尋的額頭，「時間還早，妳再去睡一會兒。」

「你呢？」

「五分鐘後，我就要離開，不能幫妳做早餐了。」

駱尋頭埋在他胸前，撒嬌地蹭蹭，「別太逼自己。你已經盡力了，個人力量和歷史洪流相比就像是蚍蜉撼樹。」

「我不擔心奧丁聯邦，當年異種一無所有也能取得勝利，何況是科技軍事都領先全星際的現在？我們遲早會贏得勝利。只不過是怎麼打、打多久、代價大小的問題。我擔心的是生活在其他星國的異種。戰爭時間越長，人類對異種的仇恨越強，他們的日子就越難過。」殷南昭下巴靠著駱尋的頭，難得流露出挫敗無力的語氣，「不是每個異種都能像我那麼幸運，可以活著到達阿麗卡塔。」

駱尋安慰地說：「我們盡力！」

殷南昭抱緊了她。

幼吾幼以及人之幼，老吾老以及人之老。也許因為他真切感受到了幸福，明白擁有它後生命會截然不同，他也就格外想讓那些生活在黑暗中的異種都能有機會擁抱光明。但是，他們必須要先有活下去的機會。

Chapter 18 光芒

她的呼吸聲一起一伏，從遙遠的星際傳來，
像是吹過林梢的微風般輕輕吹過他的身體。

阿爾帝國對奧丁聯邦正式宣戰兩個小時後，辰砂在北晨號上舉行了一次盛大的閱兵儀式。閱兵儀式上，他對全星際發表了簡短強硬的談話。

談話重點是：奧丁聯邦不主動挑起戰爭，但也絕對不畏懼戰爭，任何想用戰爭威脅奧丁聯邦的敵人，他和北晨號隨時恭候！

緊接著，殷南昭在斯拜達宮發表了他執政以來的第二次公開談話。

他態度謙遜、語氣溫和，強調攜帶異種基因的人類和其他所有人類一樣喜好和平、追求公正。星際事務中，分歧和矛盾總是無處不在，但戰爭絕不是解決分歧和矛盾的最佳方式，希望阿爾帝國能理性對待分歧和矛盾，減少雙方的傷害。

顯然，殷南昭和辰砂在配合著打外交戰，軟硬兼施、恩威並濟，既表達出足夠的善意，也展現出善意並不是軟弱可欺。

北晨號星際太空母艦並不是當年游北晨的指揮艦，但「北晨」這個名字已經足夠讓阿爾帝國和其他星國想起他們曾經的失敗。

阿爾帝國的民眾再次要求釋放葉玠王子，讓他做元帥，指揮這次的戰役，連軍部的勢力都開始明確表示支持這個選擇。

畢竟，辰砂從軍以來，從未打過敗仗。在他全勝的作戰紀錄前，似乎只有威名赫赫的龍血兵團的龍頭可以相提並論。

阿爾帝國的皇帝英仙穆恆還沒想好該怎麼解決這個難題，又一個噩耗傳來——廢皇儲英仙邵靖越獄，逃出了阿爾帝國。本來攻擊葉玠、指責他在真假公主事件中是幕後黑手的人紛紛轉向。

阿爾帝國的皇帝氣急攻心，差點昏厥。

葉玠是龍血兵團的龍頭，在外面有龐大的勢力，在國內無人依仗，面臨拘捕時都沒有逃脫，直到現在依舊待在監獄裡等待調查結果。

邵靖的父親是皇帝，所有形勢都對他有利，他卻不敢接受自己國家的審判，逃出阿爾帝國。

兩相對照，高下立判。

監獄裡的英仙葉玠什麼都沒做就威望再次高漲，皇帝的支持率節節下降。要求無罪釋放葉玠、讓他做元帥指揮戰役的呼聲越來越高。

阿爾帝國的皇帝不得不再次做出重大決定，宣布他將去前線，坐鎮英仙號星際太空母艦，親自指揮這次戰役。

阿爾帝國民心振奮、萬眾歡騰。

皇帝的民意支持率迅速上升，打破了他繼位以來的最高支持率，甚至超越了上一任英年早逝、深受民眾喜歡的皇帝英仙穆華——葉玠的父親、現任皇帝的哥哥。

✷ ✷ ✷

駱尋心裡嘆息，這個站在權勢頂端的男人，操縱權勢，最終卻被權勢操縱。耀眼的光環下，他只是一個被葉玠一步步逼到無路可走的可憐人。

他像是賭徒一樣賭上他最後的一切，捍衛自己的威嚴和權勢。只要能打贏一場戰役，他肯定會挾勝者之威，立即先解決掉葉玠。

從戰略上來說，阿爾帝國皇帝的選擇很正確，但他真有辦法打贏辰砂嗎？

駱尋不懂軍事，並不瞭解辰砂在打仗方面的天賦和才華，卻像所有奧丁聯邦的民眾一樣，對辰砂盲目地充滿信心。但是，阿爾帝國的皇帝老奸巨猾，不像是鋌而走險的人，如果沒有七八分的把握，他肯定不會這麼冒險。

駱尋問殷南昭：「阿爾帝國的皇帝憑什麼認為自己能打贏辰砂？還是他真的走投無路了，已經被葉玠逼得神志失常，打算瘋狂一搏？」

殷南昭微笑著說：「皇帝陛下最大的依仗就是知道我們並不想打仗。」

駱尋依舊不明白，不過再問下去有可能涉及奧丁聯邦的作戰戰略，她忍住了好奇，反正時間遲早會給她答案。

G2299星域是兩大星國勢力輻射的最外圍，一直是兩國在激烈爭奪控制權的星域，奧丁聯邦用來求娶洛蘭公主的資源星就在這個星域。

只不過，以前雙方都很克制，即使爆發戰爭，也都是小型的局部戰爭，這次卻是全面開戰。阿爾帝國的英仙號星際太空母艦、奧丁聯邦的北晨號星際太空母艦都進駐這個星域，參戰的大中小型戰艦有幾百艘，戰機數十萬架。

整個星際都在關注這場戰役，新聞從早到晚、日夜不停，播報著戰役的進展。

✶
✶
✶

經過兩個多月的交戰，戰場上的局勢漸漸朝有利於奧丁聯邦的方向發展。

阿爾帝國的皇帝英仙穆恆在經濟民生上是個不錯的皇帝。從他登基後，阿爾帝國的經濟一直發展得不錯，但他的確不擅長軍事，完全比不上葉玠的父親英仙穆華。

辰砂乘勝追擊，加強了進攻，阿爾帝國節節後退，敗象初顯，幾個和阿爾帝國結盟的星國宣布出兵支持阿爾帝國討伐奧丁聯邦。

因為幾個星國的參戰，戰爭的形勢變得更加複雜。

在這個複雜微妙的時刻，阿爾帝國的皇帝突然私下聯絡辰砂，提出祕密會談，邀請辰砂去還沒有開發的原始資源星狩獵。

辰砂的部下全都反對，怕是誘殺計畫，但辰砂和殷南昭私下討論戰爭可能的發展方向時，早料到皇帝會邀請他私下會晤。

他接受了阿爾帝國皇帝的邀請。

狩獵地點定在公主星，就是那顆奧丁聯邦割讓給阿爾帝國求娶洛蘭公主的星球。

✵ ✵ ✵

前線硝煙瀰漫，阿麗卡塔星卻依舊風和日麗、一切如常。

普通人的生活幾乎沒有受到任何影響，阿麗卡塔軍事基地裡也沒有太大變化。

每天，士兵們都像往常一樣刻苦訓練，休息時也依舊嘻嘻哈哈地笑笑鬧鬧，似乎並沒有受前線戰爭的影響。

反倒是研究院的氣氛很緊張，尤其是駱尋領導的研究小組。

研究員們一臉苦大仇深，連看實驗數據的眼神都帶著殺氣，就像是要隨時奔赴前線、大幹一架的樣子。

忙碌了一天，晚上十點多時，同事們陸陸續續下班，卓爾教授他們要盯實驗，又打算睡在研究室裡。

駱尋看暫時沒自己的事了，脫下研究服回家。

回到執政官的官邸，已經過了十一點，像往常一樣，殷南昭仍然沒有回來。

駱尋懷疑他每天的休息時間只有三四個小時，可依舊堅持早起半小時為兩人準備豐盛的早餐。

駱尋說他犧牲睡覺時間，得不償失。他卻說感情像鮮花，想要它一直盛開，就需要時時照拂。

他們倆都是工作狂，一旦忙起來都是早出晚歸，根本沒時間見面，再濃烈的感情也禁不起日復一日的消耗。他每天花費半小時為她做早餐，再用二十分鐘陪她一起吃早餐，收穫的卻是她死心塌地的一輩子，哪裡得不償失了？明明大賺特賺！

駱尋哭笑不得。

殷南昭行事怪異，可又總有他的一套道理。

每天她回家時，他還沒有回來；她睡著後，他才到家。如果不是殷南昭的堅持，兩人的確連說話的時間都沒有。

現在因為殷南昭的愛心早餐，駱尋覺得，每一天睜開眼睛時，都滿溢著期待和喜悅；每一天吃完早餐後，都是帶著暖暖的笑意走出家門。

她做好宵夜，放在保鮮碗裡，設置好留言提示。

洗完澡，正準備熄燈睡覺。

個人終端機突然響起，來訊顯示：辰砂。

駱尋意外地愣了一下，急忙接通。

「喂？」

「是我，辰砂。」

駱尋很清楚辰砂的性子，絕不是閒著沒事就打電話閒聊的人。

每一天，她看到的星際新聞都是他的親身經歷。身為戰役的總指揮官，他承受的壓力絕非普通人能想像。

駱尋刻意讓語調聽起來很輕鬆隨意：「最近戰役緊張嗎？」

「還在繼續打仗，不過我和皇帝暫時休戰，一起去狩獵。」

駱尋十分驚訝，「還可以這樣？我以為打仗的時候大家一見面就恨不得掐死對方。」

「星國間的戰爭不是兩人打架，仇恨的不是對方，只是立場不同，各自為利益和信仰而戰。」

駱尋叮囑：「注意安全，阿爾帝國的皇帝很狡猾，千萬不要上他的當。」

「我會小心的。」

「你們去哪裡狩獵？」

「公主星。」辰砂頓了頓，「當年奧丁聯邦用它求娶洛蘭公主，阿爾帝國就把這顆原始資源星命名為公主星了。」

兩人想到十一年的假夫妻關係，再想到洛蘭公主已香消玉殞，還慘死在他們面前，都沉默了。

駱尋怕影響到他的情緒，立即打起精神，「你最近怎麼樣？」

辰砂說：「我夢見了父母……他們最後死的一幕。」

雖然這個話題很沉重，可面對才是唯一正確的選擇。人只有真正接納了過去的悲痛，才有可能在未來重建快樂。

駱尋輕聲問：「你很難過吧？」

辰砂沉默了一會兒，沒有正面回答駱尋的問題，「我看完那個相框裡的所有照片了，他們很相愛，過得很幸福。」

駱尋非常肯定，「是的。」

「媽媽即使被爸爸咬死了，應該也沒有後悔過嫁給他吧？」

「肯定沒有。」

明明這就是辰砂心底深處希望聽到的答案，他卻一定要反駁：「妳怎麼知道？妳又不認識我媽媽！」不是為了否定，而是希望得到更多的肯定，讓自己確信。

「我是不認識你媽媽，可我也是女人，將心比心，我絕不會後悔。你媽媽最後的悲痛絕望不是因為你爸爸咬死她，而是因為她沒有能力拯救自己的愛人。」

辰砂沉默。

駱尋陪著他沉默。

兩人一直沒有說話，可都能聽到對方的呼吸聲，知道訊號沒有問題，對方依舊在。

如果是別的女人這麼擅自揣測、自說自話，辰砂一定會不悅，但是駱尋不一樣，她親身經歷了兩次千旭的異變。第一次阿麗卡塔星的異變，辰砂親眼看見了駱尋的反應；第二次岩林的異變，他雖然不在現場，可是看過紀錄影片。駱尋用生命證明了自己的話。

辰砂聽著她的呼吸聲一起一伏，從遙遠的星際傳來，像是吹過林梢的微風般輕輕吹過他的身體。一直以來，纏縛在他心上的東西，一直讓他隱隱作痛的東西，在慢慢皴裂，一點點卸落。

他依舊是他，外人看不出任何變化，可只有他自己知道，從今往後，他不會再懼怕、抗拒想起父母。

他永遠都不可能忘記父母慘死的一幕，但關於父母的記憶還有更多，多到那一幕不管再痛苦絕望，都掩蓋不住父母留在他生命裡的璀璨光芒。

「駱尋……」辰砂欲言又止。

駱尋等了好一會兒，都沒有等到下文，柔聲問：「怎麼了？」

宿二的聲音突然響起：「指揮官，阿爾帝國……」

辰砂大概打了個手勢，宿二的聲音消失。

「我要去準備一下狩獵的事了。」辰砂自嘲地說。「大概因為突然夢到了父母慘死，情緒有點失常，打擾妳休息了。再見！」

「辰砂！」駱尋急忙叫住他，「沒有打擾我，你隨時可以打給我。注意安全，等你回來，我請你吃好吃的。」

「好。」

駱尋等辰砂先切斷通訊後，才關閉個人終端機。

她躺下睡覺，可翻來覆去一直睡不著。

她猛地翻身坐起，從抽屜裡找出辰砂媽媽的遺物——那本殷南昭經常翻看的古色古香的褐色筆記本。

她靠坐在床頭，一頁頁翻閱。

都是辰砂媽媽的信手塗鴉。有時候是桌上的水果盤，有時候是天上的雲，有時候是一棵樹，還有辰砂爸爸和小辰砂的畫像……

看得出來，畫畫的人剛開始畫畫時心情都不太好，筆觸總是有點急促凌亂，可隨著一筆筆塗抹，她的心情慢慢變得平靜，筆觸總是越來越細膩。

有一頁，駱尋已經翻過去，隱隱間卻覺得哪裡不對勁，又翻回來仔細看。

是兩個男人的畫像。

一個是科學怪人安教授，另一個男人駱尋不認識，看上去清癯斯文，滿身書卷氣。他們坐在玫瑰園中聊天喝茶，表情愉悅，看得出來關係親近。

畫面背景的玫瑰園就是大雙子星上辰砂城堡中的花園。

駱尋記得那個玫瑰園中的玫瑰都是同一個品種——紅色女王，可畫中玫瑰園裡的玫瑰花卻夾雜了一點其他品種。兩個品種玫瑰花的區別很細微，但千旭「死」後，駱尋有一段時間心若死灰，幾乎天天坐在窗邊盯著玫瑰園發呆，一看就是一整天，對那個玫瑰園裡的一花一葉都無比熟悉。

難道當年的玫瑰園裡種植的玫瑰花不止一個品種？還是辰砂媽媽興之所至、隨手亂畫的？

本來只是一件無關緊要的小事，但因為殷南昭之前說過的話，駱尋總覺得沒有辦法放任不管。

駱尋發訊息給宿七：「麻煩妳幫我問一下照顧玫瑰園的園丁，玫瑰園裡以前有沒有種過別的品種的玫瑰花。」

宿七沒有回覆，駱尋直接撥打宿七的通訊號，沒有人接聽。

駱尋想起剛才和辰砂通話時聽到宿二的聲音，很有可能宿七也在辰砂身邊。因為身在前線，通訊受限，個人終端機被遮蔽了訊號。

她立即撥打宿二的通訊號，果然和宿七一樣，沒人接聽。

駱尋想了想，只能發訊息給殷南昭：「大雙子星上第一區的城堡裡有一個玫瑰花園，我想知道它三百年來種植過的玫瑰花品種。」

「好。」殷南昭的語音回覆迅速乾脆，壓根兒沒有問她為什麼會有這麼古怪的要求。

駱尋沉甸甸的心情驟然好轉，禁不住笑敲了三個字：「我愛你。」

殷南昭語音回覆：「很晚了，去睡覺。安冉查到資料後會發送到妳的信箱。」

＊＊＊

清晨。

駱尋醒來後，發現殷南昭一夜沒有回來。

她立即打開個人終端機，有一封郵件和一則語音留言，郵件是安冉發送，語音是殷南昭留的。

「小尋，安教授的研究室出了點事，我必須趕過去看一下。晚上不能回家睡覺，也不能幫妳做早飯了。別偷懶，自己弄點東西吃，明天晚上我應該能趕回來。」

駱尋看了眼語音留言的時間，深夜一點多，這個時候他應該已經在小雙子星了。

她下樓，看到餐桌上她昨晚做給殷南昭的宵夜。

打開保鮮碗，發現還有餘溫。

「現成的早飯，不算偷懶了。」

駱尋一邊吃早飯，一邊閱讀安冉發給她的玫瑰花園資料。

玫瑰花園以前是一個普通的花園，種植的花種類繁多，卻沒有玫瑰。辰垣把它改成了玫瑰花園，從那之後，唯一種過的花就是玫瑰花，唯一種過的玫瑰花品種就是紅色女王。

據說，辰垣第一次見到安蓉是在斯拜達宮的新年舞會上。安蓉穿著一襲紅色的長裙，只是一個不引人注目、剛剛進入政壇的新人，辰垣卻已經不僅是第一區公爵，還是聯邦指揮官。位高權重的辰垣對安蓉一見鍾情，開始追求安蓉。

也許因為一襲紅裙的安蓉很像一朵綻放的玫瑰花，辰垣很喜歡送玫瑰花給安蓉，他嫌棄市場上的玫瑰花品相不好，開始自己種植玫瑰花。

安蓉從小就喜歡紅色，對玫瑰花卻沒有任何偏愛，喜歡玫瑰花是因為辰垣自始至終只送她玫瑰花，她是愛人及花。

資料的最後，安冉還提及，第一區的徽章以前只是一把黑色的光劍，辰垣下令重新設計徽章，才變成如今看到的樣子——

一把出鞘的黑色利劍，紅色的玫瑰花纏繞著利劍而生。

駱尋想起了那個相框背面鏤刻的話：沒有利刃的守護，世間的美麗不可能盡情綻放；沒有柔情的牽制，力量就像無鞘劍，會傷人傷己。

憑藉女性的直覺，駱尋認定，辰垣不但自始至終只送安蓉玫瑰花，還只送玫瑰裡的紅色女王。

這應該是辰垣和安蓉的小祕密，一見鍾情的第一眼，他就知道她是女王。

安蓉愛的也不是玫瑰，而是辰垣對她的理解和支持。

一個看上去溫柔嫻靜的女子，實際上有一個想征服星辰大海的靈魂。辰垣戀慕她的靈魂，支持她的追求，守護她的荊棘道路，紅色女王是他的愛情宣言。

駱尋回到臥室，打開古色古香的筆記本，翻到玫瑰花園的一頁。

本來應該純粹的紅色女王裡夾雜著另外一個品種的玫瑰花。

以安蓉和辰垣的感情，她就算會隨便亂畫，也不會亂畫辰垣為她種下的紅色女王。

她心情煩躁時喜歡信手塗鴉的習慣，辰垣肯定知道。

如果真有意外發生，辰垣一定會翻看她的筆記本，一定會留意到玫瑰花園裡的玫瑰花。駱尋看不出這張圖有什麼玄妙，但她肯定，這裡面有安蓉想傳遞給辰垣的訊息。可惜，辰垣和安蓉同時遇難，安蓉想傳遞的訊息一直封存在這裡面了。

駱尋下意識覺得這個發現很重要，立即撥打殷南昭的通訊號，卻發現訊號遮蔽，聯繫不上。她沒有辦法，只能暫時放下這事，然後換衣服，準備去上班。

敲門聲響起，狄川的聲音傳來：「駱尋？」

「稍等！」

駱尋扣好衣服，打開門，「怎麼了？」

狄川指指自己的個人終端機，「我收到系統自動發送的訊息，妳找過執政官，我怕妳有事，過來看一眼。」

駱尋沒想到殷南昭這麼細心，禁不住嘴角上翹，帶了笑意，「我有事找他，但我自己沒事。」

狄川問：「有多著急？執政官是祕密趕去小雙子星，不能洩露行蹤，估計要到晚上才能有私人訊號。」

「那就等晚上吧！」

看來小雙子星的事很嚴重，不去打擾他了。玫瑰花園的事已耽誤幾十年，不差這十來個小時。

＊　＊　＊

駱尋到研究室時，看到卓爾教授雙眼布滿血絲，顯然通宵沒睡，可精神異樣亢奮。

她笑問：「進展順利？」

卓爾難掩喜悅：「目前一切順利！上次失敗的節點，用大家提出的解決方案，順利攻克了。」

駱尋說：「我來盯實驗，你去睡一會兒。」

卓爾依依不捨，一步三回頭地走進休息室，頻頻叮囑駱尋：「不管有任何異常，立即叫我。」

駱尋手放在額頭，對他敬禮，表示聽命。

卓爾牽掛著實驗，睡兩個小時就爬起來，把駱尋推到一邊，叫她去做基因分析，自己盯實驗。

隨著實驗進入最後關頭，一群人都忘記了時間。

渴了不記得喝水、餓了不記得喝營養劑，只是一杯又一杯地喝著提神飲料，除了憋不住去廁所，一整天沒有一個人離開過研究室。

晚上十點多時，鎮靜劑的提取合成到了最後一步。

所有人又累又亢奮，圍在實驗臺四周，站得七倒八歪，滿臉遮掩不住的倦色，卻都眼睛一眨不眨地盯著儀器。

一滴滴透明的藥液沿著長長的玻璃管冷凝、流淌、滴落。

當「嘟嘟」的完成提示音響起，卓爾教授一個箭步衝過去，小心翼翼地捧起試劑瓶。

他的搭檔喬森教授幫籠子裡的棋格壁蜥注射狂化劑。

十幾秒鐘後，一直像塊石頭一樣一動不動的壁蜥開始暴走。牠眼睛泛紅，全身皮膚鼓脹起來，爪子狂撓籠子，充滿了攻擊性，像是要毀滅掉一切，包括牠自己。

卓爾教授用注射槍吸取一毫升剛剛研製出的鎮靜劑，交給駱尋。

幾個月的配合，他們都知道駱尋槍法很準，為了不浪費藥劑，一般這項工作都交給她做。

「啪」一聲，駱尋射中棋格壁蜥的背部，棋格壁蜥從暴走中鎮定下來，最後昏厥過去。

站在監測儀器前，一直監測壁蜥大腦腦波的安娜說：「十一秒。」

實驗室裡安靜了一會兒。

「啊啊——」

「哦耶——」

群魔亂舞、狂喊亂叫。

男人鬍子拉碴、女人鬢髮凌亂，甚至有人已經兩天都沒有洗臉了，可興奮驚喜中，所有人顧不上誰是誰，逮到誰就抱誰，又親又吻、又跳又叫，都像是瘋了一樣。

駱尋是A級體能，身體先於她的意識，像條小魚一樣，自然而然地避開了所有衝向她的科學瘋子。她站在一旁，笑看著大家歡慶眼前的勝利。

忽然間，她感受到了什麼，就好像冥冥中有一根無形的絲線牽引著她，讓她側頭看向玻璃窗外——

殷南昭站在走廊的陰影裡，正靜靜凝視著她。

駱尋臉上的笑容越發燦爛了。

她拍拍安娜的肩膀，在她耳邊低聲說了句話，朝實驗室外走去。

卓爾教授已經冷靜下來，對著全組研究員說：「雖然剛剛的實驗證明新研製的鎮靜劑藥效強勁，對神經的鎮靜效果遠遠高於目前已知的同類產品，但這只是一例實驗，需要做更多的實驗去驗證。還有至關重要的一點，未知的副作用！目前還不清楚會不會對人體造成傷害，有待進一步研究確認……」

實驗室的自動門打開又關閉。

駱尋走到殷南昭面前，雙手插在白色研究服的外套口袋裡，歪著腦袋，笑看著殷南昭，「什麼時候到的？」

「豎瞳眼睛的教授幫籠子裡的壁蜥注射藥劑時。」

「難得回來早一次，為什麼不回家休息？」

「狄川說妳還在研究院，我就直接過來了。」

駱尋回頭看向實驗室裡面，安娜對她悄悄打了個手勢，示意她可以離開。

駱尋一邊脫工作服，一邊說：「走吧，回家！」

殷南昭按住她的手，「妳穿這個很好看。」

駱尋無語地翻了個白眼。在實驗室裡待了一整天，不用照鏡子，她都知道自己現在面色發黃、臉泛油光，和好看沒有一點關係。

殷南昭目光專注，含情脈脈地凝視著她，「我說的是真話。專注工作的女人很有魅力，更何況這個女人不但美麗動人，還非常聰明優秀。」

駱尋心跳驟然加速，臉一下紅了，感覺都已經是老夫老妻，可殷南昭總有辦法讓她臉紅心跳。

駱尋一言不發，大步往前走，卻聽話地沒有再脫工作服。

殷南昭低笑一聲，沒有和她並肩前行，而是不緊不慢地跟在她身後，目光膠著在她的身上，上下梭巡。

駱尋臉越來越燒，步子越來越快。殷南昭卻總是不疾不徐，一直微微落後幾步。

駱尋猛地停下，轉過身惱怒地叫：「殷南昭！」

殷南昭聳了聳肩，無辜地說：「我什麼都沒做。」

「過來！走在我身邊！眼睛直視前方！」

殷南昭乖乖地走到駱尋身邊。

兩人上了飛車，平時喜歡手動駕駛的殷南昭啟動了自動駕駛。

雖然表面上看不出來，但他應該很累，駱尋體貼地拍拍自己的肩膀，示意他把頭靠過來。

殷南昭沉默地靠到她肩上，精神似乎有點消沉。

「小雙子星的事情不順利？」

殷南昭「嗯」了一聲，「也許會有大麻煩。」

殷南昭口裡的大麻煩？駱尋心裡咯噔一下，立即想到了安教授的祕密實驗，但看他沒有說的意思，就沒有繼續追問，換了個話題。

「查出內奸是誰了嗎？」

「算是查出來了吧！」

「為什麼算是？沒有證據嗎？」不管是能源星上飛船裡的炸彈，還是後來小雙子星上約瑟將軍和洛蘭公主的慘死，不可能一點線索都沒有留下。既然有線索，就應該能追查到證據。

「所有證據都指向百里藍，但我覺得還有隱情，不想立刻採取行動。」

百里藍是能源交通部的部長，掌控著奧丁聯邦的能源交通補給。如果他從能源補給上做文章，絕對有能力埋下眼線探查出辰砂的祕密安排。約瑟將軍和洛蘭公主出事時，他不但恰好在小雙子星，還恰好在醫院。而且，百里藍一直對殷南昭有一點不滿，的確很像是內奸。

但是想到封林，駱尋沉默了。

如果那個真正的內奸能嫁禍封林，自然也有可能再次禍水東引、嫁禍百里藍，現在的形勢下，再抓錯一次人，會嚴重傷害到奧丁聯邦。

駱尋握住殷南昭的手，柔聲說：「睡一會兒吧！」

殷南昭閉上了眼睛，「妳找我什麼事？」

「安蓉的筆記本裡有一頁很可能藏著隱晦的訊息。」

殷南昭立即睜開眼睛，坐直了身子。

駱尋有點後悔，應該等到下車時再告訴他，好歹讓他休息半個小時。

殷南昭把駕駛模式切換成手動駕駛，一路風馳電掣，花十幾分鐘就趕到了家。

＊　＊　＊

駱尋打開抽屜，拿出筆記本，翻到玫瑰花園的一頁，遞給殷南昭。

殷南昭立即問：「這和妳要玫瑰園的種植品種有什麼關係嗎？」

駱尋指著玫瑰園裡的玫瑰花，要殷南昭仔細看，「看上去都是玫瑰花，似乎沒有差別，可其實這是不同品種的玫瑰花。」

「說明什麼？」

「這個玫瑰園是辰垣為安蓉特意種的，從始至終，只種植一種玫瑰花，紅色女王。」

殷南昭現在心有摯愛，將心比心，立刻意識到不對勁，就像是突然看到一朵迷思花，別人不會有特別反應，他卻一定會留意，「安蓉在透過隱晦的方式提醒辰垣。」

「我就是這麼想的。」

殷南昭一言不發地盯著圖畫，仔細思考著什麼，表情越來越凝重。

這兩個人，一個是安蓉的長輩，一個是辰垣的好友，任何一個人單獨出現在玫瑰園中都很正常。安蓉把他們兩個都畫在這裡，是暗示兩人都有問題，但安蓉肯定不知道具體哪裡有問題，所以才會找他，想要他祕密調查。

安蓉察覺到了事態嚴重，也想到了這兩個人背後的勢力都不容低估，一個不小心，她就有可能遭遇不測，所以才留下這條隱祕的線索給辰垣。

辰垣是3A級體能，又手握兵權，任何人想要暗害他，非常困難，但安蓉沒想到3A級體能的辰垣竟然突然異變……

駱尋沒有打擾殷南昭，安靜地坐在一旁。

等待的時間長了，理智敵不過身體的疲憊，人歪靠在沙發上漸漸迷糊過去。

似睡非睡間，殷南昭的聲音突然響起：「你們幫那隻壁蜥注射藥劑讓牠狂化？」

駱尋立即清醒了，「是的。我們研製這種鎮靜劑的目的是給異變後的異變獸使用，大家想了很多辦法，盡可能模擬出異變獸喪失神志後的狂化狀態，最後卓爾教授發現能侵犯中樞神經系統的變異朊病毒作用於棋格壁蜥後的狀態最像。」

「既然有藥劑能讓野獸發狂，會不會也有藥劑能讓異種突然異變？」

駱尋猛地站了起來，瞪著殷南昭。

殷南昭的表情十分嚴肅，「會不會有這樣的藥劑？」

駱尋一邊急速思索，一邊艱難地說：「理論上……應該可以。破壞總是比建立容易，打碎總是比修復容易……如果有瘋子致力於研究這個……的確可能！」

殷南昭眉目間驟然迸發出冰冷的殺意，像是完全換了一個人。

駱尋打了個寒顫：「你懷疑……辰垣的異變是人為製造的？」

殷南昭聽到駱尋的聲音，立即恢復常態，對駱尋安撫地笑了笑，「你們新研製的鎮靜劑是不是已經證明有效？」

「目前的測試結果是。棋格壁蜥的中樞神經很特別，現在已知的鎮靜劑對牠都沒有很好的鎮靜效果，但新研製的鎮靜劑，一毫升就讓牠在十一秒內昏厥了。」

殷南昭合攏筆記本，「辰砂也許有危險，我必須馬上趕去找他。」

「什麼？」駱尋大驚失色。

殷南昭俯下身，重重吻了下呆滯的駱尋，「好好休息，繼續完成你們的研究。」

駱尋都來不及反應，殷南昭就已經像疾風刮過一般消失在門外。

駱尋的心臟撲通撲通狂跳，難道殷南昭已經知道真正的內奸是誰？猜測到他會對辰砂下手？

＊　＊　＊

駱尋輾轉反側，一夜都沒有休息好，第二天一大早就跑去研究院。

因為昨夜有了重大突破，大家歡慶完後都回家休息了。幾個月來，一直忙忙碌碌的研究室裡難得地一個人都沒有。

駱尋呆坐了會兒，看看時間剛剛七點，距離殷南昭離開已經快要七個小時。

她忍不住發訊息給紫宴：「起床了嗎？」

紫宴立即回覆：「我壓根兒沒有上床。」

紫宴應該是消息最靈通的人，看上去他一切如常，是不是說明沒有壞消息？

紫宴見駱尋再沒有回應，不滿地問：「妳撩了一下就沒有後文了？」

駱尋嗤笑：「昨晚到現在有沒有發生什麼特別的事情？」

「妳想知道什麼？」

「沒想知道什麼。」

「聽說妳還住在執政官那裡，什麼時候搬出來？」

駱尋警戒，「問這個幹嘛？」

「如果不喜歡基地的員工宿舍，我有房子可以租妳。」

駱尋不知道該怎麼回覆。她敢保證，如果不是最近一件大事接著一件大事，紫宴要處理的事情實在太多，他肯定已經把她和殷南昭的事翻了個底朝天。

「我要工作了，下次再聊。」

「撩完就跑！遲早有報應！」

「我是科學家，不相信神祕學理論。」

實驗助理已經來上班，駱尋不再理會紫宴。

上班時間還沒到，卓爾教授就精神抖擻地來了，顯然昨晚心情愉悅，休息得非常好。

他一邊和駱尋商量接下來的工作安排，一邊去藥劑貯藏室拿昨晚提取合成的鎮靜劑。

「天哪！」憤怒驚慌的大叫聲傳來。

駱尋立即衝過去，「怎麼了？」

「藥劑不見了。」

其他人也匆匆趕過來，「不見了？怎麼可能？」

「對啊，這個貯藏室，只有三四個人有權限進入吧！」

「三個。我、駱尋教授、卓爾教授。」安娜肯定地說。

卓爾突然想起什麼，尖聲問：「小傢伙們安全嗎？」

「安全。」負責照顧尋昭藤的艾瑞教授立即回答。

所有人鬆了口氣。

大家仔細查找了一遍，又調出監視器的影片查看。

昨晚卓爾教授在離開前，親手把新提取合成的藥劑密封保存，放入貯藏室。從昨晚到現在，監視器影片裡沒有任何異狀，藥劑卻不翼而飛。

大家面面相覷。

安娜說：「我會上報，找專人來調查。」

卓爾神情嚴肅，「這件事對我們研究的影響不大，有小傢伙們在，我們可以再次提取合成製作，但這個藥劑流失出去後究竟會造成什麼惡果，現在難以預估。」

「分量多少？」

「一共二三・六八毫升，昨晚使用了一毫升，還剩下二二・六八毫升。」

大家一邊咬牙切齒地咒罵神祕的飛賊，一邊開始重新提取合成製作鎮靜劑。

駱尋悄悄走出實驗室，聯絡殷南昭，想問問是不是他拿走了鎮靜劑，可是一直沒有人接聽，估計正在訊號遮蔽區。

駱尋想到還有另一種可能，心中七上八下、緊張不安。

那個內奸既然一直在研究異變，肯定也會關注他們的研究。

如果他知道了他們最新的進展，完全有可能神不知鬼不覺地拿走藥劑。

駱尋看向實驗室裡面，從安娜到卓爾教授，每個研究員都在專心工作，一如往常，可駱尋疑心生暗鬼，只覺得現在看誰都像是有嫌疑。

卓爾抬起頭，疑惑地看著駱尋，似乎不明白她為什麼站在外面盯著他們發呆。

駱尋掩飾地笑了笑，快步走回實驗室，繼續工作。

不管研究室裡有沒有內奸的眼線，她都不能耽誤研究，必須快速推進。以前是為了治癒，現在卻還要和內奸賽跑。

Chapter 19

幸好相逢

不管前方是荊棘、深淵，還是狹谷、火海，他們攜手同行。
若不能白頭偕老，那就生死與共。

公主星還沒有開發，依舊保持著原始狀態。

原始森林面積廣闊，原始生物種類繁多，地下礦藏儲量豐富，是個很適合探險和狩獵的星球。

不過，阿爾帝國的皇帝英仙穆恆選擇這顆星球做為會談地點，可不是真為了狩獵，而是因為他要和辰砂商談的內容太過機密，一旦洩露出去，後果不堪設想。

公主星非常原始，還沒有人類活動的蹤跡，也就是這顆星球還沒有被人類的通訊訊號覆蓋，相當於整個星球天然地處於訊號遮蔽區，只要稍加布置，就能截斷所有訊號，防止竊聽，對祕密會談很有利。

為了防止不必要的誤會，他和辰砂也提前打了招呼。

當戰艦進入公主星的平流層，就無法和外界聯繫，只能內部通訊，但只要離開平流層，進入電離層，訊號就會自動恢復。

＊ ＊ ＊

按照雙方約定的時間，奧丁聯邦和阿爾帝國的兩艘戰艦抵達公主星上空，停泊在平流層。

兩艘飛船從戰艦裡飛出，降落在公主星地表，艙門徐徐打開。

從阿爾帝國的飛船裡，嘩啦一下擁出了十幾輛裝甲車和幾百個全副武裝的軍人，列隊跑步、動作迅疾地四散開來。

等確定四周安全，一切盡在控制中後，阿爾帝國的皇帝才穿著嶄新的獵裝，帶著一群隨從，緩步走下飛船。

相較於阿爾帝國的森嚴陣勢，奧丁聯邦顯得有點寒酸。

從飛船裡稀稀拉拉走出十幾個人，最前面的是辰砂，身後跟了十來個警衛。

辰砂穿著一身半舊的獵裝，明知周圍有幾百個荷槍實彈的阿爾帝國的軍人，他也沒有流露一絲異樣，淡定從容地和皇帝握手問好。

阿爾帝國的皇帝心裡暗讚，難怪年紀輕輕就名震星際，這份膽魄非常人能及。

兩人寒暄完後，戴上打獵的護目鏡，手拿輕型獵槍，走進了莽莽蒼蒼的原始森林。

也許因為人類是從野獸進化而來的，基因裡就喜好殺戮和征服，即使科技發展到今天，人類早已經可以輕易摧毀一個星球，卻依舊喜歡狩獵，甚至會刻意摒棄殺傷力強大的先進武器，選擇殺傷力有限的原始武器，挑戰自己的體能。

不過，今天的狩獵，前面有軍人開路，後面有軍人保護，沒有任何挑戰。說白了，只是一個見面的由頭，方便雙方縮短距離，增進瞭解，讓聊天變得不那麼尷尬。

阿爾帝國的皇帝倒也不怕露拙，扯了扯穿著不太舒服的獵裝，自我打趣：「狩獵是英仙皇室每年都必定舉辦的活動。從小到大，我年年拿第一。年輕時是拿倒數第一，當了皇帝後是拿正數第一。不是我進步了，而是他們都想盡辦法地讓我贏。」

辰砂淡淡地說：「每個人擅長的事情不同，我的母親也不喜歡狩獵。」

辰砂的母親可不是一般人，而是星際內各大星國既讚賞又忌憚的執政者，連他那雄才偉略、不可一世的哥哥都很忌憚。

皇帝心情愉悅，哈哈大笑起來。

兩人一邊狩獵，一邊交談。

皇帝畢竟執政多年，見多識廣、能言善道，很會掌控氣氛。

辰砂的話雖然不多，但有問必答，坦率直接，也算配合。

時不時還有幾隻凶猛的野獸跳出來，讓他們配合著圍捕追獵一下。

因為雙方的刻意示好，氣氛友善、相處愉快。

八個小時的狩獵活動結束後，最後清點獵物時，皇帝竟然收穫頗豐。雖然比不上辰砂，但也相差無幾。

皇帝笑得合不攏嘴，一直擔心顏面掃地的隨行官員鬆了一口氣，立即又是拍照，又是記錄，準備留作皇室的官方檔案資料。

阿爾帝國的皇帝雖然不喜歡狩獵，但他很認可父皇對他們兄弟曾經說過的一句話：狩獵中有生殺予奪、有勝負輸贏、有貪婪節制，最能看出一個人的性格。

經過一整天的接觸，皇帝大致摸準了辰砂的性子。

根本不是外界傳說中冷酷無情的戰爭機器，雖然性子嚴肅冷淡了一點，但敏銳機警、進退有度，不會一味逞強好勝，也不會沒有原則地示弱。

難怪那個假公主留在奧丁聯邦不肯回來，這樣一個地位尊貴、大權在握的男人，除去基因差了點，誰會不喜歡呢？

皇帝英仙穆恆有一個才華出眾的哥哥，從小到大，他一直活在哥哥的陰影下，像是一個隱形人。因為差距太大，他連嫉妒都生不起，拿到經濟學的學位後，老老實實聽從父皇的安排進入財政部，做了一個每天看財務數據，覈算部門收支的小官員。

雖然兄弟兩人關係不算親近，但也沒有交惡。他從沒有肖想過皇帝的位置，可是，哥哥意外身亡，獨子還不滿一歲，他稀裡糊塗就當上了皇帝。

他沒有像哥哥一樣自小接受嚴格的儲君培養，沒有哥哥的雄才偉略，也沒有哥哥的宏圖大志，他謹小慎微，自私怯懦，像個精明吝嗇的商人一樣守著皇位，沒有拓展疆域的雄心，也沒有掌控星際局勢的意願，只希望安穩。

可是葉玠打破了他的安穩。這些年來，他看在那點血緣關係的份上，留了他一命，他卻逼走邵靖，殺死邵茵，不除掉葉玠，他寢食難安。

皇帝不喜歡異種，可是更恨葉玠，左右思量後，覺得心裡的計畫可以試探地說說。辰砂不是個在乎虛名的人，也不是個熱愛戰爭的人，很有可能會答應。

皇帝半吐半露、半遮半掩地說出了他約見辰砂的真正用意。

他內心根本不希望打仗，也很清楚洛蘭公主、邵茄公主的死和奧丁聯邦無關，幕後的主凶應該是英仙葉玠，但是，他被英仙葉玠逼得不得不出兵討伐奧丁聯邦。

他希望辰砂能假裝輸給他，讓他漂亮地打一個大勝仗，這樣他就能獲得軍隊和民眾的支持，趁機給葉玠定罪，把他處死。

只要葉玠死了，皇帝就可以完全掌控軍隊，壓制住軍隊中的主戰勢力，宣布阿爾帝國和奧丁聯邦要談判。

談判總是很不容易，尤其兩大星國的談判，肯定要耗費很多時間討價還價。談來談去，拖得時間長了，民眾們漸漸沒有了關注熱情，戰爭自然而然就不用打了。

辰砂面無表情地聽完阿爾皇帝的想法，沉默著沒有回答。

事情完全如執政官的預料，阿爾帝國的皇帝想用停戰換取一次勝利，讓他們幫助他幹掉英仙葉玠、坐穩皇位。

執政官說：「阿爾帝國的皇帝很清楚我不想打仗，才敢有這個想法，但他對你的態度還不確定。到時候你故作為難，要他多給你一些好處，也算是彌補第一區的損失。皇帝陛下雖然不擅長領兵作戰，賺錢還是很在行的，英仙皇室這些年的財庫很充實，千萬不要客氣。」

阿爾帝國的皇帝看辰砂一言不發，完全理解。

這事絕不是小事，說的是演戲，卻是以兩國的軍隊真刀實槍地演。辰砂做為指揮官，打了敗仗肯定會損害到自己和第一區的利益，他的政敵很有可能趁機對付他。可以說，這個決定對辰砂而言，完全是犧牲個人利益去換取兩國停戰，絕不是一個容易的決定。

皇帝含蓄地說：「真假公主事件，你是最大的受害者，我可以做主把公主星賠償給你，做為公爵的私人星球。」

辰砂立即反駁：「我不是受害者。」雖然這段婚姻從一開始就注定了是個錯誤，但是，能因此認識駱尋，不是不幸，而是幸運。

皇帝完全誤解辰砂的意思，以為他不滿意一顆資源星的條件，忙笑著說：「一切都可以談。」

辰砂沉默不言。

皇帝靜靜等候，給他充足的時間考慮清楚，提出條件。

＊　＊　＊

英仙皇室的書記員記錄完皇帝獵獲的所有獵物，看到皇帝和奧丁聯邦的指揮官站在遠處的山坡上。一個舉目遠眺，一個垂目沉思，周圍一個人都沒有，顯然正在交流什麼機密的事。

他心裡一動，目不轉睛地看著。

也許皇帝陛下和指揮官閣下正在商談兩大星國的未來，也許等將來一切塵埃落定後，可以對外解密資料時，這次的狩獵活動就會對外公開，他們都成了參與歷史的人。

突然，書記員看到了令人難以置信的一幕，不禁瞪大眼睛，驚恐地大叫：「陛下！」

皇帝聞聲看向他，朝他和其他隨從親切地揮揮手，露出了訓練有素的親民微笑。

可是，大家沒有像往常一樣，回報以熱情的笑容。所有人像是變成了雕塑，眼睛發直地瞪著他，滿臉驚恐，似乎嚇得連聲音都發不出來。

皇帝覺得十分詭異。

他下意識回過頭，想問問辰砂怎麼回事，卻看到一隻人面獸身的怪物——身軀正在漸漸獸化，頭卻依舊像是人類。

牠四肢著地，頭顱痛苦地低垂著，脖頸用力往前探，皮膚上一根根青筋暴起，全身上下都在劇烈顫抖。

皇帝急忙後退，卻因為太過震驚恐懼，雙腿不受控制地直打哆嗦，身子軟倒在地上，站都站不起來。

他顧不得形象，手腳並用，連滾帶爬，跌跌撞撞地朝山坡下逃去。

「指揮官！」

宿二和宿七一邊大叫，一邊往山坡上衝，想要喚醒辰砂。

怪物猛地仰起頭，對天咆哮，幾個呼吸間，身體就完全化作了野獸。

牠身軀修長、四肢矯健，有點像虎，又有點像豹。頭頂上長著一隻瑩光玉潤的白色犄角。一身雪白順滑的皮毛，連蹄子都是雪白的，全身上下沒有一絲雜色。陽光映照下，月華浮動、雪色瀲灩，猶如冰雪幻化，美麗聖潔得讓人覺得彷彿看到了神話傳說中的瑞獸。

幾個阿爾帝國的軍人聽到宿二、宿七的叫聲，終於從驚恐中回過神來，朝山坡上衝去，想要保護皇帝。

可是，異變獸動作迅疾，奔跑間，蹄落無痕，輕盈若風，一個閃身來到阿爾帝國的皇帝身前。

牠低下頭輕蔑地看了一眼，隨隨便便一掌拍過，鋒利的爪子劃過皇帝的脖頸，皇帝的腦袋就被直接拍掉，滴溜溜地飛向半空。

牠縱身躍起，雪白犄角像是閃電一般劈過，幾個軍人全部被開膛破肚，支離破碎地倒在地上。

異變獸腳踩屍體、雙眼猩紅，像是看螻蟻般冷酷嗜血地盯著四處奔逃的人群。

所有人爭先恐後地逃跑。

可是，在這隻恐怖的異變獸面前，最精英的戰士都不堪一擊。

一群隨行的工作人員本來在說說笑笑地清點、記錄獵物，沒有想到轉瞬間自己就變成了獵物。

四周不停地響起一聲聲驚恐淒厲的慘叫，芳草萋萋、鮮花爛漫的美麗山谷中，鮮血四濺、血肉橫飛，變成了地獄一般的屠宰場。

異變獸肆意屠殺，不但屠殺阿爾帝國的軍人，也屠殺試圖阻攔他的奧丁聯邦的戰士。

宿二和宿七都受了重傷，宿六更是兩條腿被異變獸的犄角齊根切斷，生命垂危。

宿一悲痛絕望地說：「已經過了十五分鐘。」

宿七的淚水潸然而落。先是辰垣，後是辰砂，為什麼慘劇會一次又一次發生？

阿爾帝國的軍人集合起來開槍射擊異變獸，但異變獸的感覺太敏銳、速度太快，總能在開槍的一瞬間就判斷出子彈的落點，敏捷地躲避開。

阿爾帝國的地面部隊趕到，架起了重型機槍，朝異變獸掃射。

天空中，一架架戰機匯聚而來，追著異變獸一炮接一炮地轟擊。

異變獸卻異樣強悍。

雖然受了傷，可依舊左奔右突，時不時又屠殺幾個人。

但是，天羅地網、槍林彈雨，異變獸的死亡只是遲早的事。

* * *

奧丁聯邦的戰士一直失魂落魄地呆呆看著。

突然間失去了指揮官，沒有人對他們下達任務指令，他們都不知道現在應該做什麼。

他們不能去救異變獸，按照聯邦軍隊的規定，殺死異變獸、阻止異變獸傷害他人才是他們應該做的事。可是，那畢竟是他們的指揮官，要他們配合阿爾帝國去屠殺異變獸，他們做不到。

正當他們茫然不知所措時，執政官的聲音響徹在所有奧丁聯邦戰士的耳邊。

「我是執政官殷南昭，現在由我接管辰砂的指揮權。全體都有，阻擊阿爾帝國。」

士兵們像是一下子找到了主心骨，立即各就各位。

空中部隊駕駛戰機去迎戰阿爾帝國的戰機，地面部隊駕駛裝甲車去迎戰阿爾帝國的裝甲車。

與此同時，一個黑色的影子躍下戰機，從半空中俯衝下來，疾掠而至，和異變獸纏鬥在一起。

宿二激動地大叫：「執政官！」

異變獸狂性大發，想把殷南昭狠狠撕碎，騰挪閃躍的速度快得連肉眼都捕捉不到，只看到殘影不停地晃動。

殷南昭卻絲毫沒有退避，一直寸步不讓地和牠貼身搏鬥。

抓住一個機會，他翻身躍到異變獸的背脊上，把一個注射器扎進異變獸的脖子。

異變獸凶性大發，一邊連蹦帶跳，想把殷南昭摔下來，一邊左衝右突，想要踩死咬死更多人。

殷南昭牢牢地抓著牠頭頂的犄角，控制著牠不要再傷人。

犄角上密布尖銳的骨刺，插入他的手掌，鮮血汩汩湧出，將異變獸的白毛染紅，他卻一直沒有鬆手。

宿七流著淚哭叫：「閣下，早已經過了十五分鐘，放手吧！」

執政官卻像是什麼都沒有聽到，依舊和異變獸較勁。

漫長的十來分鐘後，異變獸仍然在瘋狂掙扎，甚至自殘地用身體去撞擊尖銳的岩石，想要和殷南昭同歸於盡。

所有人都絕望了，連保護辰砂長大的宿一都叫：「閣下，指揮官他不願意這樣活著，請您給他一個痛快！」

殷南昭卻依舊抓著異變獸的犄角，束縛著牠殺人自毀的行為。

突然，異變獸嗚咽一聲，砰然倒地，一動不動地昏厥了過去。

宿二、宿七滿臉震驚，都不敢相信地瞪大了眼睛——異變獸仍活著，卻平靜地昏睡過去了。

殷南昭冷冷下令：「把他帶回飛船，四肢和嘴全部鎖住，關進籠子。」

伴隨著阿爾帝國皇帝的死訊，奧丁聯邦指揮官異變的新聞迅速傳遍了整個星際，舉世皆驚。

面對螢幕裡驚心動魄的血腥畫面，整個研究室寂靜無聲，整個研究院的大樓寂靜無聲，整個阿麗卡塔軍事基地，甚至整個阿麗卡塔星都寂靜無聲。

只有新聞主持人嘰嘰呱呱地說個不停。

「阿爾帝國的皇帝身首異處，奧丁聯邦的指揮官變成了一隻野獸。從今天開始，不但整個星際的格局要重寫，人類的歷史也要重寫！名詞『攜帶異種基因的人類』中，『人類』兩個字應該去掉，他們是異種基因生物，不是攜帶異種基因的人類……」

駱尋就好像自己經歷了一次生死大劫，全身發軟，癱在椅子上。

辰砂竟然異變了，而且是徹底喪失神志的異變。

鎮靜劑的藥效時間有限。等時間過後，他就會又變回瘋狂的攻擊狀態，毀滅別人、毀滅自己。不要說這個鎮靜劑是剛剛提取的新藥劑，完全不知道它對人類的神經元會不會造成不可逆轉的損傷，就算它沒有大的毒副作用，這樣大劑量地長期使用，也無異於吸毒，身體對鎮靜劑的依賴會越來越大，對劑量的要求也會越來越多，最終被鎮靜劑殺死。

駱尋悲痛地捂住了臉，眼淚潸然而下。

她一直堅信異變可以治癒，但是，這條路到底還有多遠？辰砂究竟能不能堅持到那一天？

＊ ＊ ＊

阿爾帝國的重刑犯監獄。

四周鐵網環繞、守衛森嚴。

沉重的金屬大門突然打開，兩隊荷槍實彈的士兵列隊跑進，站立在通道兩側。

幾個穿著筆挺軍服的軍官走了進來，獄警們剛要出聲喝問，看到他們肩章上的金星，竟然全都是將軍，嚇得一聲都不敢吭。

伴隨著軍靴敲擊地面的聲音，他們經過一個個牢房，走到走廊盡頭的牢室前，「是這裡嗎？」

「是，是！」監獄長急忙上前，哆哆嗦嗦地給智腦指令，打開了金屬門。

狹窄的牢房，長不到兩米，寬不到一米，四面是銀灰色的金屬牆，燈光昏暗，沒有窗戶，顯得十分有壓迫感。

一眼望去，裡面什麼生活用具都沒有，連睡覺的被褥都沒有，只有一個髒兮兮、散發著惡臭的馬桶。

一個穿著褐色囚服的光頭男人正盤腿坐在地板上閉目冥想，神情平靜安寧，完全沒有被周圍的環境影響。

幾個將軍站得筆挺，啪一聲合攏雙腿，整齊劃一地抬手敬禮：「陛下，我們來接您出去。」

葉玠睜開眼睛，面無表情地站起，緩緩走出牢房。

他的手上和腳上都鎖著沉重的鐐銬，每走一步都會發出咔啦咔啦的刺耳聲音。

監獄長急忙上前，幫他把手鐐和腳鐐打開。

瘦高的閔公明將軍說：「我們已經準備好乾淨的衣服，陛下洗個澡再出去。」

「不用。」

「這是陛下第一次公開露面，外面全是支持您的民眾……」

「不要浪費時間。」

葉玠大步流星地朝著監獄外面走去，幾個將軍只能疾步跟上。

葉玠剛走出監獄，震天動地的歡呼聲就像海潮一般，從四面八方傳來。

警衛們重重把守，用高高的盾牌將人群隔離在外面，卻阻隔不住人們的熱情。他們衝著葉玠歡呼大叫：「皇帝！皇帝……」

葉玠臉上無悲無喜，似乎壓根兒沒有聽到人們的歡呼聲，頭也不回地走上了飛船。

相貌英朗的林樓將軍對船長下令：「陛下已經上了飛船，立即回皇宮。」

葉玠說：「去前線。」

幾個將軍傻眼了，林樓將軍說：「陛下，登基典禮已經準備好。」

「立即去前線。」

「陛下……」林樓將軍還想繼續勸說。

葉玠冷冷地截斷了他，「林樓將軍，你打算今天讓我把所有話都重複兩遍嗎？」

林樓將軍不敢再囉唆，對船長下令：「起飛，去我的戰艦。」

飛船起飛，朝外太空飛去。

葉玠問：「我叔父是怎麼死的？」

閔公明將軍急忙打開螢幕，播放「奧丁聯邦指揮官異變後殺死了阿爾帝國皇帝」的影片資料。

葉玠看完後，沉默不語。

他知道他的叔父會死，因為這本就是他親手設計的死局，但他完全沒預料到會是這樣的死法。

原來，這就是異種一直以來嚴防死守的祕密。

看來他的那位「合作夥伴」不僅要和他結束合作關係，也要徹底和人類劃清關係。

葉玠問：「前線戰況如何？」

林樓將軍彙報說：「前任皇帝被殺後，軍心渙散，幸虧陛下早有先見之明，讓林榭將軍隨行。出事後，林榭將軍立即接管了軍隊指揮權，下令艦隊封鎖公主星。本來可以把那隻異變獸和奧丁聯邦第一區的精英圍殺在公主星，但是誰都沒有想到奧丁聯邦的執政官竟然出現在公主星，不但救了那隻異變獸，還帶領所有人成功突圍。現在，他們正在返回北晨號的路上。雖然林榭將軍派了軍隊追擊，但估計攔截不了。」

又是殷南昭！

葉玠心裡很失望。

按照他的計畫，本來應該可以趁著奧丁聯邦突然失去指揮官，軍心不穩、士氣渙散時，林榭將軍和龍血兵團相互配合，出其不意地發動全面進攻，給奧丁聯邦重創。沒想到不但沒有重創奧丁聯邦，連公主星上的人都被殷南昭救走了。

林樓將軍看葉玠臉色陰沉，忐忑不安地說：「等陛下到前線後，林榭將軍會親自請罪。」

葉玠安撫地說：「林榭將軍已經盡力，畢竟對方是曾經打敗了我父皇的魔鬼心殷南昭。」

林樓將軍和林榭將軍是親兄弟，感情很好，聽到葉玠的話，一直懸著的心才放下來，「謝謝陛下寬宏大量。」

飛船飛入外太空後，進入戰艦。

戰艦立即起航，全速飛向前線。

幾分鐘後就是本來預定的新皇登基時間，皇宮內外會聚著官員、媒體和無數民眾，新皇帝英仙葉玠卻遲遲沒有出現。

林樓將軍接連不斷地收到質問陛下行蹤的訊息，他又不能置之不理，只能小心地問：「陛下，登基典禮怎麼辦？」

「現在舉行，並向全星際播送。」

幾個將軍面面相覷，卻沒有一個人敢反駁。

葉玠站起來，點了面前的控制面板，用他的身分權限批准以下訊息對全星際零時差公開傳送。

沒有多久，幾乎全星際的新聞都在播送阿爾帝國新皇帝的登基宣言，不管身處哪個星球都能看到——

一個穿著皺巴巴褐色囚服的男人站在鏡頭前面，他面容清瘦，嘴唇皴裂，眉骨上還有一道深深的傷疤。因為光頭，顯得額頭突出、臉色發白，和英俊的五官、從小培養的貴族儀態雜糅成了一種陰鬱優雅的怪異氣質。

所有人都覺得，很難把這個人和曾經放蕩不羈的葉玠王子聯繫到一起，更難以把他和一個大星國的皇帝聯繫到一起。

「我是英仙葉玠，阿爾帝國的皇帝，現在正在奔赴前線的路上。」

葉玠發音標準、語調優美，完全就是一位接受過良好教育、社交禮儀完美無瑕的王子，可是說話的內容卻殺機凜然、字字見血。

「用這種方式告訴諸位這個消息，不算美好，但幾百年來，阿爾帝國和奧丁聯邦之間發生的一切更不美好，此時此刻前線戰場上發生的一切更不美好。

「公主星，一顆給我們帶來恥辱的星球上面，再次發生了令阿爾帝國恥辱的事——異種屠殺了我的叔父、阿爾帝國的上一任皇帝。我沒有時間、沒有心情，打扮得衣冠楚楚玩什麼登基慶典。我的登基只能用異種的鮮血來慶祝！

「我希望，從現在開始，所有星國、不分大小，所有人類、不分貴賤，都能支持我們，徹底把奧丁聯邦從星際抹殺。

「從今天開始，人類和異種血戰到底，沒有談判，沒有妥協，只有生或死！」

葉玠一身囚服，站得筆挺，抬起手對所有人敬軍禮，神情肅殺、目光堅毅。

＊＊＊

駱尋呆呆地看著螢幕上「葉玠宣戰」的定格畫面。

殷南昭最擔心的事情最終還是發生了。

那些還在其他星國生活的異種該怎麼辦？人類已經容不下他們，但他們的親人、愛人，他們的根還在人類中。

駱尋不明白。

就算他們肯放棄一切，遷往奧丁聯邦，可路途漫漫、戰火紛飛，他們能活著到達阿麗卡塔嗎？

辰砂、封林、紫宴，甚至左丘白、棕離、百里藍他們，都和她一模一樣。

她的同事、她的學生、她的病人，也都和她一模一樣。

他們開心時大笑，難過時哭泣；他們會為國家犧牲奉獻，也會為私情痛苦悲傷。

他們像人類一樣勇敢善良，也像人類一樣自私狠毒。

他們明明和她一模一樣，絕對不是不同的種群。

但是，辰砂的異變讓人類和異種徹底撕裂，毫無疑問，人類和異種已經不能和平共存。

葉玠的目光猶如利劍，隔著遙遠的星空，狠狠刺痛了她。

他似乎在告訴她——

不要妄想，沒有中間的路可以走。

要麼人類死，要麼異種死，是遵從自己的基因，還是順從自己的情感，她必須選擇。

葉玠似乎已經很篤定她最終的選擇。

就算她有勇氣背叛自己的基因，可如果人類和異種勢不兩立，一次又一次流血衝突，無數人死亡後，仇恨終將遮蔽雙目，異種又真能容下她嗎？

她的基因，是異種中「異種」。

殷南昭的基因，是連異種都絕對不會容忍的殘次造假。

如果兩個人放下一切，遠走高飛，憑他們的本事，無論如何都能安度餘生。

但是，殷南昭不可能放下異種，她也不可能放棄異變後的辰砂、封林託付給她的孩子，還有紫宴那些視她為友的人。

不需要一雙預示未來的眼睛，駱尋都能清楚地看到，她和殷南昭面前是一條荊棘密布、利刃插滿的道路。

✷ ✷ ✷

嘀嘀。

個人終端機突然響起，駱尋看了眼來訊顯示，立即接通了視訊。

殷南昭出現在她面前。

不過兩日沒見，但也許因為發生的事情太多，駱尋竟有一種久別重逢的珍惜喜悅，近乎貪婪地端詳著殷南昭。

他應該不想她擔心，已經換掉作戰服，洗去了一身的硝煙，穿著日常的軍裝，可因為長時間沒有休息，眉梢眼角隱有一絲疲憊，手上還纏著白色的繃帶。

殷南昭抱歉地說：「我要留在前線指揮戰役，近期內沒有辦法回阿麗卡塔。」

他知道駱尋需要他，但辰砂突然異變，不分敵我地屠殺了上百人，不僅讓人類震驚恐懼，也讓異種驚恐不安。

現在內外交困，他必須守在前線，擋住葉玠來勢洶洶的進攻，否則奧丁聯邦隨時會滅亡。

駱尋微笑著搖搖頭，寬慰他：「不用擔心我，家裡有安達和狄川照應，研究院裡有安娜照應，同事們都很友善，倒是你在前線，要多注意安全。」

殷南昭目光如水，靜靜地看著她。

小尋有一顆七竅玲瓏心，不可能看不清未來的局勢，也不可能不知道怎麼選擇能趨利避害，但是，她沒有絲毫猶豫、沒有絲毫掙扎地選擇了陪他一起走下去。

殷南昭沉默地伸出手。

駱尋看到他的目光，立即明白，她之前所思所想，殷南昭雖一字未問，卻已經全部都明白了。

駱尋凝視著他，把手放到了他的掌心裡。

明明只是虛擬的影像，兩個人卻都真切地感受到了對方。

殷南昭柔聲說：「有沒有人告訴過妳？像我這樣的人，能被妳喜歡，非常幸運。」

駱尋鼓了鼓腮幫子，眼睛瞇成了月牙，「千旭說過，殷南昭沒有說過。」

殷南昭笑著挑了挑眉，「因為殷南昭不認同千旭的看法。」

「啊？」駱尋的眼睛馬上瞪得滴溜溜圓。

殷南昭上前一步，抱住了駱尋，在她耳畔鄭重地說：「像我這樣的人，能被妳喜歡，非常幸福。謝謝！」

殷南昭敢無視法律、無視倫理，敢和整個宇宙對抗既定的命運，卻不敢抓住那份幸運。幸好，給了他幸運的女人比他勇敢，不管他好、他壞，他善、他惡，他美、他醜，她都始終沒有放手，把幸運變成了幸福。

駱尋鼻子發酸，心中又是苦澀，又是甜蜜，含著眼淚，笑抱住了殷南昭。

她的誕生始於一場精心策畫的陰謀，整個生命都是從他人的人生中偷來的，像是無根之木、無源之水，隨時都有可能木枯水竭，是殷南昭讓她的生命長出了根鬚、生出了源頭。

有生之年，幸好相逢。

不管前方是荊棘、深淵，還是狹谷、火海，他們攜手同行。

若不能白頭偕老，那就生死與共。

——散落星河的記憶：第二部【竊夢】下卷卷終

散落星河的記憶
第二部 竊夢 (下)

茶蘼坊44

作　　者　桐　華

總 編 輯　張瑩瑩
副總編輯　蔡麗真

責任編輯　蔡麗真
協力編輯　黃怡瑗
專業校對　魏秋綢
美術設計　洪素貞 (suzan1009@gmail.com)
封面設計　周家瑤
行銷企畫　林麗紅

社　　長　郭重興
發行人兼出版總監　曾大福
出　　版　野人文化股份有限公司
發　　行　遠足文化事業股份有限公司
地址：231 新北市新店區民權路 108-2 號 9 樓
電話：（02）2218-1417　傳真：（02）8667-1065
電子信箱：service@bookrep.com.tw
網址：www.bookrep.com.tw
郵撥帳號：19504465 遠足文化事業股份有限公司
客服專線：0800-221-029
法律顧問　華洋法律事務所　蘇文生律師
印　　製　成陽印刷股份有限公司
初　　版　2017 年 11 月

歡迎團體訂購，另有優惠，請洽業務部（02）22181417 分機 1124、1135

國家圖書館出版品預行編目 (CIP) 資料

散落星河的記憶 . 第二部 : 竊夢 / 桐華著 . -- 初版 . -- 新北市 : 野人文化出版 : 遠足文化發行 , 2017.11
　冊；　公分 . -- (茶蘼坊 ; 43-44)
ISBN 978-986-384-243-9(全套 : 平裝)

857.7　　106020578

散落星河的記憶
第二部【竊夢】

線上讀者回函專用 QR CODE，您的寶貴意見，將是我們進步的最大動力。

野人

野人文化
讀者回函卡

書　名

姓　名　　□女 □男　年齡

地　址

電　話　　手機

Email

□同意 □不同意　收到野人文化新書電子報

學　歷 □國中(含以下) □高中職 □大專 □研究所以上

職　業 □生產/製造 □金融/商業 □傳播/廣告 □軍警/公務員
□教育/文化 □旅遊/運輸 □醫療/保健 □仲介/服務
□學生 □自由/家管 □其他

◆你從何處知道此書？
□書店：名稱 ____________ □網路：名稱 ____________
□量販店：名稱 ____________ □其他 ____________

◆你以何種方式購買本書？
□誠品書店 □誠品網路書店 □金石堂書店 □金石堂網路書店
□博客來網路書店 □其他 ____________

◆你的閱讀習慣：
□親子教養 □文學 □翻譯小說 □日文小說 □華文小說 □藝術設計
□人文社科 □自然科學 □商業理財 □宗教哲學 □心理勵志
□休閒生活（旅遊、瘦身、美容、園藝等） □手工藝／DIY □飲食／食譜
□健康養生 □兩性 □圖文書／漫畫 □其他 ______

◆你對本書的評價：（請填代號，1. 非常滿意　2. 滿意　3. 尚可　4. 待改進）
書名 _____ 封面設計 _____ 版面編排 _____ 印刷 _____ 內容 _____
整體評價 _____

◆你對本書的建議：

野人文化部落格 http://yeren.pixnet.net/blog
野人文化粉絲專頁 http://www.facebook.com/yerenpublish

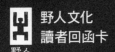

廣　告　回　函
板橋郵政管理局登記證
板 橋 廣 字 第 143 號

郵資已付　免貼郵票

野人

23141
新北市新店區民權路108-2號9樓
野人文化股份有限公司 收

請沿線撕下對折寄回

野人

書號：0N003117